U0103668

中国历代诗歌荟萃

史可夫
史节　选编
史音

团结出版社
UNITY PRESS

图书在版编目（CIP）数据

中国历代诗歌荟萃／史可夫，史节，史音选编.
-- 北京：团结出版社，2023.2
　ISBN 978-7-5234-0003-6

Ⅰ．①中… Ⅱ．①史… ②史… ③史… Ⅲ．①古典诗
歌-诗集-中国 Ⅳ．①I222

中国版本图书馆 CIP 数据核字（2022）第 255772 号

出　　版：团结出版社
　　　　　（北京市东城区东皇城根南街 84 号　邮编：100006）
电　　话：（010）65228880　65244790
网　　址：www.tjpress.com
E － mail：65244790@163.com
出版策划：力扬文化
经　　销：全国新华书店
印　　刷：成都兴怡包装装潢有限公司

开　　本：145mm×210mm　1/32
印　　张：21
字　　数：451 千字
版　　次：2023 年 2 月第 1 版
印　　次：2023 年 2 月第 1 次印刷

书　　号：ISBN 978-7-5234-0003-6
定　　价：98.00 元

史可夫

笔名武陵君，湖南慈利人，毕业于武汉大学中文系。先后出版过诗集《心曲》《愿望树》《行吟人间》和散文集《来到人间的日子》。

史节

上海外国语大学德语文学博士，德国柏林自由大学访问学者，现为福州大学外语学院副教授。

史音

巴黎东方语言文化学院硕士，现旅居法国。

前　言

　　中国是个诗歌大国。从《诗经》《楚辞》到唐诗、宋词、元曲等等，汇成诗歌的海洋。据不完全统计，全唐诗有 48000 多首，宋代诗词有 20 多万首，明清两朝的诗歌数量更多。不过，其中真正能流传千古、脍炙人口的诗歌毕竟是少数。就像沙中的金子一样，需要有人去做沙里淘金的工作。最早出现的是《千家诗》，由宋代谢枋得的《重订千家诗》（皆七言律诗）和明代王相所选《五言千家诗》合并而成。它是我国古代带有启蒙性质的选本。清乾隆年间，又有孙洙（别号蘅塘退士）编纂了一本《唐诗三百首》，风行海内。二十世纪六十年代，有前辈学者林庚、冯沅君主编了一套《中国历代诗歌选》，收入了《诗经》《楚辞》以来直至清末的诗、词、曲共 1000 首。嗣后，又有季镇淮、冯钟芸、陈贻焮、倪其心选注的《历代诗歌选》，收入历代诗歌 960 多首。这两个选本分别搜集了各个历史时期的优秀诗歌作品，荟萃了古典诗歌的多元风格，同时也呈现出不同时期编纂者独特而丰富的视角。特别是《中国历代诗歌选》更具有开创性。不过，这两个选本都有四个分册，不便于携带。而且，不少脍炙人口的诗歌没有入选。另外，《中国历代诗歌选》是作为大学教材，主要是从专业的角度来选择，有些篇什普通读者不一定感兴趣。除了大学中文专业的学生，一般人对这两个选本恐怕不大熟悉。

现代人的节奏越来越快，读书的时间不是很多。对于中国古典诗歌，需要更精炼的选本。有鉴于此，鄙人萌生了一个想法：在前人的基础上，从历代诗歌中遴选出500首左右，编成一册。大体做到"一册在手，精华都有"。经过前期的准备，我和史节、史音自去年夏天开始着手本书的选编。我们主要是从普通读者的角度来考虑，把可读性放在第一位，尽量选大众喜爱的诗篇。从《诗经》《楚辞》到唐诗、宋词、元曲和明清诗歌，保持各阶段的系统性、完整性，每个阶段有代表性的名篇应收尽收。这本书主要是面向初高中、大中专院校学生，同时也适合普通读者。

我们遴选的原则一是唯美（思想性艺术性统一），二是脍炙人口，三是有代表性。一些大诗人的诗整体水平很高，只能优中选优。如李白、杜甫的诗各选了四十多首，依然还有些著名的诗篇未能入选，遗珠之憾是难免的。对于女诗人的作品则适当放宽。只要有特色，尽量入选一首。这次共选了30位女诗人、词人的作品。对于一些篇幅较长的诗，采取节选的办法，保留那些至今依然有生命力的名句段落。选编的范围从《诗经》直到清末。除了原来各种选本中的作品，还特别注意发现、收集那些散落的"珍珠"。最后定稿，一共选了640余首，按诗、词、曲不同体裁分开。在诗经、楚辞、汉乐府、唐诗、宋词、元曲前有概述，魏晋南北朝的诗尚未定型，而宋诗和明清诗歌形式没有创新，故不作概述。一位诗人有不同体裁的作品，则按古体、近体的顺序排列。近体诗按五律、七律、五绝、七绝的顺序排列。作品前面有作者简介。一位作者既有诗又有词作品，则只在前面介绍一次。作品后面一般都有注释。为了帮助读者理解，对一些比较费解的诗句进行句解。整个注释主要借助于《辞海》等工具书和网络资讯，自然也免不了要参考前人的选本。在此，谨向前辈学者、专家表示敬意和感谢。

在选编的过程中，得到许多亲朋好友的支持和帮助。原《贵州日报》总编干正书先生最早提议我选编这个集子，并提出许多好的意见和建议。老友蒋先义、郭兆明对每个部分都仔细阅读，提出了许多中肯的修改意见。好友陈永如、陆曼玲对这本书的编排提出了宝贵意见。武汉大学中文系的老同学罗如圭、黄群建、王军、张松山、马承五、陈敬中等就体例和入选作品提出了许多好的意见和建议。老同学、原《大家》杂志主编李巍为这本书的出版做了大量工作。长沙市作家协会副主席易柯明向有关部门极力推荐介绍，帮助此书问世。成都力扬文化传播有限公司董事长赵娟、编辑熊雪飞、总编助理贾元元积极配合此书出版发行。老伴任明杰全力支持，侄女吴志红也尽力襄助。在此一并表示衷心感谢。由于水平有限，错漏之处在所难免，敬请读者指正。

史可夫

2022 年 5 月 9 日

目 录

CONTENTS

诗经选

　　《诗经》是我国第一部诗歌总集，收集了西周初年至春秋中叶（公元前 11 世纪至前 6 世纪）的诗歌，共 311 篇。其中 6 篇只有标题，没有内容，称为笙诗。《诗经》作者佚名，相传为尹吉甫收集、编纂，孔子修订。《诗经》在内容上分为《风》《雅》《颂》三个部分。《风》又称《国风》，大多是周代各地的民间歌谣，《雅》分为《小雅》和《大雅》，是周代贵族的正声雅乐；《颂》分为《周颂》《鲁颂》和《商颂》，是用于王室贵族宗庙祭祀的乐歌。《诗经》内容丰富，反映了劳动与爱情、战争与徭役、压迫与反抗、风俗与婚姻、祭祀与宴会等各个方面。孔子曾概括《诗经》的宗旨是"思无邪"。到汉武帝时，《诗经》被奉为儒家经典。现存的《诗经》据说是战国时毛亨和汉代毛苌所传，因此又叫"毛诗"。

周南

关雎

关关雎鸠，在河之洲。窈窕淑女，君子好逑。①
参差荇菜，左右流之；窈窕淑女，寤寐求之。②
求之不得，寤寐思服；悠哉悠哉，辗转反侧。③
参差荇菜，左右采之；窈窕淑女，琴瑟友之。④
参差荇菜，左右芼之；窈窕淑女，钟鼓乐之。⑤

注释 这是祝贺新婚的诗。

①关关：雌雄鸟相应的和鸣声。雎（jū）鸠：一种水鸟，一般认为是鱼鹰，据说雌雄形影不离。逑：配偶。这里使用"兴"的手法。诗经中多用"赋比兴"："赋"是铺陈直叙；"比"是类比，近似比喻；"兴"是先言他物，再言此物，因物起兴。

②参差：长短不齐。荇（xìng）菜：生长在水里的一种植物，可供食用。流之：顺着流水采摘。

③寤（wù）：醒来。寐（mèi）：入睡。寤寐即日夜。思服：思念。服：想。悠哉：思念绵绵不断。

④友：用作动词，亲近。

⑤芼（mào）：拔取。

桃夭

桃之夭夭，灼灼其华。之子于归，宜其室家。①
桃之夭夭，有蕡其实。之子于归，宜其家室。②
桃之夭夭，其叶蓁蓁。之子于归，宜其家人。③

注释 这是一首贺新娘的诗。

①夭夭：少壮茂盛的样子。灼灼：花开鲜艳的样子。之子：这个姑娘。于归：古代称女子出嫁为"于归"。宜其室家：定使家庭和顺又美满。宜：使……和顺。室家与后面的家室、家人均指家庭。

②蕡（fén）：果实多而大。

③蓁（zhēn）蓁：繁茂的样子。

召南

行露

厌浥行露，岂不夙夜？谓行多露。①
谁谓雀无角，何以穿我屋？谁谓女无家，
何以速我狱？虽速我狱，室家不足！②
谁谓鼠无牙，何以穿我墉？谁谓女无家，
何以速我讼？虽速我讼，亦不女从！③

注释 这是歌颂女子不畏强暴，坚贞不屈的诗。行（háng）：道路。

①厌浥（yì），潮湿貌。夙（sù）：早晨。夙夜：指凌晨。谓行多露：意为害怕路上多露水。谓："畏"的假借字。

②角：鸟喙。女：同"汝"。速：招，致。狱：案件，官司，一说监狱。室家不足：要求成婚的理由不充足。

③墉：墙。讼：诉讼。亦不女从：决不嫁给你。

邶风

击鼓

击鼓其镗，踊跃用兵。土国城漕，我独南行。①
从孙子仲，平陈与宋。不我以归，忧心有忡！②
爰居爰处，爰丧其马？于以求之？于林之下。③
死生契阔，与子成说。执子之手，与子偕老。④
于嗟阔兮，不我活兮！于嗟洵兮，不我信兮！⑤

注释 这是长年行役于外的士兵嗟怨想家的诗。

①镗（tāng）：鼓声。土国：在都城兴建土木。国，指卫国首都。城漕：在漕邑筑城。

②孙子仲：当时卫国的将军。平宋与陈：平定宋国与陈国的纠纷。"不我"句：不让我回家。

③"爰居"二句：不知道身居何处，不知道马跑到哪里去了。爰：何处，哪里。丧：丧失，此处是丢失的意思。于以：于何，在哪里。

④契阔：离合，聚散。成说：约定。

⑤于嗟：感叹词。阔：遥远。洵：诚实。信：相信。此二句意思是：可叹此去遥远，很难活着回来。可叹我虽然诚实，你却再不会信我的话。

静女

静女其姝，俟我于城隅，爱而不见，搔首踟蹰。①
静女其娈，贻我彤管。彤管有炜，说怿女美。②
自牧归荑，洵美且异。匪女之为美，美人之贻。③

注释 这首诗写男女幽会。

①静女：即淑女。姝（shū）：美好。俟（sì）：等待。城隅：城墙角。爱："薆"的假借字，隐蔽。踟蹰：徘徊不定。

②娈：貌美。贻：赠与。彤管：未详何物，可能是红色管状植物，也有说是管状乐器或红管笔。炜：光彩鲜明。说：同"悦"。怿（yì）：高兴。女：同"汝"。这里指彤管，也指所爱的女子。

③牧：野外。归：赠。荑（tí）：植物初生的叶芽。洵美且异：确实美得特别。洵：确实。匪：同"非"。女：同"汝"，指"荑"。

鄘风

柏舟

泛彼柏舟，在彼中河。髧彼两髦，实维我仪。①
之死矢靡他。母也天只！不谅人只！②
泛彼柏舟，在彼河侧。髧彼两髦，实维我特。③
之死矢靡慝。母也天只！不谅人只！④

注释 这首诗是姑娘婚姻不自由，向母亲的倾诉和呼喊。

①髧（dàn）：头发下垂的样子。髦（máo）：古代称幼儿垂在前额的短头发。实维我仪：是我的好对象。维：是。仪：配偶。

②之死：到死。矢：发誓。靡：没有。他：别人。"母也"二句：母亲啊，我的天，你怎么这样不体谅我。谅：相信，体谅。只：语助词。

③特：匹配。

④慝（tè）："忒"的假借字，改变。

相鼠

相鼠有皮，人而无仪。人而无仪，不死何为？①
相鼠有齿，人而无止。人而无止，不死何俟？②
相鼠有体，人而无礼。人而无礼，胡不遄死？③

注释 此诗骂那些无礼之人，在《诗经》中是最露骨、最直接的一首。相：看。

①仪：礼仪，教养。

②止：假借为"耻"。俟（sì）：等待。

③胡：为何。遄（chuán）：赶快。

卫风

淇奥

瞻彼淇奥，绿竹猗猗。有匪君子，如切如磋，如琢如磨。

瑟兮僴兮，赫兮咺兮。有匪君子，终不可谖兮。①

瞻彼淇奥，绿竹青青。有匪君子，充耳琇莹，会弁如星。

瑟兮僴兮，赫兮咺兮。有匪君子，终不可谖兮。②

瞻彼淇奥，绿竹如箦。有匪君子，如金如锡，如圭如璧。

宽兮绰兮，猗重较兮。善戏谑兮，不为虐兮。③

注释 这首诗是赞美一位品德高尚的士大夫。据《毛诗序》说，《淇奥》，美武公之德也。这个武公是卫国的武和，曾任周平王的卿士。淇奥（yù）：淇水的弯曲处。奥通"隩"。

①猗猗（yī）：柔美茂盛的样子。匪：通"斐"，文采，或指风度翩翩。"如切"二句：本指玉器、骨器的加工，这里形容人的磨炼修为。瑟：仪容庄重。僴（xiàn）：胸襟开阔。赫：显著。咺（xuān）：有威仪的样子。谖（xuān）：忘记。

②充耳：挂在冠冕两旁的饰物，下垂至耳，一般用玉石制成。琇（xiù）莹：似玉的美石。会（kuài）缝隙。弁（biàn）：皮帽子。会弁如星的意思是：用宝石装饰在皮帽的缝上，如星星一样闪亮。

③箦（zé）：堆积，形容茂密。圭：玉制礼器，上尖下方。璧：玉制礼器，正圆形，中有小孔。宽兮绰兮：胸怀宽广。猗（yī）：通

"倚"。重较：车厢上有两重横木的车子。为古代卿士所乘。猗重较，意思是乘着卿士的华车。戏谑：开玩笑。虐：粗暴。

氓

氓之蚩蚩，抱布贸丝。匪来贸丝，来即我谋。①
送子涉淇，至于顿丘。匪我愆期，子无良媒。②
将子无怒，秋以为期。③

乘彼垝垣，以望复关。不见复关，泣涕涟涟。④
既见复关，载笑载言。尔卜尔筮，体无咎言。⑤
以尔车来，以我贿迁。⑥

桑之未落，其叶沃若。于嗟鸠兮，无食桑葚！⑦
于嗟女兮，无与士耽！士之耽兮，犹可说也。⑧
女之耽兮，不可说也。

桑之落矣，其黄而陨。自我徂尔，三岁食贫。⑨
淇水汤汤，渐车帷裳。女也不爽，士贰其行。⑩
士也罔极，二三其德。⑪

三岁为妇，靡室劳矣。夙兴夜寐，靡有朝矣。⑫
言既遂矣，至于暴矣。兄弟不知，咥其笑矣。⑬
静言思之，躬自悼矣！⑭

及尔偕老，老使我怨。淇则有岸，隰则有泮。⑮
总角之宴，言笑晏晏。信誓旦旦，不思其反。⑯
反是不思，亦已焉哉！⑰

注释 这是弃妇的怨诗。

①氓：民，男子的代称。蚩蚩：同嗤嗤，笑嘻嘻。布：古代的货币。抱布贸丝即带着钱来买丝。匪：同"非"。来即我谋：来跟我商量事情，指婚事。

②淇：河流名，在今河南。顿丘：地名。愆（qiān）：错过。愆期：延误日期。

③将子无怒：请你不要生气。将（qiāng）：请。无：不要。

④乘：登上。垝（guǐ）：颓坏。垣（yuán）：墙。复关：地名，当是男子所居之地。

⑤载笑载言：又说又笑。载：又、且。尔：指男子。卜：用龟占卜。筮（shì）：用蓍草占卜。体：卦象。咎言：不吉利的话。

⑥"以我"句：带着我的嫁妆过去。贿：财物，指嫁妆。

⑦沃若：肥硕润泽，比喻情意之盛。"于嗟"二句：鸠鸟你别贪吃桑椹，小心醉昏。比喻女子沉醉于爱情，有一天会后悔。于通"吁"，叹词。

⑧耽：沉溺，入迷，指沉醉于爱情。说：与"脱"通，解脱。

⑨陨：掉落。"自我"二句：自从我嫁到你家，过了三年穷日子。徂（cú）：往。食贫：吃苦。

⑩汤（shāng）汤：水势浩大的样子。渐：浸湿。帷裳：车上的布幔。这两句是指女子被休后，渡淇水而归。不爽：没有差错。士贰其行：男子有二心，不专一。

⑪罔极：无定准。二三其德：反复无常。

⑫靡室劳矣：所有的家务劳作一身承担无余。室劳：家务事。靡：无。"夙兴"二句：起早贪黑，不分日夜。兴：起来。

⑬"言既"二句：你的愿望实现了，就对我粗暴起来。言：语助词。咥（xì）：讥笑的样子。

⑭"静言"二句：静下心来好好想一想，只能独自伤心。言：语助词。躬：自身。悼：伤心。

⑮"及尔"二句：本来约定与你白头偕老，未老而被弃，使我生怨。隰（xí）：低湿的地方。泮（pàn）：通"畔"，水边，边岸。

⑯总角：古代男女未成年时把头发扎成丫髻，称为总角。宴：快乐。晏（yàn）晏：欢乐、和悦的样子。不思其反：不曾想过男子会违背誓言。

⑰反是不思：与上句同义。亦已焉哉：只好丢开算了吧！

木瓜

投我以木瓜，报之以琼琚。匪报也，永以为好也！①
投我以木桃，报之以琼瑶。匪报也，永以为好也！②
投我以木李，报之以琼玖。匪报也，永以为好也！

注释　这是情人赠答的诗。按朱熹的说法，是卫国人感谢赞美齐桓公之作。

①琼琚：与后面的琼瑶、琼玖都是指佩玉。匪：非。报：报答。"永以"句：表示永远相好。

②木桃：就是桃子，后面的"木李"就是李子。为了上面的"木瓜"一致，故加上木字。

王风

黍离

彼黍离离，彼稷之苗。行迈靡靡，中心摇摇。①
知我者谓我心忧，不知我者谓我何求。
悠悠苍天，此何人哉？②

彼黍离离，彼稷之穗。行迈靡靡，中心如醉。
知我者谓我心忧，不知我者谓我何求。
悠悠苍天，此何人哉？

彼黍离离，彼稷之实。行迈靡靡，中心如噎。③
知我者谓我心忧，不知我者谓我何求。
悠悠苍天，此何人哉？

注释 毛诗序："周大夫行役，至于宗周，过故宗庙宫室，尽为禾黍，闵周室之颠覆，彷徨不忍去，而作是诗也。"

①黍（shǔ）：黍子，即黄米。离离：庄稼茂盛而整齐貌。稷（jì）：古代称一种粮食作物。有的书上说是黍一类的作物，有的书说是小米（粟）。行迈：行走。靡靡：脚步缓慢的样子。中心：心中。摇摇：心神不安的样子。

②此何人哉：这是谁造成的？

③中心如噎（yē）：指心中郁闷，像有食物堵住一样。噎：食物堵住食管。

君子于役

君子于役，不知其期。曷至哉？鸡栖于埘。^①

日之夕矣，牛羊下来。君子于役，如之何勿思！^②

君子于役，不日不月。曷其有佸？鸡栖于桀。^③

日之夕矣，牛羊下括。君子于役，苟无饥渴！^④

注释 这是一首写妻子怀念远方服役的丈夫的诗。

①于役：在外面服役。期：指服役的期限。曷（hé）：何时。至：归家。埘（shí）：在墙壁上挖洞做成的鸡舍。

②"牛羊"句：牛羊成群下山坡了。"如之"句：怎么能不想他。

③不日不月：行役之久，无法用日月来计算。佸（huó）：相会。桀（jié）：鸡栖息的木桩。

④括：至，到来。苟：或许。

采葛

彼采葛兮，一日不见，如三月兮。①
彼采萧兮，一日不见，如三秋兮。②
彼采艾兮，一日不见，如三岁兮。③

注释 这是一首思念情人的小诗。

①葛：一种蔓生植物，块根可食用，茎可制纤维。

②萧：蒿的一种，叶白茎粗，有香气，古代用于祭祀。三秋：三个秋季。这里指三个季度，共九个月。

③艾：艾蒿，可供药用。

郑风

有女同车

有女同车，颜如舜华。将翱将翔，佩玉琼琚。

彼美孟姜，洵美且都。[①]

有女同行，颜如舜英。将翱将翔，佩玉将将。

彼美孟姜，德音不忘。[②]

注释 这是一首对美女的赞美诗。

①舜：木槿。华：同"花"。将翱（aó）将翔：形容女子步履轻盈。孟姜：姜姓长女。后世把孟姜作为美女的通称。洵（xún）：确实。都：娴雅文静。

②英：花。将（qiāng）将：即"锵锵"，佩玉摩擦碰撞发出的声音。德音：好品德，好声誉。

子衿

青青子衿，悠悠我心。纵我不往，子宁不嗣音？①
青青子佩，悠悠我思。纵我不往，子宁不来？②
挑兮达兮，在城阙兮。一日不见，如三月兮！③

注释 这是一首优美的情歌，是描写相思之情的经典作品。

①青青子衿：周朝读书人穿的青色衣服。子：男子的美称。衿，即襟，上衣的胸前部分。悠悠：忧思不断的样子。宁：怎么。嗣音：保持联系。嗣：接续，继续。音：音信。

②佩：这里指佩玉的绶带。

③挑兮达兮：快步走来走去，表示心里着急。挑，也作"佻"。城阙：城门两边的瞭望阁楼。

魏风

伐檀

坎坎伐檀兮，置之河之干兮，河水清且涟猗。

不稼不穑，胡取禾三百廛兮？

不狩不猎，胡瞻尔庭有县貆兮？

彼君子兮，不素餐兮！①

坎坎伐辐兮，置之河之侧兮，河水清且直猗。

不稼不穑，胡取禾三百亿兮？

不狩不猎，胡瞻尔庭有县特兮？

彼君子兮，不素食兮！②

坎坎伐轮兮，置之河之漘兮，河水清且沦猗。

不稼不穑，胡取禾三百囷兮？

不狩不猎，胡瞻尔庭有县鹑兮？

彼君子兮，不素飧兮！③

注释　这首诗是讽刺那些不劳而获的剥削者。

①坎坎：伐木声。干：岸。猗（yī）：语助词，同"兮"。稼（jià）播种。穑（sè）：收获。胡：为什么。廛（chán）通"缠"，即"捆"。狩：冬天打猎。县：通"悬"。貆（huán）：獾子。君子：指不劳而获者。素餐：与下文的"素食""素飧"都是白吃饭的意思。这里是反语。

②伐辐：与上面的"伐檀"互文见义，指伐檀木做车辐。辐是车轮

中的直木。亿：同“繶”，束。特：三岁的兽。

③湣（chún）：水边。囷（qūn）：圆形谷仓。飧（sūn）：晚饭，亦泛指熟食。

硕鼠

硕鼠硕鼠，无食我黍！三岁贯女，莫我肯顾。①
逝将去女，适彼乐土。乐土乐土，爰得我所。②
硕鼠硕鼠，无食我麦！三岁贯女，莫我肯德。③
逝将去女，适彼乐国。乐国乐国，爰得我直。④
硕鼠硕鼠，无食我苗！三岁贯女，莫我肯劳。⑤
逝将去女，适彼乐郊。乐郊乐郊，谁之永号！⑥

注释 这首诗表达农民对剥削者的怨恨。

①硕鼠：大老鼠。无：不要。三岁：泛指时间很长。贯：侍奉。女：汝。莫我肯顾：一点都不肯照顾我。

②逝：誓。去女：离开你。适：到。乐土：理想的地方，与后面的乐国、乐郊义同。爰：乃。得我所：得到我安居的处所。

③德：恩惠。

④直：值，宜居的地方。

⑤劳：慰劳。

⑥永号：长叹。

秦风

蒹葭

蒹葭苍苍，白露为霜。所谓伊人，在水一方。①
溯洄从之，道阻且长。溯游从之，宛在水中央。②
蒹葭凄凄，白露未晞。所谓伊人，在水之湄。③
溯洄从之，道阻且跻。溯游从之，宛在水中坻。④
蒹葭采采，白露未已。所谓伊人，在水之涘。⑤
溯洄从之，道阻且右。溯游从之，宛在水中沚。⑥

注释 这首似是情诗，作者寻访意中人，结果是可望而不可及。

①蒹（jiān）：古书上指芦苇一类的植物。葭（jiā）：初生的芦苇。所谓：所说的。伊人：那个人，指思慕对象。一方：另一边。

②"溯洄"二句：意为沿着曲折的河流向上游去寻找，道路难走又漫长。溯：逆流而上。洄：水流曲折回旋。从：追寻。溯游：沿着直流。游，通"流"，指直流。宛：仿佛。

③凄凄：同萋萋，与苍苍、采采同义，茂盛的样子。晞（xī）：晒干。湄：水边。

④跻（jī）：上升。这里形容道路又陡又高。坻（chí）水中的小块陆地。

⑤已：止。这里是消失的意思。涘（sì）：水边。

⑥右：迂回曲折。沚（zhǐ）：水中的小块陆地。水中间能住人的叫洲，小洲叫渚，小渚叫沚，小沚叫坻。

黄鸟

交交黄鸟，止于棘。谁从穆公？子车奄息。[1]
维此奄息，百夫之特。临其穴，惴惴其栗。[2]
彼苍者天，歼我良人！如可赎兮，人百其身。[3]
交交黄鸟，止于桑。谁从穆公？子车仲行。
维此仲行，百夫之防。临其穴，惴惴其栗。[4]
彼苍者天，歼我良人！如可赎兮，人百其身。
交交黄鸟，止于楚。谁从穆公？子车针虎。[5]
维此针虎，百夫之御。临其穴，惴惴其栗。
彼苍者天，歼我良人！如可赎兮，人百其身。

注释 秦穆公卒，用 177 名活人殉葬，其中包括三名良士——子车氏的奄息、仲行、针虎。这首诗是对野蛮的人殉风俗和暴君的控诉，是对不幸者的深深哀悼与惋惜。

①交交：鸟鸣声。黄鸟，即黄雀。棘：酸枣树。从：从死，即殉葬。
②特：杰出的人才。惴惴其栗：恐惧战栗。
③彼苍者天：老天爷啊！歼：杀害。良人：贤良之人。人百其身：用一百人赎其一命。
④防：当。意为一人可当百夫。后面的御也是同样的意思。
⑤楚：荆树。

无衣

岂曰无衣？与子同袍。王于兴师，修我戈矛，与子同仇。①
岂曰无衣？与子同泽。王于兴师，修我矛戟，与子偕作。②
岂曰无衣？与子同裳。王于兴师，修我甲兵，与子偕行。③

注释 这是反映战士友爱和慷慨从军的诗歌。但《毛诗序》说，此诗是秦人讽刺其君好攻战，喜用兵之作。

①岂曰：谁说。袍：长袍。"同袍"是友爱之意。于：语助词。兴师：出兵。修：修理、整治。同仇：共同对敌。

②泽：通"襗"，贴身内衣。偕作：一起行动。

③裳：下衣，此指战裙。甲兵：铠甲与兵器。偕行：同往。

豳（bīn）风

七月

七月流火，九月授衣。一之日觱发，二之日栗烈。

无衣无褐，何以卒岁？三之日于耜，四之日举趾。

同我妇子，馌彼南亩。田畯至喜。①

七月流火，九月授衣。春日载阳，有鸣仓庚。

女执懿筐，遵彼微行，爰求柔桑。春日迟迟，采蘩祁祁。

女心伤悲，殆及公子同归。②

七月流火，八月萑苇。蚕月条桑，取彼斧斨，

以伐远扬，猗彼女桑。七月鸣鵙，八月载绩。

载玄载黄，我朱孔阳，为公子裳。③

四月秀葽，五月鸣蜩。八月其获，十月陨萚。

一之日于貉，取彼狐狸，为公子裘。二之日其同，

载缵武功。言私其豵，献豜于公。④

五月斯螽动股，六月莎鸡振羽，七月在野，八月在宇，

九月在户，十月蟋蟀入我床下。穹窒熏鼠，塞向墐户。

嗟我妇子，曰为改岁，入此室处。⑤

六月食郁及薁，七月亨葵及菽，八月剥枣，十月获稻。

为此春酒，以介眉寿。七月食瓜，八月断壶，九月叔苴。

采荼薪樗，食我农夫。⑥

九月筑场圃，十月纳禾稼。黍稷重穋，禾麻菽麦。

嗟我农夫，我稼既同，上入执宫功。昼尔于茅，宵尔索绹。

亟其乘屋，其始播百谷。⑦

二之日凿冰冲冲，三之日纳于凌阴，四之日其蚤，献羔祭韭。

九月肃霜，十月涤场。朋酒斯飨，曰杀羔羊。

跻彼公堂，称彼兕觥，万寿无疆！⑧

注释 这是叙述农民全年劳动的诗。反映了周代早期的农业生产和农民的日常生活情况，叙事兼抒情。

①七月流火：七月：指夏历（即农历）七月。火，或称大火，星名，即心宿。流：下降。夏历六月，大火星出现在正南方，位置最高。到了七月，就偏西下行，所以叫"流"。授衣：把裁制冬衣的工作交给妇女们去做。一之日：周历一月，即夏历十一月的日子，以下类推。觱发（bì bō）：寒风触物声。栗烈：凛冽。"无衣"二句：意为没有寒衣，怎么过冬。褐：粗布衣。卒岁：度过一年。于：为，这里指修理。耜（sì）：翻土用的农具。举趾：下田耕作。趾：足。同：集合。妇子：妇女小孩。馌（yè）送饭。田畯（jùn）：农官名。

②载阳：天气转暖。仓庚：鸟名，即黄莺。懿筐：深筐。遵：顺着。微行（háng）：小径。爰：语助词。柔桑：嫩桑叶。蘩：白蒿。用以生蚕。祁祁：众多。殆及公子同归：怕被公子强迫带回家去。

③萑（huán）苇：芦苇。蚕月：养蚕的月份，即夏历三月。条桑：修剪桑枝。斨（qiāng）：方孔的斧。远扬：伸得很远的枝条。猗（yī）：同"掎"，牵引，拉。女桑：嫩的桑枝。鵙（jú）：鸟名，又叫伯劳。载绩：开始绩麻，即把麻搓捻成线。"载玄"三句：意为把布织好后染成黑、黄、红色，给公子做衣裳。玄：红黑色。朱：正红色。孔：非常。阳：鲜明。

④秀：植物结籽。葽（yāo）：植物名，又叫远志，可入药。蜩（tiáo）：蝉。其获：收割庄稼。陨：落。萚（tuò）：草木脱落的叶和皮。

貉：通"祃（mà）"，于貉：即举行貉祭。古代射猎前演习武事的礼叫做貉祭。其同：聚合众人。缵（zuǎn）：继续。武功：指田猎。"言私"二句：把小兽留给自己，把大兽献给公家。豵（zōng）：一岁的小猪，泛指小兽。豣（jiān）：三岁的猪，泛指大兽。

⑤斯螽（zhōng）：蝗虫类。动股：两股相摩擦发出声音。莎鸡：虫名，纺织娘。振羽：振动翅膀发声。宇：檐下。穹：空隙。窒（zhì）：堵塞。向：朝北的窗。墐（jìn）户：用泥涂抹门。古代农村多以竹木为门，进入冬天之前必须涂泥以御寒。日为改岁：又将是新的一年了。日：语助词。处：居住。

⑥郁：植物名，果实似李子，可食。薁（yù）：植物名，果实如桂圆。亨：同"烹"。葵：菜名。菽：豆类。剥（pū）：同"扑"，敲击。介：同"丐"，祈求。眉寿：长寿。壶：葫芦。断壶就是摘葫芦。叔：拾取。苴（jū）：麻籽，可食。荼：苦菜。樗（chū）：臭椿。

⑦重（tóng）穋（lù）：亦作"穜稑"，作物先种后熟的叫"重"，后种先熟的叫"穋"。同：集中，指把各种粮食集中入仓。"上入"句：还要到贵族家里去服劳役。上：同"尚"，还得。执：执行。官：贵族的府邸。功：指各种劳役。尔：语助词。于茅：割茅草。索绹（táo）：搓绳子。索：搓绳，作动词。绹：绳子。"亟其"二句：意为赶快上房修屋顶，马上又要开始种庄稼了。亟：急。乘屋：上房顶去修理。

⑧凌阴：冰窖。凌：冰。阴：同"窨"，地窖。蚤：同"早"。献羔祭韭：用羔羊和韭菜祭祖。羔：小羊。韭：韭菜。都是祭品。肃霜：降霜。涤场：清扫场地。朋酒：两樽酒。飨（xiǎng）：用酒食款待人。跻：登。称：举起。兕（sì）：雌犀牛。觥（gōng）：古代用兽角做的酒杯。

小雅

采薇（节选）

昔我往矣，杨柳依依；今我来思，雨雪霏霏。[1]
行道迟迟，载渴载饥。我心伤悲，莫知我哀。[2]

注释　这是一首反映戍边兵士生活的诗。全诗共六段，这里选的是最后一段。薇：野生豆科植物，初生时可食。

[1]昔我往矣：当年出征时。思：语助词。雨雪：下雪。"雨"在这里作动词用。

[2]迟迟：缓慢。载：又。莫知我哀：我的哀伤谁知道。

鹿鸣

呦呦鹿鸣，食野之苹，我有嘉宾，鼓瑟吹笙。
吹笙鼓簧，承筐是将。人之好我，示我周行。[1]
呦呦鹿鸣，食野之蒿。我有嘉宾，德音孔昭。
视民不恌，君子是则是效。我有旨酒，嘉宾式燕以敖。[2]
呦呦鹿鸣，食野之芩。我有嘉宾，鼓瑟鼓琴。
鼓瑟鼓琴，和乐且湛。我有旨酒，以燕乐嘉宾之心。[3]

注释 这是古人在宴会上唱的歌。原是君王宴请群臣时所唱，后来逐渐推广到民间。

①呦（yōu）呦：鹿的叫声。朱熹《诗集传》："呦呦，声之和也。"苹：草名，即藾蒿。承筐：指奉上礼品。将：送，献。周行（háng）：大道，引申为大道理。

②德音：美好的品德声誉。孔：很。昭：明显。视：同"示"。恌（tiāo）：轻佻，不庄重。则：楷模。效：仿效。旨酒：美酒。式燕以敖：形容宴会正热闹的场景。式：语助词。燕：宴会。敖：同"遨"，游玩。

③芩：草名，叶如竹。湛（dān）：尽兴。《毛传》："湛，乐之久也。"

常棣

常棣之华，鄂不韡韡。凡今之人，莫如兄弟。①
死丧之威，兄弟孔怀。原隰裒矣，兄弟求矣。②
脊令在原，兄弟急难。每有良朋，况也永叹。③
兄弟阋于墙，外御其务。每有良朋，烝也无戎。④
丧乱既平，既安且宁。虽有兄弟，不如友生。⑤
傧尔笾豆，饮酒之饫。兄弟既具，和乐且孺。⑥
妻子好合，如鼓瑟琴。兄弟既翕，和乐且湛。⑦
宜尔室家，乐尔妻帑。是究是图，亶其然乎！⑧

注释 此诗道尽人情冷暖，意味深长。

①常棣：也作棠棣，即郁李，别名秧李，可食。华：花。鄂：通"萼"，花萼。不（fū）："柎"的本字，花蒂。韡（wěi）：美而茂盛的样子。

②威：可怕。孔怀：最为思念、关怀。孔：很，最。隰（xí）：低湿

处。裒（póu）：聚集。似指战争造成尸体很多。此二句的意思是：有人流落异乡，抛尸荒野，他的兄弟会不怕辛苦去寻找。

③脊令：通作"鹡鸰"，一种水鸟。兄弟急难：急难之时要靠兄弟。"每有"二句：虽有好朋友，不过为之长叹而已。每：虽然。况：增加。永叹：长叹。

④阋（xì）：争吵。墙：墙内，家庭内部。务：通"侮"。烝（zhēng）：众多。戎：帮助。

⑤友生：友人。生：语气词，无实义。

⑥傧：陈列。笾（biān）豆：古代祭祀和宴会常用的两种礼器。竹制为笾，木制为豆。饫（yù）：饱食。孺：亲密。

⑦翕（xī）：和顺。湛（dān）：深厚。

⑧"宜尔"二句：理顺家庭关系，让老婆孩子都开心。帑（nú）：通"孥"，儿女。"是究"二句：请深思熟虑，是不是这个道理。究：深思。图：思考。亶（dǎn）：确实。

鹤鸣

鹤鸣于九皋，声闻于野。鱼潜在渊，或在于渚。
乐彼之园，爰有树檀，其下维萚。它山之石，
可以为错。①
鹤鸣于九皋，声闻于天。鱼在于渚，或潜在渊。
乐彼之园，爰有树檀，其下维榖。它山之石，
可以攻玉。②

注释 这首诗的主题比较含蓄，历来有不同的解释。多数认为是通

篇用借喻的手法，抒发招贤纳士之意。

①九皋：曲折深远的沼泽。九是虚数。渚（zhǔ）：水中的小洲，此处指水滩。爰（yuán）：于是，这里。树檀：檀树。维：语气词。萚（tuò）：草木脱落的皮、叶。一说指酸枣一类的灌木。错：砺石，可以打磨玉器。

②榖（gǔ）：树木名，即楮（chǔ）树。按朱熹之说，檀树之下还有"萚"和"榖"这样的恶木，犹君子与小人相处也。攻玉：将玉石琢磨成器。玉石只有通过"它山之石"的打磨，才能成器。

蓼莪

蓼蓼者莪，匪莪伊蒿。哀哀父母，生我劬劳。①
蓼蓼者莪，匪莪伊蔚。哀哀父母，生我劳瘁。②
瓶之罄矣，维罍之耻。鲜民之生，不如死之久矣！③
无父何怙？无母何恃？出则衔恤，入则靡至。④
父兮生我，母兮鞠我。拊我畜我，长我育我。⑤
顾我复我，出入腹我。欲报之德，昊天罔极！⑥
南山烈烈，飘风发发。民莫不榖，我独何害！⑦
南山律律，飘风弗弗。民莫不榖，我独不卒！⑧

注释 这是一首儿子哭悼父母的哀歌。

①蓼（lù）蓼：形容植物高大。莪（é）：蒿的一种，又名萝蒿。匪：非。伊：是。匪莪伊蒿：不是莪，是青蒿。哀哀：悲伤不止。劬（qú）劳：劳累。

②蔚：一种植物，即牡蒿。瘁（cuì）：过度劳累。

③"瓶之"二句：以瓶喻父母，以罍喻儿子，儿子为无力赡养父母

而感到羞耻。罄（qìng）：尽，空。罍（léi）：装水的容器。鲜（xiǎn）：指寡、孤。

④怙（hù）：依靠。恃（shì）：依赖。衔恤：含忧。靡至：找不到归宿。

⑤鞠：养。拊：通"抚"。畜：养育。

⑥顾：照顾。复：返回，指不忍离去。腹：怀抱。昊（hào）：广大。罔极：无边无际。此句指父母的恩德像昊天一样浩瀚无边。

⑦烈烈：高大的样子。发发：快速。穀：好。此句说别人都过好日子，只有我遭受不幸。

⑧律律：跟"烈烈"意思相同。弗弗：跟"发发"相同，只是换一个词，避免重复。不卒：指不能给父母养老送终。

北山

陟彼北山，言采其杞。偕偕士子，朝夕从事。王事靡盬，忧我父母。①

溥天之下，莫非王土。率土之滨，莫非王臣。大夫不均，我从事独贤。②

四牡彭彭，王事傍傍。嘉我未老，鲜我方将。旅力方刚，经营四方。③

或燕燕居息，或尽瘁事国。或息偃在床，或不已于行。④

或不知叫号，或惨惨劬劳。或栖迟偃仰，或王事鞅掌。⑤

或湛乐饮酒，或惨惨畏咎。或出入风议，或靡事不为。⑥

注释 此诗表达一个日夜忙于王事的人对社会劳逸不均的怨恨。

①陟（zhì）：登高。言：语助词。偕偕：健壮的样子。士子：周朝的低级官员，这里是诗人的自称。盬（gǔ）：停止。

②溥：同"普"。率土之滨：即四海之内。率：自。独贤：指独劳，这里是换一个说法。按朱熹之说："不斥王而曰大夫，不言独劳，而曰独贤，诗人之忠厚如此。"

③牡：雄性，这里指公马。彭彭：形容马奔跑不息。傍傍：急急忙忙。鲜（xiǎn）：称赞。方将：正值壮年。旅力：体力。旅通"膂"。经营：此处指操劳办事。

④燕燕：安闲自得的样子。居息：家中休息。息偃：躺着休息。不已：不止。行（háng）：道路。

⑤叫号：呼叫哭号。不知叫号，即不识人间痛苦事。惨惨：忧虑不安的样子。栖迟：休息游乐。鞅掌：事多繁忙，身不离鞍马。

⑥湛（dān）：同"耽"，沉湎。畏咎：害怕因过失获罪。风议：高谈阔论。靡事不为：什么事情都要做。

何草不黄

何草不黄？何日不行？何人不将？经营四方。①
何草不玄？何人不矜？哀我征夫，独为匪民。②
匪兕匪虎，率彼旷野。哀我征夫，朝夕不暇。③
有芃者狐，率彼幽草。有栈之车，行彼周道。④

注释 这是征夫的痛苦泣诉。

①将：出征。

②玄：发黑腐烂。矜（guān）：通"鳏"，无妻者。征夫离家，等于无妻。匪民：非人。匪：通"非"。

③兕（sì）：雌犀牛。率：沿着。

④芃（péng）：兽毛蓬松。栈：役车高高的样子。周道：大道。

大雅

思齐

思齐大任，文王之母。思媚周姜，京室之妇。
大姒嗣徽音，则百斯男。①
惠于宗公，神罔时怨，神罔时恫。刑于寡妻，
至于兄弟，以御于家邦。②
雍雍在宫，肃肃在庙。不显亦临，无射亦保。③
肆戎疾不殄，烈假不瑕。不闻亦式，不谏亦入。④
肆成人有德，小子有造。古之人无斁，誉髦斯士。⑤

注释 这是赞美周文王及周室三位女性的颂歌。思：发语词，无实义。齐（zhāi）：通"斋"，端庄。

①大任：即太任，王季之妻，文王之母。媚：美好。周姜：即太姜。古公亶父之妻，王季之母，文王之祖母。京室：王室。大姒（sì）：即太姒，文王之妻。嗣：继承。徽音：美誉。则百斯男：养育了众多男儿。百是虚指，言其多。

②惠：孝敬。宗公：祖先。罔：无。时：所。恫（tōng）伤痛。这两句的意思是：祖宗的神灵对他（文王）没有怨恨，也不使他伤痛。刑：同"型"，典范。寡妻：嫡妻。"刑于"二句：为家人和兄弟作出表率。御：治理。

③雍（yōng）雍：和谐的样子。肃肃：恭敬的样子。不显：隐蔽

处。无射（yì）：不厌倦。"射"为古"斁"字。此二句的意思是：隐蔽处也不放过，修身不倦保安宁。

④肆：所以。戎疾：大难。殄（tiǎn）：灭绝。烈：光。假：大。瑕：过失。此二句的意思是：故遭遇大难而不绝，光明正大没有过失。式：合适。入：接受。此二句的意思是：未闻之事只要合度，也可采用。虽无谏者，也能兼听从善。

⑤小子：青少年。古之人：指文王。无斁（yì）：无倦。誉：美名。髦：俊秀。此二句的意思是：文王诲人不倦，士子皆为俊秀。

周颂

敬之

敬之敬之，天维显思，命不易哉。①
无曰高高在上，陟降厥士，日监在兹。②
维予小子，不聪敬止。日就月将，③
学有辑熙于光明。佛时仔肩，示我显德行。④

注释 这是周成王悔过告庙和规诫自己的祷辞。

①敬：通"儆"，警戒。之：语气词。维：是。显：明察。思：语助词。命：天命。易：改变。

②陟（zhì）降：升降。厥：其。士：指群臣。此二句的意思是：不要说老天爷高高在上，群臣的升降，他每天都关注着。

③小子：年轻人，周成王自称。不聪敬止：不聪明而能时刻警戒。不聪：谦词。止：语助词。日就月将：每天每月都有进步。

④辑熙：积累光亮。佛（bì）：通"弼"，辅助。仔肩：责任。整句的意思是：辅助我担负重任，使我明白如何让德行显耀。

楚辞选

　　《楚辞》是中国文学史上第一部浪漫主义诗歌总集，是屈原创作的一种新诗体。"楚辞"的名称，西汉初期已有，至刘向乃编辑成集。收入屈原、宋玉及汉代淮南小山、东方朔、王褒、刘向等人的作品。全书以屈原的作品为主，集中展现了忠贞不渝的爱国精神，九死不悔的执着精神，上下求索的探索精神和独立不迁的人格精神。以其运用楚地的文学样式、方言声韵等，具有浓厚的地方特色，对后世诗歌产生深远影响。

屈原

屈原（约前 340—前 278），芈姓，名平，字原，出生于楚国丹阳秭归，战国时期楚国诗人、政治家。早年受楚怀王信任，任左徒、三闾大夫。提倡"美政"，主张对内举贤任能，修明法度，对外力主联齐抗秦。因遭贵族排挤诽谤，先后被流放至汉江和沅湘流域，楚国郢都被秦军攻破后，自沉于汨罗江以身殉国。

离骚（节选）

帝高阳之苗裔兮，朕皇考曰伯庸。①
摄提贞于孟陬兮，惟庚寅吾以降。②
皇览揆余初度兮，肇锡余以嘉名：③
名余曰正则兮，字余曰灵均。
纷吾既有此内美兮，又重之以修能。④
扈江离与辟芷兮，纫秋兰以为佩。⑤
汩余若将不及兮，恐年岁之不吾与。⑥
朝搴阰之木兰兮，夕揽洲之宿莽。⑦
日月忽其不淹兮，春与秋其代序。⑧
惟草木之零落兮，恐美人之迟暮。⑨

不抚壮而弃秽兮，何不改乎此度？⑩
乘骐骥以驰骋兮，来吾道夫先路！⑪
……

余既滋兰之九畹兮，又树蕙之百亩。⑫
畦留夷与揭车兮，杂杜衡与芳芷。⑬
冀枝叶之峻茂兮，愿竢时乎吾将刈。⑭
虽萎绝其亦何伤兮，哀众芳之芜秽。⑮
众皆竞进以贪婪兮，凭不厌乎求索。⑯
羌内恕己以量人兮，各兴心而嫉妒。⑰
忽驰骛以追逐兮，非余心之所急。⑱
老冉冉其将至兮，恐修名之不立。⑲
朝饮木兰之坠露兮，夕餐秋菊之落英。
苟余情其信姱以练要兮，长顑颔亦何伤。⑳
擥木根以结茝兮，贯薜荔之落蕊。㉑
矫菌桂以纫蕙兮，索胡绳之纚纚。㉒
謇吾法夫前修兮，非世俗之所服。㉓
虽不周于今之人兮，愿依彭咸之遗则。㉔
长太息以掩涕兮，哀民生之多艰。㉕
余虽好修姱以鞿羁兮，謇朝谇而夕替。㉖
既替余以蕙纕兮，又申之以揽茝。㉗
亦余心之所善兮，虽九死其犹未悔。㉘
怨灵修之浩荡兮，终不察夫民心。㉙
众女嫉余之蛾眉兮，谣诼谓余以善淫。㉚
固时俗之工巧兮，偭规矩而改错。㉛
背绳墨以追曲兮，竞周容以为度。㉜
忳郁邑余侘傺兮，吾独穷困乎此时也。㉝

宁溘死以流亡兮，余不忍为此态也。㉞
鸷鸟之不群兮，自前世而固然。㉟
何方圜之能周兮，夫孰异道而相安?㊱
屈心而抑志兮，忍尤而攘诟。㊲
伏清白以死直兮，固前圣之所厚。㊳
悔相道之不察兮，延伫乎吾将反。㊴
回朕车以复路兮，及行迷之未远。
步余马于兰皋兮，驰椒丘且焉止息。㊵
进不入以离尤兮，退将复修吾初服。㊶
制芰荷以为衣兮，集芙蓉以为裳。㊷
不吾知其亦已兮，苟余情其信芳。㊸
高余冠之岌岌兮，长余佩之陆离。㊹
芳与泽其杂糅兮，唯昭质其犹未亏。㊺
忽反顾以游目兮，将往观乎四荒。㊻
佩缤纷其繁饰兮，芳菲菲其弥章。㊼
民生各有所乐兮，余独好修以为常。
虽体解吾犹未变兮，岂余心之可惩。㊽
……

跪敷衽以陈辞兮，耿吾既得此中正。㊾
驷玉虬以乘鹥兮，溘埃风余上征。㊿
朝发轫于苍梧兮，夕余至乎悬圃。○51
欲少留此灵琐兮，日忽忽其将暮。○52
吾令羲和弭节兮，望崦嵫而勿迫。○53
路曼曼其修远兮，吾将上下而求索。○54
……

乱曰：已矣哉!○55

国无人莫我知兮，又何怀乎故都？[56]

既莫足与为美政兮，吾将从彭咸之所居！[57]

注释 离骚：历来有多种解释，司马迁认为离骚就是离忧。《史记·屈原贾生列传》：“离骚者犹离忧也。”这是屈原最主要的作品，是中国古代最著名的长篇抒情诗。此诗前半部分反复倾诉诗人对楚国命运和人民生活的关心，表达要求革新政治的愿望，和坚持理想不与邪恶势力妥协的意志；后半部分通过神游天界，追求实现理想，和失败后欲以身殉国的陈述，反映诗人热爱祖国和人民的思想感情。

①高阳：上古帝王颛顼（zhuān xū）之号。苗裔：后代子孙。朕：我。自秦始皇始为皇帝专用。皇考：对亡父的敬称。

②摄提：太岁在寅为摄提格，此指寅年。贞：正。孟：开始。陬（zōu）：正月。降：出生。

③“皇”即皇考，指亡父。览：观察。揆：度量。初度：初生。肇：始。锡：赐。

④纷：形容多。内美：指先天具有的美好品质。重（chóng）：加上。修能：优越的才能。

⑤扈（hù）：披，楚方言。江离：香草名。辟芷：生在幽僻之处的芷草。纫：连缀成串。

⑥汩（yù）：形容水流很快。这里比喻时光飞逝。不吾与：不等待我。

⑦搴（qiān）：拔取。阰（pí）：土坡。揽：采。宿莽：一种经冬不死的香草。

⑧淹：久留。代序：更替。

⑨惟：语助词。美人：比喻国君。

⑩“不抚壮”句：意思是说楚王不能趁年富力强的时候抛弃那些弊政。为何不能改变这种作风呢？

⑪“乘骐骥”句：意思是说楚王如能改弦易辙，自己愿为前驱，引

导楚王实现自己的政治抱负。道：通"导"，引导。

⑫滋、树：都是栽种的意思，比喻培养贤人。畹（wǎn）：古代地积单位，三十亩为一畹。

⑬畦（qí）：田园中分成的小区。这里是动词，指一畦一畦地种植。留夷、揭车、杜衡均为香草名，比喻贤人。

⑭冀：希望。峻茂：高大茂盛。竢（sì）：同"俟"，等待。刈（yì）：收割。

⑮萎绝：枯萎夭折。比喻所培植的人受到排挤迫害。芜秽：喻贤者变质。

⑯凭：满。形容求索之甚。

⑰"羌内"二句：意为这些小人宽恕自己而苛求别人，嫉贤妒能。羌：楚方言，语气词。

⑱忽：急。驰骛：奔驰。

⑲冉冉：渐渐。修名：高洁的名誉。

⑳苟：只要。信：真。姱（kuā）：美好。练要：精诚而坚定。顑颔（kǎn hàn）：面黄肌瘦。意思是说，只要自己真是品质高洁，操守坚定，即使贫穷也没有关系。

㉑擥（lǎn）：同"揽"。茝（zhǐ）：香草名，同"芷"。

㉒矫：举，拿。索：作动词用，指把胡绳搓成绳索。胡绳：香草名。纚纚（xǐ）：形容长长的一串。

㉓謇（jiǎn）：楚方言，语助词。法：效法。前修：前代贤人。

㉔周：相合，相容。彭咸：殷贤大夫，因谏纣王不听，投水而死。

㉕太息：叹息。民生：人生。

㉖"余虽"二句：我虽然爱好高洁又严于律己，但早上进献忠言晚上就被废弃。修姱：美好品德。羁（jī）：马缰绳。羁：马笼头。谇（suì）：谏言。替：改变，废弃。

㉗纕（xiāng）：佩戴。申：重复。大意是：群小攻击我佩戴蕙兰，又指责我爱好采集茝草。

㉘善：崇尚。

㉙灵修：指楚怀王。民心：人心，指屈原自己的赤诚之心。

㉚众女：指群小。蛾眉：美丽的容貌，此指美德。谣诼（zhuó）：造谣污蔑。

㉛工巧：善于取巧。偭（miǎn）：背弃。错：通"措"，措施。

㉜绳墨：木工画直线用的工具，比喻正道。曲：曲斜。周容：苟合以取悦于人。

㉝忳（tún）：烦闷。郁邑：忧愤郁结。侘傺（chà chì）：失意的样子。

㉞溘（kè）：忽然。

㉟鸷（zhì）鸟：指鹰一类猛禽，比喻刚强正直的人。

㊱方圜：方圆。周：合。

㊲尤：罪过。攘：容忍。诟（gòu）：耻辱。

㊳伏：通"服"，保持。死直：行为正直而死。厚：嘉许。

㊴相道：寻找道路。不察：不仔细。延伫：长久站立。

㊵兰皋：长着兰草的水边高地。椒丘：长着椒树的山丘。止息：休息。

㊶离尤：同"罹尤"，获罪。初服：未入仕时的服装，指修身洁行。

㊷芰（jì）：菱。

㊸不吾知：不知我。亦已：也就算了。苟余情其信芳：只要我的情志真正高洁芬芳。

㊹岌（jí）岌：高高的样子。陆离：长长的样子。

㊺昭质：清白的品质。

㊻游目：远望。四荒：四方荒远之地。

㊼弥章：愈发显著。章，同"彰"。

㊽体解：粉身碎骨。惩：惧怕。

㊾敷：铺开。袵（rèn）：衣服前襟。中正：正道。

㊿驷：用四匹马驾车。虬（qiú）：古代传说中的一种龙。鹥（yī）：

凤凰一类的鸟。

(51)发轫（rèn）：出发。轫：支住车轮不使旋转的木头。苍梧：九嶷山，在湖南宁远东南。悬圃：神话传说中的山名，在昆仑山上。

(52)灵琐：神仙居所。

(53)羲和：相传是驾太阳车的神。弭（mǐ）节：停车。弭：止。节：行车的节度。崦嵫（yān　zī）：神话传说中日落之处。

(54)曼曼：同“漫漫”，形容路远。

(55)乱：尾声。已矣哉：算了吧。

(56)国无人：国家无贤人。故都：郢（yǐng）都，指朝廷。

(57)足：足以。居：居所，指归宿。

九歌

湘君

君不行兮夷犹，蹇谁留兮中洲？①
美要眇兮宜修，沛吾乘兮桂舟。②
令沅湘兮无波，使江水兮安流。③
望夫君兮未来，吹参差兮谁思？④
驾飞龙兮北征，邅吾道兮洞庭。⑤
薜荔柏兮蕙绸，荪桡兮兰旌。⑥
望涔阳兮极浦，横大江兮扬灵。⑦
扬灵兮未极，女婵媛兮为余太息。⑧
横流涕兮潺湲，隐思君兮陫侧。⑨

桂棹兮兰枻，斲冰兮积雪。⑩

采薜荔兮水中，搴芙蓉兮木末。⑪

心不同兮媒劳，恩不甚兮轻绝。⑫

石濑兮浅浅，飞龙兮翩翩。⑬

交不忠兮怨长，期不信兮告余以不闲。⑭

朝骋骛兮江皋，夕弭节兮北渚。⑮

鸟次兮屋上，水周兮堂下。⑯

捐余玦兮江中，遗余佩兮醴浦。⑰

采芳洲兮杜若，将以遗兮下女。⑱

时不可兮再得，聊逍遥兮容与。⑲

注释 此诗系《九歌》之一，是祭湘君的诗歌。表达湘夫人对湘君的思念盼望，及久待不至，而生怨慕神伤的感情。

①君：指湘君。夷犹：犹豫不决。蹇（jiǎn）：楚国方言，发声词。中洲：洲中。

②要眇（miǎo）：美好的样子。宜修：恰到好处的修饰。沛：水大而急。

③沅湘：沅江、湘江，都在湖南。

④参差：高低错落，指排箫。

⑤飞龙：龙船，即上文所说的"桂舟"。邅（zhān）：转。

⑥薜荔：蔓生香草。柏：通"箔"，帘子。蕙绸：缀满蕙兰的帷帐。荪：香草。桡（ráo）：桨。旌：旗杆顶上用彩色羽毛做装饰的旗子。

⑦涔（cén）阳：湖南涔水北岸。极浦：遥远的水滨。扬灵：扬帆。

⑧极：到达。女：湘夫人的侍女。婵媛：情思牵萦。

⑨潺湲（yuán）：缓慢流淌的样子。陫侧：即"悱恻"，内心悲苦。

⑩棹（zhào）：桨。枻（yì）：短桨。斲（zhuó）冰：破冰。斲，同"斫"。斲冰兮积雪：比喻船行激流中如凿冰堆雪。

⑪搴（qiān）：拔取。木末：树梢。

⑫媒劳：让媒人徒劳。

⑬石濑（lài）：石上激流。浅浅（jiān）：形容水流声。

⑭期：约会。不信：不践约。不闲：不得空闲。

⑮骋骛（wù）：奔走。江皋：江边。

⑯次：止息。周：环流。

⑰醴：同"澧"，水名，由湘西北流入洞庭湖。玦（jué）：环形玉佩。

⑱杜若：香草名。遗（wèi）：赠送。下女：侍女。

⑲容与：舒缓放松。是宽慰自己的话。

湘夫人

帝子降兮北渚，目眇眇兮愁予。①

袅袅兮秋风，洞庭波兮木叶下。②

登白薠兮骋望，与佳期兮夕张。③

鸟何萃兮蘋中，罾何为兮木上？④

沅有芷兮澧有兰，思公子兮未敢言。⑤

荒忽兮远望，观流水兮潺湲。⑥

麋何食兮庭中？蛟何为兮水裔？⑦

朝驰余马兮江皋，夕济兮西澨。⑧

闻佳人兮召予，将腾驾兮偕逝。⑨

筑室兮水中，葺之兮荷盖。⑩

荪壁兮紫坛，播芳椒兮成堂。⑪

桂栋兮兰橑，辛夷楣兮药房。⑫

罔薜荔兮为帷，擗蕙櫋兮既张。⑬

白玉兮为镇，疏石兰兮为芳。⑭

芷葺兮荷屋，缭之兮杜衡。⑮

合百草兮实庭，建芳馨兮庑门。⑯

九嶷缤兮并迎，灵之来兮如云。⑰

捐余袂兮江中，遗余褋兮澧浦。⑱

搴汀洲兮杜若，将以遗兮远者。⑲

时不可兮骤得，聊逍遥兮容与。

注释 此诗系《九歌》之一，是祭湘水女神的诗歌，和《湘君》是姊妹篇。写湘君等待湘夫人而不至，所产生的惆怅心情。缠绵悱恻，情意至深。

①帝子：指湘夫人。相传她是帝尧之女，故称帝子。眇眇：望而不见的样子。愁予：使我发愁。

②袅袅：微风吹拂的样子。

③白蘋（fán）：草名。指长满白蘋的水洲。骋望：极目远望。佳：佳人，指湘夫人。期：约会。张：陈设。

④萃：聚集。蘋：水草名。罾（zēng）：渔网。

⑤公子：指湘夫人。

⑥荒忽：遥远的样子。

⑦水裔：水边。

⑧江皋：江边。济：渡过。澨（shì）：水边。

⑨腾驾：飞驰。偕逝：同往。

⑩葺之兮荷盖：用荷叶盖房顶。葺（qì）：编草盖房子。

⑪荪（sūn）壁：用荪草装饰墙壁。紫坛：用紫贝砌庭院。播芳椒兮成堂：把花椒混合在泥中粉饰殿堂。

⑫橑（liǎo）：屋椽。辛夷：木名，又称木笔。楣：门上横梁。药：白芷。药房，即以白芷装饰房间。

⑬罔：同"网"，编织。擗（pǐ）：分开。櫋（miǎn）：隔扇。

⑭镇：压席子的东西。疏：分疏，陈列。石兰：香草名。

⑮芷葺：以白芷覆盖屋顶。缭：缠绕。杜衡：香草名。

⑯合：合聚。百草：各种芳草。实庭：充实庭院。建：陈列。庑
（wǔ）：走廊、厢房。

⑰九嶷：山名，传说中舜的葬地。这里指九嶷山神随湘君一起迎接
湘夫人。灵：众神。

⑱袂（mèi）：衣袖。褋（dié）：内衣。

⑲远者：指湘夫人。

山鬼

若有人兮山之阿，被薜荔兮带女萝。①
既含睇兮又宜笑，子慕予兮善窈窕。②
乘赤豹兮从文狸，辛夷车兮结桂旗。③
被石兰兮带杜衡，折芳馨兮遗所思。④
余处幽篁兮终不见天，路险难兮独后来。⑤
表独立兮山之上，云容容兮而在下。⑥
杳冥冥兮羌昼晦，东风飘兮神灵雨。⑦
留灵修兮憺忘归，岁既晏兮孰华予？⑧
采三秀兮于山间，石磊磊兮葛蔓蔓。⑨
怨公子兮怅忘归，君思我兮不得闲。⑩
山中人兮芳杜若，饮石泉兮荫松柏，
君思我兮然疑作。⑪
雷填填兮雨冥冥，猨啾啾兮狖夜鸣。⑫
风飒飒兮木萧萧，思公子兮徒离忧。⑬

注释 此诗系《九歌》之一，为女巫所扮山鬼的自白。表现了山
鬼的倩丽可爱，温柔多情。

①阿：山坳。被：同“披”。女萝：植物名，即松萝，多附生在松

树上，成丝状下垂。

②含睇（dì）：含情而视。宜笑：笑得很美。子：山鬼对自己思慕对象的称呼。

③赤豹：皮毛呈红色的豹。从：跟从。文：花纹。狸：狸猫。辛夷车：用辛夷木做的车。结：编结。桂旗：桂枝编结的旗。

④石兰、杜衡：皆香草名。芳馨：指香花香草。遗所思：赠给所思念的人。

⑤余：山鬼自称。

⑥表：突出。容容：即"溶溶"，云气流动的样子。

⑦杳（yǎo）冥冥：昏暗幽深。羌：语助词。昼晦：白天昏暗。神灵雨：神灵降下雨水。

⑧灵修：对所爱之人的尊称。憺（dàn）：安乐。晏：晚。华予：使我如花开般美丽。

⑨三秀：指灵芝，相传灵芝一年开三次花。磊磊：形容石头堆积的样子。

⑩公子：山鬼所思之人。

⑪山中人：山鬼自称。杜若：香草名。然疑作：半信半疑。然：肯定。作：起，发生。

⑫填填：雷声。猨：同"猿"。狖（yòu）：长尾猿。

⑬离：通"罹"，遭受。

国殇

操吴戈兮被犀甲，车错毂兮短兵接。①
旌蔽日兮敌若云，矢交坠兮士争先。
凌余阵兮躐余行，左骖殪兮右刃伤。②
霾两轮兮絷四马，援玉枹兮击鸣鼓。③
天时怼兮威灵怒，严杀尽兮弃原野。④

出不入兮往不反，平原忽兮路超远。⑤
带长剑兮挟秦弓，首身离兮心不惩。⑥
诚既勇兮又以武，终刚强兮不可凌。
身既死兮神以灵，魂魄毅兮为鬼雄。⑦

注释 此诗系《九歌》之一，是追悼阵亡将士的挽歌。

①吴戈：吴国所制的戈，当时这种戈最锋利。被：同"披"。犀甲：犀牛皮制的铠甲。错毂：轮毂交错。错：交错。毂（gǔ）：车轮的中心部分，有圆孔，可以插轴。

②凌：侵犯。躐（liè）：践踏。行（háng）：行列。左骖：古代用四匹马拉一辆战车，左右两旁的马叫骖，中间两匹叫服。殪（yì）：死亡。刃伤：为兵刃所伤。

③霾：同"埋"。絷（zhí）：绊住。援：拿起。枹（fú）：鼓槌。

④"天时"句：意为天怨神怒。怼：怨恨。威灵：神灵。严：严酷。

⑤反：通"返"。忽：渺茫。超远：遥远。

⑥惩：悔恨。

⑦神以灵：精神不死，英灵长存。毅：威武不屈。

天问（节选）

曰：遂古之初，谁传道之？上下未形，何由考之？①

冥昭瞢暗，谁能极之？冯翼惟象，何以识之？②

明明暗暗，惟时何为？阴阳三合，何本何化？③

圜则九重，孰营度之？惟兹何功，孰初作之？④

斡维焉系？天极焉加？八柱何当？东南何亏？⑤

九天之际，安放安属？隅隈多有，谁知其数？⑥

天何所沓？十二焉分？日月安属？列星安陈？⑦

出自汤谷，次于蒙汜。自明及晦，所行几里？⑧

夜光何德，死则又育？厥利维何，而顾菟在腹？⑨

女岐无合，夫焉取九子？伯强何处，惠气安在？⑩

何阖而晦？何开而明？角宿未旦，曜灵安藏？⑪

注释 《天问》全篇共 374 句，提出了 172 个问题，涉及天地生成、阴阳变化、神话传说、治乱兴衰等，表现了作者对某些传统观念的大胆怀疑，以及追求真理的探索精神。

①遂古：远古。遂，通"邃"，遥远。传道：传说。上下：指天地。未形：没有形成固定的样子。

②冥昭瞢暗：指天地未分之际的明暗混沌状态。冥：昏暗。昭：明亮。瞢（méng）：昏暗模糊。极：考究。冯（píng）翼：空濛的样子。象：无形之象。《淮南子》曰："未有天地，惟象无形。"

③时：通"是"，这样。三合：《穀梁子》曰："独阴不生，独阳不生，独天不生，三合而后生"。何本：以什么为基础。何化：化育成什么。

④圜：同"圆"。指天体。九重：古人认为天有九重。营度：量度营造。何功：何等浩大的工程。

⑤斡（guǎn）：转轴。维：绳。天极：天的顶端。加：安放。八柱：古代传说有八座大山做支撑天空的柱子。当：在。亏：塌陷。

⑥九天：天的最高处。一说指天的中央和八方。安：哪里。属：连接。隅：角落。隈（wēi）：弯曲的地方。

⑦沓（tà）：会合，指天地相合。十二：古天文学家把天分为十二等分，也就是十二宫。

⑧汤（yáng）谷：或作"旸谷"，日出之处。次：止息。蒙汜（sì）：日落之处。

⑨夜光：月亮。死：指月缺而渐没。育：指月没而复圆。厥利维何：那里有什么好？顾：看到。菟：即兔。腹：其中。

⑩女岐：神话传说中的神女，没有丈夫而生了九个孩子。合：匹配。取：得。伯强：指风神。惠气：和风。

⑪阖（hé）：关闭。角宿（xiù）：星宿名，二十八宿之一。旦：明亮。曜（yào）灵：太阳。

九章

涉江

余幼好此奇服兮，年既老而不衰。
带长铗之陆离兮，冠切云之崔嵬，被明月兮佩宝璐。①
世溷浊而莫余知兮，吾方高驰而不顾。②

驾青虬兮骖白螭，吾与重华游兮瑶之圃。③

登昆仑兮食玉英，与天地兮比寿，与日月兮齐光。④

哀南夷之莫吾知兮，且余济乎江湘。⑤

乘鄂渚而反顾兮，欸秋冬之绪风。⑥

步余马兮山皋，邸余车兮方林。⑦

乘舲船余上沅兮，齐吴榜以击汰。⑧

船容与而不进兮，淹回水而疑滞。⑨

朝发枉渚兮，夕宿辰阳。⑩

苟余心之端直兮，虽僻远其何伤。

入溆浦余儃徊兮，迷不知吾所如。⑪

深林杳以冥冥兮，乃猿狖之所居。⑫

山峻高以蔽日兮，下幽晦以多雨。

霰雪纷其无垠兮，云霏霏而承宇。⑬

哀吾生之无乐兮，幽独处乎山中。

吾不能变心而从俗兮，固将愁苦而终穷。

接舆髡首兮，桑扈臝行。⑭

忠不必用兮，贤不必以。⑮

伍子逢殃兮，比干菹醢。⑯

与前世而皆然兮，吾又何怨乎今之人！

余将董道而不豫兮，固将重昏而终身！⑰

乱曰：鸾鸟凤皇，日以远兮。⑱

燕雀乌鹊，巢堂坛兮。⑲

露申辛夷，死林薄兮。⑳

腥臊并御，芳不得薄兮。㉑

阴阳易位，时不当兮。

怀信侘傺，忽乎吾将行兮！㉒

注释 此诗系《九章》之一，为屈原流放江南时记叙征程和抒写怨愤而作。

①长铗（jiá）：长剑。陆离：长长的样子。切云：当时的高冠名。崔嵬：高耸。被：同"披"，戴着。明月：夜光珠。璐：美玉名。

②溷（hùn）浊：同"浑浊"。方：将要。高驰：远走高飞。顾：回头看。

③螭（chī）：古代传说中无角的龙。重华：舜，号有虞氏，名重华。瑶之圃：传说中神仙居住的地方。

④玉英：玉树之花。

⑤南夷：指当时楚国南部没有开化的人。旦：清晨。济：渡过。

⑥乘：登上。鄂渚：地名，在今湖北武昌西。欸（āi）：叹息声。绪风：余风。

⑦步马：让马徐行。山皋：山冈。邸：停留。方林：地名。

⑧舲船：有窗的船。上沅：沿沅江逆流而上。吴榜：船桨，因吴国制作的船桨有名，故称之。汰：水波。

⑨淹：滞留。回水：洄流，漩涡。疑（níng）滞：即"凝滞"，停滞不前。

⑩枉渚：地名，在今湖南常德一带。辰阳：地名，在今湖南辰溪县。

⑪溆浦：地名，在今湖南溆浦县一带。儃（chán）徊：徘徊。如：到，往。

⑫杳（yǎo）：幽暗。冥冥：昏暗。

⑬垠（yín）：边际。承宇：弥漫天空。

⑭接舆：春秋时楚国的隐士。髡（kūn）首：剃发。古代的刑罚之一。接舆自己剃掉头发，避世不出仕。桑扈：古代的隐士。赢（luǒ）：同"裸"。

⑮以：任用。

⑯伍子：即伍子胥，春秋时吴国贤臣。吴王夫差听信谗言，逼迫伍子胥自杀。比干：商纣王的叔父、重臣，敢于直言劝谏，为纣王所诛。

菹醢（zū hǎi）：古代的酷刑，将人剁成肉酱。

⑰董道：坚守正道。不豫：不犹豫。"固将"句：意为必将终身见不到光明。重昏：重重昏暗。

⑱凤皇：即凤凰。鸾鸟凤皇比喻贤人。远：远离朝廷。

⑲燕雀乌鹊：比喻小人。巢：盘踞。堂坛：指朝廷。堂：殿堂。坛：祭坛。

⑳露申：香木名，即申椒。辛夷：即木兰。露申辛夷喻贤士。林薄：草木杂生的地方。

㉑腥臊（sāo）：恶臭之物，比喻奸佞之徒。御：进用。芳：比喻君子。薄：靠近。

㉒怀信：怀抱忠信。侘傺（chà chì）：惆怅失意。忽：恍惚，茫然。

橘颂

后皇嘉树，橘徕服兮。受命不迁，生南国兮。①
深固难徙，更壹志兮。绿叶素荣，纷其可喜兮。②
曾枝剡棘，圜果抟兮。青黄杂糅，文章烂兮。③
精色内白，类任道兮。纷缊宜修，姱而不丑兮。④
嗟尔幼志，有以异兮。独立不迁，岂不可喜？⑤
深固难徙，廓其无求兮。苏世独立，横而不流兮。⑥
闭心自慎，终不失过兮。秉德无私，参天地兮。⑦
愿岁并谢，与长友兮。淑离不淫，梗其有理兮。⑧
年岁虽少，可师长兮。行比伯夷，置以为像兮。⑨

注释 此诗系《九章》之一，通过对橘树的歌颂，表达作者志向高洁，不可改变。

①后皇：即后土、皇天，指地和天。嘉：美好。徕服：适宜南方水土。徕：通"来"。服：习惯。受命：受天地之命，即天性。

②壹志：志向专一。素荣：白色的花。纷：形容花叶茂盛。

③曾枝：繁枝。剡（yǎn）：锐利。棘：刺。圜：通"圆"。抟（tuán）：通"团"，圆圆的。文章：花纹色彩。文：同"纹"。章：色彩。烂：斑斓，明亮。

④精色：指橘子表皮颜色鲜明。类：好像。任：承担，肩负。纷缊（yūn）：纷繁茂盛。宜修：修饰得体，恰到好处。

⑤幼志：从小就有此志，喻本性。异：与众不同。

⑥廓：胸怀开阔。苏世独立：独立于世，保持清醒。横而不流：横立水中，不随波逐流。

⑦闭心：静心。失过：即过失。秉德：保持美好品德。参：比，并。参天地：与天地相比相配。

⑧愿岁并谢：愿与岁月一起流逝。谢：凋谢，死亡。淑离：美丽善良。离：通"丽"。梗：正直。

⑨师长：动词，为人师长。行：德行。伯夷：商纣王之臣，反对周武王伐纣，与弟叔齐逃到首阳山，不食周粟而死，古人认为他是贤人义士。置：树立。像：榜样。

渔父

屈原既放，游于江潭，行吟泽畔，颜色憔悴，形容枯槁。
渔父见而问之曰："子非三闾大夫与？何故至于斯？"
屈原曰："举世皆浊我独清，众人皆醉我独醒，是以见放。"①
渔父曰："圣人不凝滞于物，而能与世推移。世人皆浊，何不漏其泥而扬其波？众人皆醉，何不餔其糟而歠其醨？
何故深思高举，自令放为？"②

屈原曰："吾闻之，新沐者必弹冠，新浴者必振衣；
安能以身之察察，受物之汶汶者乎？宁赴湘流，葬于江鱼之腹中。
安能以皓皓之白，而蒙世俗之尘埃乎？"③

渔父莞尔而笑，鼓枻而去。④乃歌曰："沧浪之水清兮，
可以濯吾缨；沧浪之水浊兮，可以濯吾足。"遂去，不复与言。⑤

注释　此篇通过屈原与渔父的问答，表现他洁身自好，不与世俗
同流合污的节操，以及不惜舍生取义的精神。

①既放：被流放以后。江潭：泛指江湖之间。形容：形体容貌。枯
槁：清瘦。三闾大夫：是掌管楚国王族屈、景、昭三姓宗族事务的官，
屈原曾任此职。是以见放：因此被流放。

②凝滞：拘泥。淈（gǔ）：搅浑。餔（bū）：吃。糟：酒糟。歠
（chuò）：饮。醨（lí）：薄酒。高举：高出世俗的行为。自令放为：使自
己被放逐。

③沐：洗头。弹冠：弹去帽子上的灰尘。振衣：抖抖衣服。察察：
洁白的样子。汶汶（mén）：污浊的样子。

④莞尔：形容微笑的样子。鼓枻（yì）：划桨。

⑤沧浪：古水名，汉水的支流，或指汉水郧阳段。濯（zhuó）：洗。
缨：系帽的带子。

汉代诗选

刘邦

刘邦（前256—前195），即汉高祖。沛县丰邑（今属江苏丰县）人。秦末曾任亭长（乡村小吏）。陈胜吴广起义后，他在沛县起兵响应，成为起义军首领之一。秦亡以后，他先后消灭项羽和其他割据势力，建立汉王朝。

大风歌

大风起兮云飞扬，威加海内兮归故乡，安得猛士兮守四方！①

注释　公元前196年，刘邦平定了英布的叛乱，途径故乡沛县，邀集父老乡亲宴饮十多天。一日酒酣，刘邦一边击筑（一种打击乐器），一边唱了这首即兴创作的《大风歌》。

①威：威望，威权。加：施加。海内：四海之内，即天下。安：哪里，怎样。

刘细君

刘细君（约前130—约前90），西汉江都王刘建的女儿，嫁给西域乌孙国王猎骄靡为妻。

悲愁歌

吾家嫁我兮天一方，远托异国兮乌孙王。①
庐为室兮旃为墙，以肉为食兮酪为浆。②
居常土思兮心内伤，愿为黄鹄兮还故乡。③

注释 汉武帝元封年间，乌孙国向汉朝求亲。武帝封江都王刘建的女儿细君为公主，远嫁乌孙和亲。细君到乌孙后，因风俗和生活习惯不同，心中悲伤，遂作《悲愁歌》。

①乌孙：汉时西域国名。

②庐：穹庐，游牧民族居住的帐篷。旃（zhān）：同"毡"。

③居常土思：各版本有异，《玉台新咏》作"常思汉土"。黄鹄（hú）：指天鹅。一说是古代诗词和神话传说中的一种大鸟。

班婕妤

　　班婕妤（前48—2），名不详，楼烦（今山西宁武）人。少有才学，善辞赋，汉成帝时入选后宫，不久立为婕妤。西汉才女、文学家。

怨歌行

新裂齐纨素，鲜洁如霜雪。裁为合欢扇，团团似明月。①
出入君怀袖，动摇微风发。常恐秋节至，凉飚夺炎热。②
弃捐箧笥中，恩情中道绝。③

注释　怨歌行：属乐府《相和歌·楚调曲》。

①新裂：指刚从织机上割下来的。裂：截断。齐纨素：齐地出产的丝绢。纨素都是细绢，纨比素更精致。合欢扇：有合欢图案的团扇。

②怀袖：胸口和袖口，意为随身携带。凉飚（biāo）：秋风。飚：暴风。

③弃捐：抛弃。箧（qiè）笥（sì）：竹箱。中道：中途。

张衡

张衡（78—139），字平子，东汉时南阳西鄂（今河南南阳）人，杰出的天文学家、数学家、发明家、文学家，发明了浑天仪、地动仪，为中国天文学、地震学、机械技术的发展作出了杰出的贡献。

四愁诗

我所思兮在太山，欲往从之梁父艰。侧身东望涕沾翰。
美人赠我金错刀，何以报之英琼瑶。路远莫致倚逍遥，
何为怀忧心烦劳。①
我所思兮在桂林，欲往从之湘水深。侧身南望涕沾襟。
美人赠我琴琅玕，何以报之双玉盘。路远莫致倚惆怅，
何为怀忧心烦伤。②
我所思兮在汉阳，欲往从之陇阪长。侧身西望涕沾裳。
美人赠我貂襜褕，何以报之明月珠。路远莫致倚踟蹰，
何为怀忧心烦纡。③
我所思兮在雁门，欲往从之雪纷纷。侧身北望涕沾巾。
美人赠我锦绣段，何以报之青玉案。路远莫致倚增叹，
何为怀忧心烦惋。④

注释 据《昭明文选》上说，张衡目睹东汉朝政日坏，天下凋敝，自己虽有济世之才，却又忧惧群小谗言，因而郁郁不得志，遂作《四愁诗》。诗中以美人比君子，以珍宝比仁义，以"水深"等比小人。此说可供参考。

①太山：即泰山。梁父：山名，系泰山的支脉，在泰安东南。翰：衣襟。金错刀：刀环或刀柄镀金的佩刀。英：瑛的假借字，指玉的光辉。倚：通"猗"，语助词。烦劳：烦恼。

②琴琅玕：用美玉缀饰的琴。琅（láng）玕（gān）：玉石。烦伤：烦恼忧伤。

③汉阳：东汉郡名，即天水郡，今甘肃省甘谷县南。阪：山坡。陇阪，即陇山，位于陕西陇县和甘肃清水县。襜（chán）褕（yú）：直襟的衣服。踟（chí）蹰（chú）：徘徊不前。烦纡：烦恼郁闷。纡：曲折。

④雁门：关隘名，在今山西代县北。案：古代放食器的小几，形如有脚的托盘。增叹：一再叹息。烦悗：烦恼惋惜。

汉乐府

乐府本是官署的名称，是指专门管理乐舞演唱教习的机构。初设于秦，正式成立于汉武帝时期。乐府的职责是采集民间歌谣或文人的诗来配乐，以备朝廷祭祀或宴会时演奏之用。它收集整理的诗歌，后世就叫"乐府诗"，或简称"乐府"。

上邪

上邪！我欲与君相知，长命无绝衰。山无陵，江水为竭，冬雷震震，夏雨雪，天地合，乃敢与君绝！①

注释 上邪：等于说天啦。上：天。邪：同"耶"。
①相知：相亲相爱。"长命"句：意为感情永不破裂，不衰减。命：令，使。山无陵：高山成为平地。陵：山头，山峰。雨（yù）雪：下雪。雨：用作动词，下，降。天地合：天与地合二为一。乃敢：才敢。"敢"字是委婉的用语。

江南

江南可采莲，莲叶何田田，鱼戏莲叶间。鱼戏莲叶东，
鱼戏莲叶西，鱼戏莲叶南，鱼戏莲叶北。^①

注释

①何：多么。田田：形容荷叶茂盛相连的样子。"鱼戏"四句描写
鱼在荷叶下面往来游动。这四句可能是和声。

饮马长城窟行

青青河边草，绵绵思远道。远道不可思，宿昔梦见之。^①
梦见在我傍，忽觉在他乡。他乡各异县，展转不可见。^②
枯桑知天风，海水知天寒，入门各自媚，谁肯相为言。^③
客从远方来，遗我双鲤鱼。呼儿烹鲤鱼，中有尺素书。^④
长跪读素书，书中竟何如？上言加餐食，下言长相忆。

注释　行：诗歌体裁的一种，常与"歌"并称，可配乐歌唱。

①"青青"二句：以绵延不绝的青草，兴起思妇对远方丈夫的不绝
思念。宿昔：昨夜。

②"梦见"二句：梦中见到所思念的人在身边，忽然惊醒，才记起
他在远方。异县：异地。展转：即"辗转"，翻来覆去睡不着。

③"枯桑"二句：枯桑无叶可落，但知道天风的大小，海水经冬不冻，依然知道天气冷暖。以此比喻夫妻久别，心知其苦。"入门"二句：人们从远方归来，进了门只知道和自己的家人亲热，谁也不来慰问我一下。

④双鲤鱼：放书信的木函，一底一盖，刻成鱼的形状。烹鲤鱼：比喻打开书函，是为用语生动。尺素书：指书信。古人写信用长一尺左右的绢帛。素：素绢，白色的绢。书：信。

长歌行

青青园中葵，朝露待日晞。阳春布德泽，万物生光辉。①
常恐秋节至，焜黄华叶衰。百川东到海，何时复西归？②
少壮不努力，老大徒伤悲。

注释

①晞（xī）：干。布：布施。德泽：恩惠。
②秋节：秋季。焜（kūn）黄：形容草木枯黄。华：同"花"。

白头吟

皑如山上雪，皎若云间月。闻君有两意，故来相决绝。
今日斗酒会，明旦沟水头。躞蹀御沟上，沟水东西流。①
凄凄复凄凄，嫁娶不须啼。愿得一心人，白头不相离。
竹竿何袅袅，鱼尾何簁簁！男儿重意气，何用钱刀为！②

注释　本篇最早见于《玉台新咏》。《西京杂记》以为是西汉才女卓文君的作品，存疑。

①"皑如"二句：比喻爱情应该如雪和月一样纯洁。皑（ǎi）：和"皎"同义，洁白。两意：二心。斗：酒器。蹀（xiè）躞（dié）：踱步，徘徊。御沟：环绕官墙的水沟。

②竹竿：钓竿。袅袅：形容细长柔软的东西摆动。簁簁（shāi）：鱼跃貌。此二句用隐语表现男女相爱的幸福。"男儿"二句：男子应该以情义为重，不应看重金钱。钱刀：钱币。汉代钱币有铸成刀形的。

孔雀东南飞

汉末建安中，庐江府小吏焦仲卿妻刘氏，为仲卿母所遣，自誓不嫁。其家逼之，乃投水而死。仲卿闻之，亦自缢于庭树。时人伤之，为诗云尔。①

孔雀东南飞，五里一徘徊。②"十三能织素，十四学裁衣，
十五弹箜篌，十六诵诗书。③十七为君妇，心中常苦悲。
君既为府吏，守节情不移。④贱妾留空房，相见常日稀。
鸡鸣入机织，夜夜不得息。三日断五匹，大人故嫌迟。⑤
非为织作迟，君家妇难为。妾不堪驱使，徒留无所施。⑥
便可白公姥，及时相遣归。"⑦府吏得闻之，堂上启阿母：
"儿已薄禄相，幸复得此妇。⑧结发同枕席，黄泉共为友。⑨
共事二三年，始尔未为久。⑩女行无偏斜，何意致不厚？"⑪
阿母谓府吏："何乃太区区！⑫此妇无礼节，举动自专由。⑬
吾意久怀忿，汝岂得自由！东家有贤女，自名秦罗敷。

可怜体无比，阿母为汝求。⑭便可速遣之，遣去慎莫留！"
府吏长跪告，伏惟启阿母：⑮"今若遣此妇，终老不复取！"⑯
阿母得闻之，槌床便大怒：⑰"小子无所畏，何敢助妇语！
吾已失恩义，会不相从许！"⑱府吏默无声，再拜还入户。
举言谓新妇，哽咽不能语：⑲"我自不驱卿，逼迫有阿母。
卿但暂还家，吾今且报府。⑳不久当归还，还必相迎取。㉑
以此下心意，慎勿违吾语。"㉒新妇谓府吏："勿复重纷纭！㉓
往昔初阳岁，谢家来贵门。㉔奉事循公姥，进止敢自专？㉕
昼夜勤作息，伶俜萦苦辛。㉖谓言无罪过，供养卒大恩。㉗
仍更被驱遣，何言复来还？妾有绣腰襦，葳蕤自生光。㉘
红罗复斗帐，四角垂香囊。㉙箱帘六七十，绿碧青丝绳。㉚
物物各自异，种种在其中。人贱物亦鄙，不足迎后人，
留待作遗施，于今无会因。时时为安慰，久久莫相忘。"㉛
鸡鸣外欲曙，新妇起严妆。㉜著我绣袄裙，事事四五通。㉝
足下蹑丝履，头上玳瑁光。㉞腰若流纨素，耳著明月珰。㉟
指如削葱根，口如含朱丹。㊱纤纤作细步，精妙世无双。
上堂谢阿母，母听去不止。㊲"昔作女儿时，生小出野里，
本自无教训，兼愧贵家子。㊳受母钱帛多，不堪母驱使。㊴
今日还家去，念母劳家里。"却与小姑别，泪落连珠子：㊵
"新妇初来时，小姑始扶床，今日被驱遣，小姑如我长。
勤心养公姥，好自相扶将。㊶初七及下九，嬉戏莫相忘。"㊷
出门登车去，涕落百余行。
府吏马在前，新妇车在后，隐隐何甸甸，俱会大道口。㊸
下马入车中，低头共耳语："誓不相隔卿，且暂还家去，
吾今且赴府。㊹不久当还归，誓天不相负。"新妇谓府吏：
"感君区区怀！㊺君既若见录，不久望君来。㊻君当作磐石，

妾当作蒲苇。(47)蒲苇纫如丝，磐石无转移。(48)我有亲父兄，
性行暴如雷，恐不任我意，逆以煎我怀。(49)”举手长劳劳，
二情同依依。(50)
入门上家堂，进退无颜仪。(51)阿母大拊掌：
“不图子自归！(52)十三教汝织，十四能裁衣。十五弹箜篌，
十六知礼仪，十七遣汝嫁，谓言无誓违。(53)汝今何罪过，
不迎而自归？”“兰芝惭阿母，儿实无罪过。”阿母大悲摧。(54)
还家十余日，县令遣媒来。云：“有第三郎，窈窕世无双，
年始十八九，便言多令才。”(55)阿母谓阿女：“汝可去应之。”
阿女衔泪答：“兰芝初还时，府吏见丁宁，结誓不别离。(56)
今日违情义，恐此事非奇。(57)自可断来信，徐徐更谓之。”(58)
阿母白谋人：“贫贱有此女，始适还家门；不堪吏人妇，
岂合令郎君？(59)幸可广问讯，不得便相许。”(60)
媒人去数日，寻遣丞请还，说：“有兰家女，承籍有宦官。”(61)
云：“有第五郎，娇逸未有婚，遣丞为媒人，主簿通语言。”(62)
直说：“太守家，有此令郎君，既欲结大义，故遣来贵门。”(63)
阿母谢媒人：“女子先有誓，老姥岂敢言？”(64)阿兄得闻之，
怅然心中烦。(65)举言谓阿妹：“作计何不量！(66)先嫁得府吏，
后嫁得郎君，否泰如天地，足以荣汝身。(67)不嫁义郎体，
其往欲何云？”(68)兰芝仰头答：“理实如兄言。谢家事夫婿，
中道还兄门，处分适兄意，那得自任专！(69)虽与府吏要，
渠会永无缘。(70)登即相许和，便可作婚姻。”(71)
媒人下床去，诺诺复尔尔。(72)还部白府君：(73)
“下官奉使命，言谈大有缘。”府君得闻之，心中大欢喜。
视历复开书，便利此月内，六合正相应。(74)“良吉三十日，
今已二十七，卿可去成婚。”(75)交语速装束，络绎如浮云。(76)

青雀白鹄舫，四角龙子幡，婀娜随风转。金车玉作轮，
踯躅青骢马，流苏金镂鞍。㉗赍钱三百万，皆用青丝穿。㉘
杂彩三百匹，交广市鲑珍。㉙从人四五百，郁郁登郡门。㉚
阿母谓阿女："适得府君书，明日来迎汝。何不作衣裳？
莫令事不举！"㉛阿女默无声，手巾掩口啼，泪落便如泻。
移我琉璃榻，出置前窗下。㉜左手持刀尺，右手执绫罗，
朝成绣裌裙，晚成单罗衫。晻晻日欲暝，愁思出门啼。㉝
府吏闻此变，因求假暂归。未至二三里，摧藏马悲哀。㉞
新妇识马声，蹑履相逢迎。怅然遥相望，知是故人来。
举手拍马鞍，嗟叹使心伤。"自君别我后，人事不可量，
果不如先愿，又非君所详。我有亲父母，逼迫兼弟兄，
以我应他人，君还何所望！"㉟
府吏谓新妇："贺卿得高迁，磐石方且厚，可以卒千年；
蒲苇一时纫，便作旦夕间。卿当日胜贵，吾独向黄泉。"㊱
新妇谓府吏："何意出此言！同是被逼迫，君尔妾亦然。
黄泉下相见，勿违今日言！"执手分道去，各各还家门。
生人作死别，恨恨那可论！念与世间辞，千万不复全。㊲
府吏还家去，上堂拜阿母："今日大风寒，寒风摧树木，
严霜结庭兰。儿今日冥冥，令母在后单。㊳故作不良计，
勿复怨鬼神！命如南山石，四体康且直。"㊴阿母得闻之，
零泪应声落："汝是大家子，仕宦于台阁。㊵慎勿为妇死，
贵贱情何薄？东家有贤女，窈窕艳城郭。㊶阿母为汝求，
便复在旦夕。"府吏再拜还，长叹空房中，作计乃尔立。㊷
转头向户里，渐见愁煎迫。
其日牛马嘶，新妇入青庐。㊸庵庵黄昏后，寂寂人定初。㊹
"我命绝今日，魂去尸长留。"揽裙脱丝履，举身赴清池。

府吏闻此事，心知长别离。徘徊庭树下，自挂东南枝。
两家求合葬，合葬华山傍。⑮东西植松柏，左右种梧桐。
枝枝相覆盖，叶叶相交通。中有双飞鸟，自名为鸳鸯，
仰头相向鸣，夜夜达五更。行人驻足听，寡妇起彷徨。
多谢后世人，戒之慎勿忘！⑯

注释 本篇最早见于《玉台新咏》，题为《古诗为焦仲卿妻作》。

①建安：东汉献帝年号。庐江府：东汉末置，故治在今安徽省潜山县。遣：被休弃回娘家。云尔：句末语气词，如此。

②"孔雀"句：乐府古辞《艳歌何尝行》（一作《飞鹄行》）："飞来双白鹄，乃从西北来。……五里一反顾，六里一徘徊。"为此句所本。

③素：白绢。以下的话是兰芝向仲卿说的。箜篌：中国古代一种弦乐器。

④守节：遵守府里的规则。

⑤断：指把织好的布从织机上截下来。大人：兰芝对焦母的敬称。故：故意。

⑥无所施：没有用处，没有好处。

⑦白：禀告。公姥（mǔ）：公婆。这里是偏义复词，单指婆婆。

⑧启：禀告。薄禄相：官禄微薄的相貌。

⑨结发：指成婚。

⑩共事：共同生活。尔：如此。

⑪行：品行。何意：不料。不厚：不喜欢。

⑫区区：谓见识浅薄、没出息。

⑬自专由：自以为是，自作主张。

⑭可怜：可爱。体：体态容貌。

⑮伏惟：趴在地上想。古人常用作表示卑谦的发语词。

⑯取：同"娶"。

⑰槌：同"捶"。床：古代一种坐具。

⑱失恩义：指已与兰芝断绝情分。会不：当不，决不。从许：依从允许。

⑲举言：发言，开口。新妇：即媳妇。

⑳报：赴。

㉑迎取：迎接。

㉒下心意：安下心。

㉓重纷纭：再多事。意谓不用再接我回来了。

㉔初阳岁：冬末春初的季节。谢：辞。

㉕奉事：行事。进止：举止，行动。

㉖作息：操作和休息。这里是偏义复词，指做事。伶俜（pīng）：孤单的样子。萦：绕缠。

㉗谓言：自以为。卒：尽，完成。

㉘绣腰襦（rú）：绣花的齐腰短袄。葳（wēi）蕤（ruí）：草木繁盛的样子。这里形容短袄上的刺绣之美。

㉙复：双层。斗帐：一种上窄下宽、形如覆斗的帐子。

㉚帘：通"奁"，古代妇女梳妆用的镜匣。

㉛后人：指仲卿将来再娶的妻子。遗（wèi）施：赠送。无会因：没有见面的机会。

㉜严妆：整妆。

㉝著：穿。通：遍。

㉞蹑（niè）：本指放轻脚步，这里是穿鞋的意思。丝履：鞋帮用丝织品制作的鞋。玳瑁：指玳瑁做的簪子。

㉟流纨素：谓以白色丝巾束腰，光彩闪烁动荡，像流水一样。明月珰（dāng）：明月珠做的耳饰。

㊱朱丹：一种红宝石。

㊲谢：辞。

㊳野里：自谦的话，指乡间。兼愧：更有愧于。

㊴钱帛：指聘礼。不堪：不配。

㊵却：再。

㊶扶将：扶持，照应。

㊷初七：指阴历七月初七，旧俗妇女在这天晚上供祭织女，乞巧。下九：指阴历每月十九日，古时妇女常在这天结伴嬉游，称为“阳会”。

㊸隐隐、甸甸：都是车声。何：语助词。

㊹隔：断绝。

㊺区区：诚挚。

㊻见：被、蒙。录：记得。

㊼磐石：大石，喻坚定不移。蒲苇：水草，其性柔韧，喻坚贞。

㊽纫：通“韧”。

㊾亲父兄：胞兄。任：凭，依从。逆：预料。

㊿劳劳：忧伤不已。依依：恋恋不舍。

(51)无颜仪：没脸面。

(52)拊掌：拍手，表示惊讶。不图：没想到。

(53)无誓违：即“无违誓”，不违背誓言。或疑“誓”是“諐（qiān）”之误。諐，古“愆”字。愆违：过失。

(54)大悲摧：非常悲伤。

(55)便言：有口才。令才：美好的才能。令：美。

(56)丁宁：同“叮咛”。

(57)非奇：不佳，不妙。

(58)断来信：回绝来使。信：使者，指媒人。更谓之：再说。

(59)适：嫁。合：配得上。

(60)广问询：广为打听，另找别家的意思。

(61)寻：不久。遣丞请还：县令差遣县丞去向太守请示工作回县。兰家女：指兰芝。承籍：承继祖先的仕籍。宦官：官宦人家。这两句是县丞对县令说，太守听说有兰家女，祖先也是为官的。

(62)娇逸：俊美。主簿：掌管文书簿籍的官员。通语言：传达意旨。以上四句仍是县丞对县令说的话，谓自己已受太守委托为其五少爷向刘家求婚，这委托是由府主簿传达的。

㊻结大义：谓结为婚姻。这四句是县丞到刘家说亲的话。

㊼谢：谢绝。老姥：老妇。

㊽怅然：愤恨烦恼的样子。

㊾作计：打算。不量：不加考虑。

㊿否（pǐ）泰：运气的好坏。否：坏运。泰：好运。

㊽义郎：对太守之子的美称。体：人。其往：长此以往。欲何云：怎么办。

㊾谢家：离开娘家。事：侍奉。处分：处置，决定。适：顺从。

㊿要（yāo）：约定。渠会：和他（指仲卿）相会。渠：他。

㊼登即：当即。许和：答应。

㊽诺诺：应声。尔尔：就是这样。

㊾还部：回到府衙。府君：太守。

㊿视历、开书：指为挑选吉日查历书。六合：我国传统玄学术语，表示十二地支之间的一种关系，鼠与牛为合，虎与猪为合，兔与狗为合，龙与鸡为合，蛇与猴为合，马与羊为合，为十二生肖六合。

㊽良吉：吉日良辰。这三句是太守吩咐县丞的话。

㊾交语：交相传话。速装束：赶快筹办婚礼所需之物。络绎：谓奔忙的人来往不绝。

㊿青雀、白鹄：指船头画的图画。青雀舫和白鹄舫皆贵人乘坐的画舫。龙子幡：绣有龙形的旗帜。婀娜：随风飘拂的样子。蹀躞：慢行。青骢（cōng）：毛色青白相杂的马。流苏：马饰，用五彩羽毛做成。金镂鞍：用金属雕花为饰的马鞍。

㊽赍（jī）钱：指聘礼。赍：付，送。

㊾杂彩：各色绸缎。交广：交州和广州。皆汉郡名，在今广东、广西等地。市：买。鲑（xié）珍：指山珍海味。鲑：对鱼类菜肴的总称。珍：山珍。

㊿郁郁：人多势盛之貌。登郡门：齐集郡衙伺候。

㉛事不举：事情筹办不及。

㉜琉璃榻：镶嵌着琉璃的榻，一种比床低的坐具。

㉝晻（yǎn）晻：阴暗不明。暝：日落，天黑。

㉞摧藏（zàng）：摧挫肝肠。藏：脏腑。

㉟父母：这里偏指母。弟兄：这里偏指兄。

㊱日胜贵：一天比一天富贵。

㊲"千万"句：无论如何也不愿苟且偷生得以保全。

㊳日冥冥：原意是日暮，这里比喻生命即将终结。

㊴不良计：不好的打算（指自杀）。直：腰板硬朗。

㊵台阁：指尚书台，为掌管中央机要的机构，其长官称尚书令。这里是说仲卿的先辈在台阁做过官。

㊶情何薄：怎能算是薄情。艳城郭：艳于城郭之人，谓全城最美。

㊷作计：作自杀之计。乃尔立：就这样定下来了。

㊸牛马：偏义复词，指马。青庐：一种青布搭成的帐篷，古时举行婚礼的地方。

㊹庵庵：同"晻晻"，昏暗貌。人定初：指亥时初刻，相当于夜间九时。

㊺华山：庐江郡内的一座小山。

㊻谢：劝告。

古诗

行行重行行

行行重行行，与君生别离。相去万余里，各在天一涯。^①
道路阻且长，会面安可知？胡马依北风，越鸟巢南枝。^②
相去日已远，衣带日已缓。浮云蔽白日，游子不顾返。^③
思君令人老，岁月忽已晚。弃捐勿复道，努力加餐饭。^④

注释 此篇与下列《涉江采芙蓉》《迢迢牵牛星》《生年不满百》均出自《古诗十九首》，见于梁代萧统主编的《文选》。

①"行行"句：意为走啊走啊。重：又。君：指丈夫。一涯：一方。

②胡马：北方边远地区所产的马。越鸟：南方的鸟。此句意思是说鸟兽尚且眷恋故土，何况是人呢。

③缓：宽松。人瘦则衣带日见宽松。游子：指丈夫。不顾返：想不到回家。

④岁月忽已晚：一年又快过完了。"弃捐"二句：把这些想法抛开，不必再说。希望在外的人多多保重。

涉江采芙蓉

涉江采芙蓉，兰泽多芳草。采之欲遗谁，所思在远道。^①
还顾望旧乡，长路漫浩浩。同心而离居，忧伤以终老。^②

注释

①芙蓉：荷花的别名。兰泽：生长兰草的沼泽。遗（wèi）：赠。

②还顾：回头看。旧乡：故乡。

迢迢牵牛星

迢迢牵牛星，皎皎河汉女。纤纤擢素手，扎扎弄机杼。^①
终日不成章，泣涕零如雨。河汉清且浅，相去复几许。^②
盈盈一水间，脉脉不得语。^③

注释

①河汉女：指织女星。纤纤：纤细柔长的样子。擢（zhuó）：引，抽。扎扎：象声词，机织声。杼（zhù）：织布机上的梭子。

②章：指整幅布帛。复几许：又有多远。

③盈盈：形容清澈。脉脉：含情相视。

生年不满百

生年不满百，常怀千岁忧。昼短苦夜长，何不秉烛游！^①
为乐当及时，何能待来兹？愚者爱惜费，但为后世嗤。^②
仙人王子乔，难可与等期。^③

注释

①千岁忧：指很深的忧虑。千岁：时间很长。秉烛：手持蜡烛。
②来兹：来年。费：钱财。嗤：嘲笑。
③王子乔：古代传说中的仙人。期：等到。

魏晋南北朝诗选

曹操

曹操（155—220），字孟德，沛国谯县（今安徽亳州）人。杰出的政治家、军事家、文学家、书法家、诗人。东汉末年权相，曹魏的奠基者。死后被其子曹丕追尊为魏武帝。

观沧海

东临碣石，以观沧海。水何澹澹，山岛竦峙。①
树木丛生，百草丰茂。秋风萧瑟，洪波涌起。
日月之行，若出其中；星汉灿烂，若出其里。②
幸甚至哉，歌以咏志。③

注释　此篇系《步出夏门行》中的一章。《步出夏门行》又名
《陇西行》，汉乐府《相和歌·瑟调曲》名。夏门为洛阳城西北角上的一
个城门。此诗是建安十二年（公元207年）曹操北征乌桓时所作。

①碣石：山名，在今河北昌黎。澹澹（dàn）：形容水波荡漾。竦：
同"耸"。峙（zhì）：耸立。

②汉：银河。

③"幸甚"二句：这是合乐时附加的，每章都有，与正文无关。
幸：庆幸。至：极。

龟虽寿

神龟虽寿，犹有竟时；腾蛇成雾，终为土灰。①
老骥伏枥，志在千里；烈士暮年，壮心不已。②
盈缩之期，不但在天；养怡之福，可得永年。③
幸甚至哉，歌以咏志。

注释　此篇系《步出夏门行》中的一章。
①竟：尽，这里指死。腾蛇：传说中与龙同类的神蛇，能腾云驾雾。
②枥（lì）：马槽。烈士：有远大抱负的人。
③盈缩：指寿命长短。养怡：保持身心健康。永年：长寿。

短歌行

对酒当歌，人生几何！譬如朝露，去日苦多。①
慨当以慷，忧思难忘。何以解忧？唯有杜康。②
青青子衿，悠悠我心。但为君故，沉吟至今。③
呦呦鹿鸣，食野之苹。我有嘉宾，鼓瑟吹笙。④
明明如月，何时可掇？忧从中来，不可断绝。⑤
越陌度阡，枉用相存。契阔谈䜩，心念旧恩。⑥
月明星稀，乌鹊南飞。绕树三匝，何枝可依？⑦
山不厌高，海不厌深。周公吐哺，天下归心。⑧

注释 《短歌行》系汉乐府《相和歌·平调曲》名。

①去日：过去的日子。苦：苦于。

②慨当以慷：即慷慨。杜康：相传为上古开始造酒的人，这里是酒的代称。

③"青青"二句：用《诗经》中的成句，表示对人才的思慕。沉吟：低吟。

④"呦呦"四句：用《诗经》中的成句，表示自己渴望礼遇贤才。

⑤掇（duō）：拾取，摘。

⑥越陌度阡：穿过纵横交错的小路。枉用相存：屈驾来访。枉：枉驾。用：以。存：问候。契阔：聚散，这里是久别重逢的意思。䜩：通"宴"。

⑦匝（zā）：周。

⑧厌：嫌。"周公"二句：是说自己要像周公"一饭三吐哺"那样虚心对待天下人才。归心：拥戴。

曹丕

曹丕（187—226），字子桓，曹操次子，三国时期政治家、文学家。建安二十五年（220）代汉即帝位，就是魏文帝。

燕歌行

其一

秋风萧瑟天气凉，草木摇落露为霜。群燕辞归雁南翔，
念君客游思断肠。慊慊思归恋故乡，君何淹留寄他方？①
贱妾茕茕守空房，忧来思君不敢忘，不觉泪下沾衣裳。②
援琴鸣弦发清商，短歌微吟不能长。③明月皎皎照我床，
星汉西流夜未央。④牵牛织女遥相望，尔独何辜限河梁？⑤

注释　《燕歌行》为汉乐府《相和歌·平调曲》名。此组诗共二首，是现存最古老的完整七言诗。

①慊慊（qiàn）：空虚之感。淹留：久留。

②茕茕（qióng）：孤独。

③援：取。清商：乐调名，其调音节短促。

④夜未央：夜已深而未尽的时候。

⑤尔：指牵牛、织女。河梁：河上的桥。

曹植

曹植（192—232），字子建，曹操第三子，建安时代杰出的诗人。

七步诗

煮豆持作羹，漉菽以为汁。①
萁在釜下燃，豆在釜中泣。②
本是同根生，相煎何太急？

注释　此诗最早见《世说新语》，有不同版本。
①持：用来。羹：用肉或菜做成的糊状食物。漉：过滤。菽：豆。
②萁：豆类植物脱粒后剩下的茎。釜：锅。

七哀诗

明月照高楼，流光正徘徊。上有愁思妇，悲叹有余哀。①
借问叹者谁？言是宕子妻。君行逾十年，孤妾常独栖。②
君若清路尘，妾若浊水泥。浮沉各异势，会合何时谐？③
愿为西南风，长逝入君怀。君怀良不开，贱妾当何依？④

注释　此篇是闺怨诗，也可能是借此讽君。七哀作为一种乐府新题，始于汉末。

①流光：洒下的月光。

②宕（dàng）子：荡子。指离乡外游，久不归家之人。

③"君若"二句：尘与泥本来是一样的，但一个在"清路"上飘忽，一个沉在"浊水"之中，命运不同。

④良：久。

蔡琰（yǎn）

蔡琰（生卒年未详），字文姬，陈留圉县（今河南杞县）人，东汉名臣蔡邕之女，博学多才，精通音律。汉末世乱，被胡兵掳入南匈奴十二年，生有二子。后为曹操赎回。

悲愤诗

汉季失权柄，董卓乱天常。志欲图篡弑，先害诸贤良。
逼迫迁旧邦，拥主以自强。①海内兴义师，欲共讨不祥。
卓众来东下，金甲耀日光。平土人脆弱，来兵皆胡羌。②
猎野围城邑，所向悉破亡。斩截无孑遗，尸骸相撑拒。
马边悬男头，马后载妇女。③长驱西入关，迥路险且阻。
还顾邈冥冥，肝脾为烂腐。所略有万计，不得令屯聚。④
或有骨肉俱，欲言不敢语。失意几微间，辄言毙降虏。
要当以亭刃，我曹不活汝。⑤岂敢惜性命，不堪其詈骂。
或便加棰杖，毒痛参并下。且则号泣行，夜则悲吟坐。⑥
欲死不能得，欲生无一可。彼苍者何辜，乃遭此厄祸。
边荒与华异，人俗少义理。⑦处所多霜雪，胡风春夏起。
翩翩吹我衣，肃肃入我耳。感时念父母，哀叹无穷已。⑧
有客从外来，闻之常欢喜。迎问其消息，辄复非乡里。

邂逅徼时愿，骨肉来迎己。⑨已得自解免，当复弃儿子。
天属缀人心，念别无会期。存亡永乖隔，不忍与之辞。⑩
儿前抱我颈，问母欲何之。人言母当去，岂复有还时。
阿母常仁恻，今何更不慈。我尚未成人，奈何不顾思。
见此崩五内，恍惚生狂痴。号泣手抚摩，当发复回疑。⑪
兼有同时辈，相送告离别。慕我独得归，哀叫声摧裂。
马为立踟蹰，车为不转辙。⑫观者皆嘘唏，行路亦呜咽。
去去割情恋，遄征日遐迈。悠悠三千里，何时复交会。⑬
念我出腹子，胸臆为摧败。既至家人尽，又复无中外。
城廓为山林，庭宇生荆艾。⑭白骨不知谁，纵横莫覆盖。
出门无人声，豺狼号且吠。茕茕对孤景，怛咤糜肝肺。⑮
登高远眺望，魂神忽飞逝。奄若寿命尽，旁人相宽大。
为复强视息，虽生何聊赖。⑯托命于新人，竭心自勖励。
流离成鄙贱，常恐复捐废。人生几何时，怀忧终年岁。⑰

注释　这首诗是作者离开匈奴回到故乡，嫁给董祀后回想往事
之作。

①季：末。失权柄：指皇帝失去了统治天下的权力，朝政把持在宦
官外戚手中。天常：天道。篡弑（shì）：杀君夺位。旧邦：指长安。主：
指汉献帝。

②"卓众"句：指董卓的部下李傕、郭汜的军队从陕中出函谷关向
东打陈留、颍川等地。平土：平原。胡羌：指董卓军中的西北少数民族
士兵。

③斩截：杀戮。无孑遗：一个不剩。孑（jié）：单独。相撑拒：互
相支拄。形容尸体众多，堆积杂乱。

④西入关：指入函谷关。董卓部下从关内东出，大掠后还入关。
迥：遥远。邈（miǎo）冥冥：渺远迷茫的样子。所略：被掳掠的人。屯

聚：聚集。

⑤骨肉：亲人。俱：在一起。"失意"句：如果被掳掠的人使士兵稍感不满。几微：稍微。亭刃：挨刀子。亭：通"停"。我曹：我们，兵士自称。

⑥詈（lì）：责骂。棰杖：杖击。毒：仇恨。参：交杂。

⑦彼苍者：那个老天啊。何辜：人们有什么罪过。边荒：边远荒凉之地。"人俗"句：指当时匈奴文化落后。

⑧肃肃：风声。"感时"句：逢年过节更加想念亲人。时：时令，季节。

⑨"辄复"句：又往往不是同乡人。徼（jiǎo）：侥幸。骨肉：指祖国来的亲人。

⑩解免：解脱。天属：血缘关系，指亲生儿子。缀：牵系。乖隔：隔离。

⑪五内：五脏。"当发"句：当车子要开动时又迟疑不忍心走了。

⑫转辙：指车轮转动。

⑬遄（chuán）征：快速赶路。日遐迈：一天天走远了。交会：相会。

⑭出腹子：亲生子。胸臆：心中。中外：中表近亲。"中"指舅父的子女，为内兄弟，"外"指姑母的子女，为外兄弟。荆艾：荆棘，艾蒿。

⑮怛咤（dá zhà）：悲伤感叹。糜：烂，碎。

⑯奄若：仿佛。宽大：宽慰。视息：睁开眼，喘过气来。聊赖：依靠，乐趣。

⑰"托命"句：指重嫁董祀。勖（xù）励：勉励。捐废：抛弃。

刘桢

刘桢（？—217），字公干，东平宁阳（今山东宁阳）人，"建安七子"之一，是曹操的幕僚。

赠从弟

其二

亭亭山上松，瑟瑟谷中风。风声一何盛，松枝一何劲。①
冰霜正惨悽，终岁常端正。岂不罹凝寒，松柏有本性。②

注释　这组诗共三首。这首用松柏作比喻，赞美和勉励堂弟坚守节操，也是自况。从弟：堂弟。
①亭亭：独立挺拔的样子。瑟瑟：风声。
②惨悽：严酷。罹（lí）：遭受。凝寒：严寒。

阮籍

阮籍（210—263），字嗣宗，陈留尉氏（今河南尉氏）人，三国时期魏国诗人，"竹林七贤"之一。

咏怀

其一

夜中不能寐，起坐弹鸣琴。薄帷鉴明月，清风吹我襟。[①]
孤鸿号外野，翔鸟鸣北林。徘徊将何见？忧思独伤心。[②]

注释　这组《咏怀》诗一共 82 首，用曲折隐晦的笔调抒写内心的苦闷，其中有的反映了当时黑暗的政治现实，有的对虚伪的礼教有所批判。

①帷：帐幔。鉴：照。

②号：啼叫。外野：野外。北林：出自《诗经·秦风·晨风》"郁彼北林"，后人往往用"北林"一词表示忧伤。

陶渊明

陶渊明（365—427），字元亮，晚年更名潜，字渊明。别号五柳先生，世称靖节先生，浔阳柴桑（今属江西九江）人。东晋末到刘宋初杰出的诗人、散文家，田园诗派鼻祖，对唐宋诗人有着深远巨大的影响。

癸卯岁始春怀古田舍

其二

先师有遗训，忧道不忧贫。瞻望邈难逮，转欲志长勤。①
秉耒欢时务，解颜劝农人。平畴交远风，良苗亦怀新。②
虽未量岁功，即事多所欣。耕种有时息，行者无问津。③
日入相与归，壶浆劳近邻。长吟掩柴门，聊为陇亩民。④

注释 癸卯岁：晋安帝元兴二年（403）。怀古田舍：就是在田舍中怀古。这组诗共二首。

①先师：对孔子的尊称。忧道不忧贫：这是《论语》中孔子的话。"瞻望"句：是说孔子的遗训虽高，自己却很难做到。邈：远。逮：及，

达到。长勤：指长期从事耕作劳动。

②秉：持。耒（lěi）：古代的一种农具。时务：指及时的农务。解颜：开颜。平畴（chóu）：平坦的田野。怀新：形容麦苗生机盎然。

③岁功：一年的农业收获。即事：指眼前的劳动和景物。行者：过路人。津：渡口。此句用长沮、桀溺的典故。《论语·微子》里说，隐者长沮、桀溺在耕田，孔子路过，叫子路去问渡口在哪里。长沮、桀溺听说子路是孔子的学生，就说：是鲁国的孔丘吗？他自己是知道渡口在哪里的。

④相与：结伴。劳：慰劳。陇亩民：田野之人。

归园田居

其一

少无适俗韵，性本爱丘山。误落尘网中，一去三十年。①
羁鸟恋旧林，池鱼思故渊。开荒南野际，守拙归园田。②
方宅十余亩，草屋八九间。榆柳荫后檐，桃李罗堂前。③
暧暧远人村，依依墟里烟。狗吠深巷中，鸡鸣桑树颠。④
户庭无尘杂，虚室有余闲。久在樊笼里，复得返自然。⑤

注释　《归园田居》共五首，作于辞去彭泽令归隐田园的次年。

①适俗：适应世俗。韵：气质，风度。三十年：当作"十三年"，他前后断续做官十二年，到写诗时共十三年。

②羁鸟：束缚在笼中的鸟。故渊：鱼儿原来生活的水潭。南野：一

作"南亩"。拙：愚笨，自谦之辞。

③"方宅"句：说住宅四周有十余亩土地。罗：罗列。

④暧暧：依稀不明的样子。依依：轻柔。

⑤户庭：门庭。尘杂：世俗事务。虚室：空寂的房子。这里用了《庄子·人间世》中"虚室生白，吉祥止止"的意思，比喻内心明净澄澈的境界。余闲：闲暇。樊笼：关鸟兽的笼子，比喻官场。

其三

种豆南山下，草盛豆苗稀。晨兴理荒秽，带月荷锄归。①
道狭草木长，夕露沾我衣。衣沾不足惜，但使愿无违。②

注释

①兴：起。理荒秽：清除杂草。荷：扛着。
②愿：指归隐的初愿。

责子

白发被两鬓，肌肤不复实。虽有五男儿，总不好纸笔。①
阿舒已二八，懒惰故无匹。阿宣行志学，而不爱文术。②
雍端年十三，不识六与七。通子垂九龄，但觅梨与栗。③
天运苟如此，且进杯中物。④

注释　此诗是陶渊明对诸儿的慈祥戏谑之作。
①被：同"披"，覆盖，下垂。实：结实。五男儿：陶渊明有五个

儿子。好：喜欢。纸笔：这里代指学习文术。

②二八：即十六岁。故：同"固"，本来，一向。无匹：无人能比。
行：将近。志学：指十五岁。文术：指读书、作文之类的事情。

③垂九龄：将近九岁。垂：将到。

④天运：命运。苟：如果。

饮酒

其五

结庐在人境，而无车马喧。问君何能尔，心远地自偏。①
采菊东篱下，悠然见南山。山气日夕佳，飞鸟相与还。②
此中有真意，欲辨已忘言。③

注释 《饮酒》共二十首，皆酒后题咏，非一时之作。此篇表现
远离尘世喧嚣、返璞归真的生活意趣。

①"结庐"二句：是说居住在人间，而能不受尘俗的喧扰。结庐：
构造居室。人境：人世间。尔：如此。"心远"句：心远离尘俗，就自
然如同居于偏僻之地。

②悠然：悠闲自得的样子。"见"，一作"望"。日夕：傍晚。相与：
结伴。

③"此中"二句：说隐居生活有真正的乐趣，不可言说。《庄子·
外物》："言者所以在意也，得意而忘言。"

杂诗

其一

人生无根蒂，飘如陌上尘。分散逐风转，此已非常身。①
落地为兄弟，何必骨肉亲！得欢当作乐，斗酒聚比邻。②
盛年不重来，一日难再晨。及时当勉励，岁月不待人。

注释 《杂诗》共十二首，此为第一首。
①无根蒂：形容漂泊不定。常身：经久不变的常住之身。
②斗：酒器。比邻：近邻。

移居

其一

昔欲居南村，非为卜其宅。闻多素心人，乐与数晨夕。①
怀此颇有年，今日从兹役。敝庐何必广，取足蔽床席。②
邻曲时时来，抗言谈在昔。奇文共欣赏，疑义相与析。③

注释 陶渊明旧居原在柴桑县柴桑里。遭遇火灾后，第二年搬家到南里的南村。《移居》二首是搬家后所作。

①卜其宅：占卜问宅之吉凶。此句意思是：并不是因为那里的宅地好。素心人：指心地纯洁善良的人。数：屡。晨夕：朝夕相处。

②怀此：抱着这个愿望。颇有年：已经有很多年了。兹役：这个活动，指移居。敝庐：破旧的房屋。何必广：何须求宽大。"取足"句：能够放一张床、一条席子就可以了。

③邻曲：邻居。抗：同"亢"，高的意思。在昔：往事。"奇文"二句：是说共同欣赏奇文，一起剖析疑难问题。

其二

春秋多佳日，登高赋新诗。过门更相呼，有酒斟酌之。①
农务各自归，闲暇辄相思。相思则披衣，言笑无厌时。②
此理将不胜，无为忽去兹。衣食当须纪，力耕不吾欺。③

注释

①斟酌：倒酒而饮。这里是说邻人间互相招呼饮酒。

②农务：农活儿。相思：想念。

③"此理"句：这种生活的真趣应该是没有能超过的。无为：不要。忽：很快。去兹：离开这里。纪：经营。

读《山海经》

其一

孟夏草木长，绕屋树扶疏。众鸟欣有托，吾亦爱吾庐。①
既耕亦已种，时还读我书。穷巷隔深辙，颇回故人车。②
欢言酌春酒，摘我园中蔬。微雨从东来，好风与之俱。③
泛览《周王传》，流观《山海》图。俯仰终宇宙，不乐复何如。④

注释 这组诗共十三首。此篇咏隐居耕读之乐。
①孟夏：初夏。扶疏：枝叶茂盛，高低疏密有致。欣有托：指巢居树上。
②深辙：指车马来往很多的要道。辙：车轮辗轧的轨迹。"颇回"句：经常让熟人的车掉头回去。
③欢言：高兴的样子。与之俱：和它一起吹来。
④周王传：即《穆天子传》，记载周穆王西游的书。流观：浏览。山海图：带插图的《山海经》。俯仰：顷刻之间。终宇宙：游遍天地。

其十

精卫衔微木，将以填沧海。刑天舞干戚，猛志固常在。①
同物既无虑，化去不复悔。徒设在昔心，良辰讵可待。②

注释

①精卫：古代神话中的鸟名。据《山海经·北山经》记载，古代炎帝的小女儿女娃淹死在东海，后变成精卫鸟，总是含着西山的木石去填东海。微木：细木。刑天：神话人物，因与天帝争权，失败后被砍了头。他仍不屈服，以两乳为目，以肚脐当嘴，挥舞着盾牌和斧头。干：盾牌。戚：斧。

②"同物"二句：是说精卫和刑天对于死无所忧虑，也不再后悔。同物：即物化，与"化去"都是死的意思。在昔心：过去的雄心壮志。良辰：实现壮志的好日子。讵（jù）：岂。

挽歌诗

其三

荒草何茫茫，白杨亦萧萧。严霜九月中，送我出远郊。
四面无人居，高坟正嶕峣。马为仰天鸣，风为自萧条。①
幽室一已闭，千年不复朝。千年不复朝，贤达无奈何。②
向来相送人，各自还其家。亲戚或余悲，他人亦已歌。
死去何所道，托体同山阿。③

注释　这组诗共三首，是作者自拟的挽歌，作于去世当年。陶渊明死在十一月。

①嶕峣（jiāo yáo）：高耸的样子。

②幽室：指墓穴。朝：早晨，天亮。

③何所道：还有什么可说的呢。托体：寄身。山阿：山冈。

谢灵运

谢灵运（385—433），名公义，字灵运，祖籍陈郡阳夏（今河南太康），出生于会稽始宁（今浙江上虞）。是东晋至刘宋时期大臣、佛学家、旅行家、山水诗派鼻祖。

登池上楼

潜虬媚幽姿，飞鸿响远音。薄霄愧云浮，栖川怍渊沉。①
进德智所拙，退耕力不任。徇禄及穷海，卧疴对空林。②
衾枕昧节候，褰开暂窥临。倾耳聆波澜，举目眺岖嵚。③
初景革绪风，新阳改故阴。池塘生春草，园柳变鸣禽。④
祁祁伤豳歌，萋萋感楚吟。索居易永久，离群难处心。⑤
持操岂独古，无闷征在今。⑥

注释　池上楼在永嘉郡（今浙江温州）。

①潜虬：即潜龙，象征隐士。媚幽姿：以其幽雅的风姿而自爱。响：发出。远音：悠远的鸣声。薄：迫近。霄：高空，喻朝廷。云浮：指飞鸿，喻居高位者。栖川：栖息水中。怍（zuò）：惭愧。渊沉：沉入深渊，指虬，喻隐士。

②"进德"二句：是说做官立德，自己才智太笨拙；退隐躬耕，自己体力又不胜任。徇禄：营求俸禄，指作官。及：到。穷海：偏僻的海

滨。疴（kē）：病。

③ "衾枕"二句：是说躺在床上，不知道季节的变化；揭开帷幕，
登楼观看。昧：不明。褰（qiān）：揭起，打开。窥临：眺望。岖嵚
（qīn）：高山险峻的样子。

④初景：初春的阳光。革：改变。绪风：秋冬的余风。新阳：新年
阳春。故阴：旧年寒冬。变鸣禽：树上叫的鸟变换了种类。

⑤ "祁祁"句：《诗经·豳风·七月》"春日迟迟，采蘩祁祁。女心
伤悲，殆及公子同归。"此处用其意，说自己看到了满园春色，想起
《豳风》里描写女子忧伤的歌，有所感伤。祁祁：众多的样子。"萋萋"
句：《楚辞·招隐士》"王孙游兮不归，春草生兮萋萋。"这里是说想起
了《楚辞》里招隐士的诗，很有感触。索居：独居。易永久：容易使人
觉得日子难过，岁月漫长。处心：安心。

⑥ "持操"二句：说岂止古人才能坚持自己的操守，自己也能隐居
避世而毫无烦恼。无闷：没有烦闷。征：验证。

鲍照

鲍照（412？—466），字明远，东海（今山东郯城）人。做过王府的参军，后人称他为鲍参军。鲍照对七言诗的发展有一定贡献。

拟行路难

其六

对案不能食，拔剑击柱长叹息。
丈夫生世会几时？安能蹀躞垂羽翼！①
弃置罢官去，还家自休息。
朝出与亲辞，暮还在亲侧。
弄儿床前戏，看妇机中织。
自古圣贤尽贫贱，何况我辈孤且直！②

注释 拟行路难：摹拟汉乐府杂曲歌辞《行路难》而作的诗。这组诗共18首。

①蹀躞（dié xiè）：小步行走。
②孤：指庶族出身，势力孤单。

鲍令晖

鲍令晖（生卒年不详），东海（今山东郯城）人，著名诗人鲍照之妹。

拟客从远方来

客从远方来，赠我漆鸣琴。[1]
木有相思文，弦有别离音。[2]
终身执此调，岁寒不改心。[3]
愿作阳春曲，宫商长相寻。[4]

注释　《客从远方来》是"古诗十九首"中的一首，此为拟作。

[1]漆鸣琴：漆饰的古琴。

[2]"木有"句：说琴身由相思树的木材做成。文：木纹。

[3]执：弹奏。此调：指相思的曲调。

[4]阳春曲：《阳春》是古代楚国的歌曲名，即阳春白雪。宫商：古代音阶分宫商角徵羽五声，此指代音律。相寻：接连不断。

谢朓（tiǎo）

谢朓（464—499），字玄晖，陈郡阳夏（今河南太康）人，南齐代表作家。与谢灵运前后齐名，世称"小谢"。

之宣城出新林浦向板桥

江路西南永，归流东北骛。天际识归舟，云中辨江树。^①
旅思倦摇摇，孤游昔已屡。既欢怀禄情，复协沧洲趣。^②
嚣尘自兹隔，赏心于此遇。虽无玄豹姿，终隐南山雾。^③

注释　这首诗是谢朓出任宣城太守途中所作。表现出诗人远离避祸的思想感情。之：去。宣城：今安徽宣州。板桥：板桥浦，在南京西南方。

①江路：长江的水路。永：长，远。归流：归向大海的江流。骛（wù）：奔驰。

②摇摇：心神不定的样子。屡：多次。怀禄情：怀恋俸禄。协：合。沧州：滨水之地，古代常用来称隐士的居处。

③嚣尘：指京城喧嚣的生活。自兹隔：从此离开了。玄豹：皮毛颜色黑中带红的豹。《列女传》中说南山有只玄豹，因爱惜自己美丽的皮毛，雾雨七天，它宁愿挨饿而不下山觅食。这里比喻自己虽无美德高行，但远离京都是非之地，可以全身远害了。

王籍

王籍（生卒年未详），字文海，琅琊临沂（今山东临沂）人。南朝梁代诗人。

入若耶溪

艅艎何泛泛，空水共悠悠。阴霞生远岫，阳景逐回流。[①]
蝉噪林逾静，鸟鸣山更幽。此地动归念，长年悲倦游。[②]

注释 若耶溪，在今浙江绍兴若耶山下。

①艅艎（yú huáng）：古代的一种木船。泛泛：形容船行无阻。阴霞：山北面的云霞。岫（xiù）：峰峦。阳景：阳光。逐回流：指照耀曲折的溪水。

②逾：同"愈"，更加。"此地"二句：是说自己多年来因为厌倦宦游而感到悲伤，如今遇到这么幽美的景色，不禁产生了归隐的念头。归念：归隐的念头。

庾信

庾信（513—581），字子山，南阳新野（今河南新野）人，南北朝时期文学家。他的诗讲究形象、声色，擅长骈俪、用典。

拟咏怀

其十八

寻思万里侯，中夜忽然愁。琴声遍屋里，书卷满床头。
虽言梦蝴蝶，定自非庄周。残月如初月，新秋似旧秋。①
露泣连珠下，萤飘碎火流。乐天乃知命，何时能不忧？②

注释　《拟咏怀》二十七首是庾信羁留北周时思念故国的一组诗。
①"定自"句：感慨自己无法像庄子那样达观以摆脱心中的忧愁。残月：农历月末残缺如弓形的月亮。初月：月初的新月。
②"乐天"句：是说自己还做不到乐天知命，如何能不忧呢？

北朝民歌

敕勒歌

敕勒川，阴山下。天似穹庐，笼盖四野。天苍苍，野茫茫，风吹草低见牛羊。①

注释 《敕勒歌》：《杂曲歌辞》名，这是北朝时敕勒族的民歌。敕（chì）勒：种族名。

①敕勒川：在今内蒙古自治区。穹庐：毡帐，就是蒙古包。见：同"现"，显露。

木兰诗

唧唧复唧唧，木兰当户织。不闻机杼声，唯闻女叹息。①
问女何所思，问女何所忆。女亦无所思，女亦无所忆。
昨夜见军帖，可汗大点兵，军书十二卷，卷卷有爷名。②
阿爷无大儿，木兰无长兄，愿为市鞍马，从此替爷征。③
东市买骏马，西市买鞍鞯，南市买辔头，北市买长鞭。④
且辞爷娘去，暮宿黄河边，不闻爷娘唤女声，
但闻黄河流水鸣溅溅。且辞黄河去，暮至黑山头，

不闻爷娘唤女声，但闻燕山胡骑鸣啾啾。⑤

万里赴戎机，关山度若飞。朔气传金柝，寒光照铁衣。⑥

将军百战死，壮士十年归。归来见天子，天子坐明堂。⑦

策勋十二转，赏赐百千强。可汗问所欲，木兰不用尚书郎，

愿驰千里足，送儿还故乡。⑧

爷娘闻女来，出郭相扶将；阿姊闻妹来，当户理红妆；

小弟闻姊来，磨刀霍霍向猪羊。⑨

开我东阁门，坐我西阁床。脱我战时袍，著我旧时裳。

当窗理云鬓，对镜帖花黄。⑩

出门看火伴，火伴皆惊忙：同行十二年，不知木兰是女郎。⑪

雄兔脚扑朔，雌兔眼迷离。双兔傍地走，安能辨我是雄雌？⑫

注释　这首诗大约产生于后魏，《乐府诗集》收入《梁鼓角横吹曲》。

①唧唧：叹息声。机杼（zhù）：机，指织布机。杼，就是梭子。

②军帖：即下文的"军书"，征兵的公文、名册。可汗（kè hán）：古代鲜卑、突厥、回纥、蒙古等族最高统治者的称号。

③市：买。

④鞯（jiān）：马鞍下的垫子。辔（pèi）头：马笼头。

⑤黑山：即今北京市昌平县境的天寿山。"黑山"，一作"黑水"。

⑥戎机：军事行动。朔气：北方的寒气。柝（tuò）：即刁斗，是我国古代一种军用食器，铜制有柄的三角锅，夜里用来敲击报更。

⑦明堂：指天子临朝的殿堂。

⑧策勋：记功。转：升级。尚书郎：官名。千里足：千里马。此句一作"愿借明驼千里足"。

⑨郭：外城。扶将：搀扶。

⑩帖：同"贴"。花黄：古代女子的面饰。

⑪火伴：战友。古代兵制以十人为火，共灶起火。故称同火者为火伴。

⑫扑朔：乱动。迷离：眼睛半闭，眯着眼。傍地走：贴着地面跑。

唐代诗选

　　唐诗，是中国古代诗歌发展中的高峰，是中华民族珍贵的文化遗产之一。唐诗的形式主要分为古体诗和近体诗两种。古体诗也称古风，主要有五言古诗、七言古诗及杂言古诗，有"歌""行""吟"三种体裁。古体诗对音韵格律的要求比较宽。一首之中，句数可多可少，篇章可长可短，韵脚可以转换。近体诗包括五言律诗、七言律诗、五言绝句、七言绝句。近体诗对音韵格律的要求比较严格：一首诗的句数有限定，即绝句四句，律诗八句，每句诗中用字的平仄有一定的规律，韵脚不能转换。律诗还要求中间四句成为对仗。另外，还有一种长律即排律超过八句。唐诗的主要派别有：一、山水田园诗派，代表人物王维、孟浩然等；二、边塞诗派，代表人物高适、岑参、王昌龄、王之涣等；三、浪漫诗派，代表人物李白、李贺等；四、现实诗派，代表人物杜甫、白居易等。

　　五代诗选附后。

王绩

王绩（585—644），字无功，号东皋子，绛州龙门（今山西河津）人。其诗近而不浅，质而不俗，直追魏晋风骨。

野望

东皋薄暮望，徙倚欲何依。[①]
树树皆秋色，山山唯落晖。
牧人驱犊返，猎马带禽归。[②]
相顾无相识，长歌怀采薇。[③]

注释

①东皋：今山西河津县东皋村。王绩弃官还家后，在此著书，自号东皋子。薄暮：傍晚。徙倚（xǐ yǐ）：徘徊。依：依托，归宿。

②犊：小牛，这里指牛群。

③采薇：此用伯夷、叔齐耻食周粟的典故，表示自己处于隋、唐易代之际，怀有伯夷、叔齐当年那种心情。

武则天

武则天（624—705），又名曌（zhào），并州文水（今山西文水）人，十四岁进宫，被唐太宗封为才人。后为高宗李治的皇后。天授元年（690），武则天称帝，改国号为周，定都洛阳。她是中国历史上唯一的女皇帝。

腊日宣诏幸上苑

明朝游上苑，火速报春知。[①]
花须连夜发，莫待晓风吹。

注释　腊日：农历腊月初八。幸：皇帝驾临。上苑：即神都苑，又称上林苑，皇家园林，在隋唐时洛阳宫城（紫微城）西，以花著称。

①春：指春神。

骆宾王

骆宾王（约626—约687），字观光，婺州义乌（今属浙江）人。与王勃、杨炯、卢照邻合称"初唐四杰"。

咏鹅

鹅　鹅　鹅，曲项向天歌。
白毛浮绿水，红掌拨清波。

在狱咏蝉

西陆蝉声唱，南冠客思深。[①]
不堪玄鬓影，来对白头吟。[②]
露重飞难进，风多响易沉。
无人信高洁，谁为表予心？

注释

①西陆：指秋天。南冠：指囚徒。
②玄鬓：指蝉翼。

李峤

李峤（644—713），字巨山，赵州赞皇（今属河北）人。曾三任宰相。

风

解落三秋叶，能开二月花。[1]
过江千尺浪，入竹万竿斜。

注释

[1] 解落：吹落。解：脱掉。

王勃

王勃（约650—约676），字子安，绛州龙门（今山西河津）人。初唐文学家、诗人，"初唐四杰"之一。

送杜少府之任蜀州

城阙辅三秦，风烟望五津。[①]
与君离别意，同是宦游人。[②]
海内存知己，天涯若比邻。[③]
无为在歧路，儿女共沾巾。[④]

注释 少府：官名。之：到，往。蜀州：今四川崇州。

[①]城阙：城楼。辅：护卫。三秦：指长安城附近的关中之地。五津：指岷江的五个渡口，这里泛指蜀川。

[②]宦游：外出做官。

[③]比邻：近邻。

[④]无为：无须，不必。歧路：岔路。共沾巾：挥泪告别。

滕王阁诗

滕王高阁临江渚，佩玉鸣鸾罢歌舞。①

画栋朝飞南浦云，珠帘暮卷西山雨。②

闲云潭影日悠悠，物换星移几度秋。

阁中帝子今何在？槛外长江空自流。③

注释 这首诗原附在王勃的名篇《滕王阁序》之后。滕王阁：故址在今江西南昌市赣江之滨。

①渚：江中小洲。佩玉鸣鸾：身上佩戴的玉饰、响铃。

②南浦：地名，在南昌市西南。西山：滕王阁所在的章江门外三十里有西山，又名南昌山、厌原山。

③帝子：指滕王李元婴。槛：栏杆。

杨炯

杨炯（650—693），字令明，华州华阴（今陕西华阴）人。"初唐四杰"之一。

从军行

烽火照西京，心中自不平。①
牙璋辞凤阙，铁骑绕龙城。②
雪暗凋旗画，风多杂鼓声。③
宁为百夫长，胜作一书生。④

注释 从军行：为乐府《相和歌·平调曲》旧题，多写军旅生活。
①西京：长安。
②牙璋：古代兵符，分为两块，朝廷和主帅各执其半，相合处呈牙状，故称牙璋。代指奉命出征的将帅。凤阙：指皇宫。龙城：汉时匈奴的要地，此指塞外敌方据点。
③旗画：军旗上的图案。
④百夫长：泛指下级军官。

卢照邻

卢照邻（生卒年不详），字升之，号幽忧子，幽州范阳（今河北涿州）人。"初唐四杰"之一。

曲池荷

浮香绕曲岸，圆影覆华池。①
常恐秋风早，飘零君不知。

注释　此篇系诗人借花自悼。
①浮香：荷花的香气。

宋之问

宋之问（约656—约712），字延清，汾州隰城（今山西汾阳）人。善五言，精诗律，与沈佺期齐名。

渡汉江

岭外音书断，经冬复历春。[①]
近乡情更怯，不敢问来人。

注释　这是宋之问从泷州（今广东罗定）贬所逃归，途经汉江时所作。

①岭外：岭南。

刘希夷

刘希夷（约651—约680），一名庭芝，字延之，汝州（今河南汝州）人。其诗以歌行见长。

代悲白头翁

洛阳城东桃李花，飞来飞去落谁家？
洛阳女儿惜颜色，坐见落花长叹息。①
今年花落颜色改，明年花开复谁在？
已见松柏摧为薪，更闻桑田变成海。②
古人无复洛城东，今人还对落花风。
年年岁岁花相似，岁岁年年人不同。
寄言全盛红颜子，应怜半死白头翁。③
此翁白头真可怜，伊昔红颜美少年。
公子王孙芳树下，清歌妙舞落花前。
光禄池台文锦绣，将军楼阁画神仙。④
一朝卧病无相识，三春行乐在谁边？
宛转蛾眉能几时？须臾鹤发乱如丝。⑤
但看古来歌舞地，唯有黄昏鸟雀悲。

注释　代：拟。白头翁：白发老人。《全唐诗》又作《代白头吟》。白头吟为乐府名。

①坐见：一作"行逢"。

②松柏摧为薪：松柏被砍伐作柴火。《古诗十九首》："古墓犁为田，松柏摧为薪。"

③红颜子：美少年。

④光禄：光禄勋，古代官名，九卿之一。这里用东汉马援之子马防的典故。《后汉书·马援传》（附马防传）载：马防在汉章帝时拜光禄勋，生活很奢侈。文锦绣：指以锦绣装饰池台。将军：指东汉贵戚梁冀，他曾为大将军。《后汉书·梁冀传》载：梁冀大兴土木，建造府宅。

⑤宛转蛾眉：本为年轻女子所画的妆容，此处代指青春年华。

贺知章

贺知章（659—744），字季真，越州永兴（今浙江杭州萧山区）人。其诗以绝句见长，善草隶，晚年自号"四明狂客"。

咏柳

碧玉妆成一树高，万条垂下绿丝绦。^①
不知细叶谁裁出，二月春风似剪刀。

注释

①丝绦（tāo）：丝带。

回乡偶书

其一

少小离家老大回，乡音无改鬓毛衰。①
儿童相见不相识，笑问客从何处来。

注释 这组诗共二首。偶书：偶然写的。

①鬓毛衰：指两鬓毛发减少、疏落。"衰"的读音历来有争论，现在教材中已统一为 shuāi。

陈子昂

陈子昂（661—702），字伯玉，梓州射洪（今四川射洪）人。唐代文学家、诗人，初唐诗文革新人物之一。

登幽州台歌

前不见古人，后不见来者。①
念天地之悠悠，独怆然而涕下！②

注释　幽州台：又称"蓟北楼"，原址在今北京市。此篇表达诗人生不逢时、怀才不遇的悲愤之情。

①古人：指古代那些礼贤下士的圣君。来者：指后世那些重视人才的贤明君主。

②怆（chuàng）然：悲伤的样子。

上官婉儿

上官婉儿（664—710），女，复姓上官，又称上官昭容，陕州陕县（今河南三门峡）人。唐代女官、诗人、皇妃。

彩书怨

叶下洞庭初，思君万里馀。[①]
露浓香被冷，月落锦屏虚。[②]
欲奏江南曲，贪封蓟北书。[③]
书中无别意，惟怅久离居。

注释　彩书怨：一名《彩毫怨》。彩书：即帛书，指书信。
①"叶下"句：化用屈原《九歌·湘夫人》"袅袅兮秋风，洞庭波兮木叶下"之意。
②锦屏：锦绣屏风。
③江南曲：乐府曲调名。贪：急切。封：这里有"写"的意思。蓟北：这里泛指东北边地。

张若虚

张若虚（约 670—约 730），扬州人。唐代诗人，与贺知章、张旭、包融并称为"吴中四士"。

春江花月夜

春江潮水连海平，海上明月共潮生。

滟滟随波千万里，何处春江无月明。^①

江流宛转绕芳甸，月照花林皆似霰。^②

空里流霜不觉飞，汀上白沙看不见。^③

江天一色无纤尘，皎皎空中孤月轮。

江畔何人初见月？江月何年初照人？

人生代代无穷已，江月年年只相似。^④

不知江月待何人，但见长江送流水。

白云一片去悠悠，青枫浦上不胜愁。^⑤

谁家今夜扁舟子？何处相思明月楼？^⑥

可怜楼上月徘徊，应照离人妆镜台。

玉户帘中卷不去，捣衣砧上拂还来。^⑦

此时相望不相闻，愿逐月华流照君。

鸿雁长飞光不度，鱼龙潜跃水成文。^⑧

昨夜闲潭梦落花，可怜春半不还家。
江水流春去欲尽，江潭落月复西斜。
斜月沉沉藏海雾，碣石潇湘无限路。⑨
不知乘月几人归，落月摇情满江树。

注释 《春江花月夜》为乐府《清商曲·吴声歌》旧题。

①滟滟（yàn）：波光闪耀的样子。

②芳甸：芳草丰茂的原野。甸：郊外。霰（xiàn）：天空降落的白色不透明的小冰粒。

③流霜：飞霜。古人认为霜和雪一样，是从空中落下来的。汀（tīng）：沙洲。

④只：一作"望"。

⑤青枫：暗用《楚辞·招魂》"湛湛江水兮上有枫，目极千里兮伤春心"的意思。浦：水口。

⑥扁（piān）舟子：飘荡江湖的游子。扁舟：小船。明月楼：指月光下思妇的闺楼。

⑦玉户：形容楼阁华丽，以玉石镶嵌。捣衣砧（zhēn）：捶衣石。

⑧文：同"纹"。

⑨潇湘：潇水、湘江，在湖南。碣石潇湘泛指天南地北。

张九龄

张九龄（673—740），字子寿，号博物，韶州曲江（今广东韶关）人。唐代名相，政治家、文学家、诗人。长于五言古风，诗风清淡，对扫除唐初所沿袭的六朝绮靡诗风贡献尤大。

感遇

其一

兰叶春葳蕤，桂华秋皎洁，^①

欣欣此生意，自尔为佳节。^②

谁知林栖者，闻风坐相悦。^③

草木有本心，何求美人折！^④

注释　这组诗共十二首，是张九龄被贬谪后创作，表现了作者的理想操守。

①葳蕤（wēi ruí）：形容枝叶繁盛。桂华：桂花，华同花。皎洁：形容桂花蕊晶莹、明亮。

②生意：生机勃勃。自尔：自然地。

③林栖者：山中隐士。坐：因而。

④本心：天性。

其七

江南有丹橘，经冬犹绿林。

岂伊地气暖？自有岁寒心。[①]

可以荐嘉客，奈何阻重深。[②]

运命唯所遇，循环不可寻。[③]

徒言树桃李，此木岂无阴？[④]

注释

①伊：那，指江南。岁寒心：即耐寒的特性。此处用孔子"岁寒然后知松柏之后凋"之意。

②荐：进奉。

③"运命"二句：感叹人的命运只能听任遭遇，祸福循环，难求根由。

④树：种植。阴：树荫。

望月怀远

海上生明月，天涯共此时。
情人怨遥夜，竟夕起相思。①
灭烛怜光满，披衣觉露滋。②
不堪盈手赠，还寝梦佳期。③

注释

①情人：多情的人。遥夜：长夜。竟夕：整夜。

②怜：爱。滋：湿润。

③不堪：不能。盈手：满手。陆机《拟明月何皎皎》："照之有余晖，揽之不盈手。"佳期：相会之期。

王翰

　　王翰（生卒年不详），字子羽，并州晋阳（今山西太原）人。唐代边塞诗人。

凉州词

　　葡萄美酒夜光杯，欲饮琵琶马上催。①
　　醉卧沙场君莫笑，古来征战几人回。②

注释　凉州词：唐代乐府《凉州曲》的唱词。
①"欲饮"句：正要畅饮，马上的琵琶声响起，仿佛催人出征。
②沙场：指战场。

王湾

王湾（生卒年不详），号为德，洛阳人。唐代诗人。

次北固山下

客路青山外，行舟绿水前。①
潮平两岸阔，风正一帆悬。②
海日生残夜，江春入旧年。③
乡书何处达，归雁洛阳边。④

注释 次：旅途中的停宿，这里是停泊的意思。北固山：在今江苏
镇江市北。

①客路：旅途。

②风正：顺风。

③海日：海上旭日。残夜：夜将尽之时。"江春"句：写江上春早，
旧年未过新春已来。

④"归雁"句：希望北归的大雁捎一封家书到洛阳。

王之涣

王之涣（688—742），字季凌，祖籍并州晋阳（今山西太原）。盛唐著名的边塞诗人。

登鹳雀楼

白日依山尽，黄河入海流。
欲穷千里目，更上一层楼。①

注释 鹳雀楼：旧址在今山西永济县城西南。前对中条山，下临黄河，常有鹳雀栖其上，故名。
①穷：尽，使达到极点。

凉州词

其一

黄河远上白云间，一片孤城万仞山。①
羌笛何须怨杨柳，春风不度玉门关。②

注释 这组诗共二首。

①黄河远上：远望黄河的源头。仞：古代的长度单位，一仞为八尺。

②羌笛：羌族乐器，属横吹管乐。杨柳：指北朝乐府《折杨柳歌辞》，古诗文常以杨柳喻送别情事。玉门关：在今甘肃敦煌西，是当时凉州的最西境。

孟浩然

孟浩然（689—740），字浩然，号孟山人，襄阳（今湖北襄阳）人。其诗以五言著称，是唐代著名的山水田园派诗人。

望洞庭湖赠张丞相

八月湖水平，涵虚混太清。①
气蒸云梦泽，波撼岳阳城。②
欲济无舟楫，端居耻圣明。③
坐观垂钓者，空有羡鱼情。④

注释 张丞相：即张九龄。

①"涵虚"句：是说湖面空阔，与天浑然一体。涵：包含。虚：空。太清：天空。

②气蒸：一作"气吞"。云梦泽：古代云梦泽分为云泽和梦泽，指湖北南部、湖南北部一带的低洼地区，洞庭湖在其南部。

③"欲济"句：想渡湖而没有船只，比喻想做官而无人引荐。济：渡。楫（jí）：船桨。"端居"句：生在太平盛世自己却闲居在家，因此感到羞愧。

④"坐观"二句：《淮南子·说林训》："临河而羡鱼，不如归家织网。"这两句暗喻自己有出仕的愿望。

岁暮归南山

北阙休上书，南山归敝庐。①
不才明主弃，多病故人疏。②
白发催年老，青阳逼岁除。③
永怀愁不寐，松月夜窗虚。④

注释 岁暮：年终。南山：唐人诗歌中常以南山代指隐居，这里指作者家乡的岘山。

①北阙：皇宫北面的门楼，汉代尚书奏事和群臣谒见都在北阙。这里指朝廷。休上书：停止进奏章。敝庐：谦称自己的家园。

②不才：没有才能，自谦之辞。明主：圣明的国君。

③青阳：指春天。逼：催促。岁除：除旧岁，指年终。

④永怀：悠悠的思怀。虚：空寂。

过故人庄

故人具鸡黍，邀我至田家。①
绿树村边合，青山郭外斜。②
开轩面场圃，把酒话桑麻。③
待到重阳日，还来就菊花。④

注释

①具：备办。鸡黍：《论语·微子》："（荷蓧丈人）止子路宿，杀鸡
为黍而食之。"黍：黄米，古人认为是上等粮食。这里表示故人备办丰
盛的饭菜待客。

②合：环绕。郭：古代城墙有内外两重，内为城，外为郭。这里指
村庄的外墙。斜：古音念 xiá。

③轩（xuān）：窗户。场：打谷场。圃：菜园。桑麻：桑树和麻，
泛指农事。

④就菊花：指赏菊。就：靠近。

春晓

春眠不觉晓，处处闻啼鸟。
夜来风雨声，花落知多少。

宿建德江

移舟泊烟渚，日暮客愁新。[1]
野旷天低树，江清月近人。[2]

注释 建德江：指新安江流经建德县的一段江水。

[1]烟渚：指雾气笼罩的小沙洲。客：指作者自己。

[2]天低树：天幕低垂，好像和树木相连。月近人：倒映在水中的月亮好像来靠近人。

李颀

李颀（690—751），东川（今四川三台）人。擅长七言歌行，诗以边塞题材为主。

送魏万之京

朝闻游子唱离歌，昨夜微霜初渡河。①
鸿雁不堪愁里听，云山况是客中过。②
关城树色催寒近，御苑砧声向晚多。③
莫见长安行乐处，空令岁月易蹉跎。④

注释 魏万：又名颢，曾隐居王屋山，自号王屋山人。

①游子：指魏万。离歌：离别之歌。河：黄河。

②"鸿雁"二句：设想魏万在途中的寂寞心情。

③关城：指潼关。树色：一作"曙色"。催寒近：一路上天气越来越冷。御苑：皇宫的庭院，这里借指京城。砧声：捣衣声。向晚多：愈接近傍晚愈多。

④"莫见"二句：勉励魏万及时努力，不要虚度年华。

崔颢

崔颢（704—754），汴州（今河南开封）人。唐代诗人。

黄鹤楼

昔人已乘黄鹤去，此地空余黄鹤楼。[1]
黄鹤一去不复返，白云千载空悠悠。
晴川历历汉阳树，芳草萋萋鹦鹉洲。[2]
日暮乡关何处是？烟波江上使人愁。[3]

注释　黄鹤楼：旧址在今湖北武昌蛇山黄鹤矶上，下临长江。

[1]昔人：指传说中的仙人。一说三国时蜀国费文祎在此楼乘鹤登仙，一说仙人子安曾乘黄鹤经过这里。

[2]鹦鹉洲：武昌北面、汉阳西南长江中的沙洲。

[3]乡关：故乡。

王昌龄

王昌龄（698？—757），字少伯，晋阳（今山西太原）人。其诗以七绝见长，尤以边塞诗最为著名，有"诗家夫子""七绝圣手"之称。

出塞

其一

秦时明月汉时关，万里长征人未还。
但使龙城飞将在，不教胡马度阴山。①

注释 出塞：乐府旧题，属《相和歌·鼓吹曲》。这组诗共二首。
①龙城飞将：指汉代将军李广。

从军行

其四

青海长云暗雪山，孤城遥望玉门关。^①
黄沙百战穿金甲，不破楼兰终不还。^②

注释 《从军行》：乐府旧题，属《相和歌·平调曲》。这组诗共
七首。

①青海：即今青海湖。雪山：指祁连山。

②穿：磨破。楼兰：汉代西域国名。

其五

大漠风尘日色昏，红旗半卷出辕门。

前军夜战洮河北，已报生擒吐谷浑。^①

注释

①洮（táo）河：发源于青海，流经甘肃，汇入黄河。吐谷（yù）
浑：中国古代少数民族名称，晋代鲜卑慕容氏的后裔。

闺怨

闺中少妇不知愁，春日凝妆上翠楼。①
忽见陌头杨柳色，悔教夫婿觅封侯。②

注释

①凝妆：盛妆。翠楼：华美的楼台。
②陌头：路边。觅封侯：指从军求取功名。

芙蓉楼送辛渐

其一

寒雨连江夜入吴，平明送客楚山孤。①
洛阳亲友如相问，一片冰心在玉壶。②

注释 芙蓉楼：原名西北楼，故址在今江苏镇江西北。这组诗共二首。

①连江：寒雨濛濛与江面连成一片。平明：天刚亮。楚山：指江北的山。长江下游江南一带古时属吴，江北属楚。

②"一片"句：比喻自己人品高洁。冰心：纯洁的心。玉壶：用白玉做的无瑕之壶。

送柴侍御

流水通波接武冈，送君不觉有离伤。^①
青山一道同云雨，明月何曾是两乡。^②

注释　侍御：唐代官职名。
①武冈：今湖南武冈市。
②两乡：指作者与柴侍御分处的两地。

祖咏

祖咏（699—746），字、号均不详，洛阳人。唐代诗人。

望蓟门

燕台一去客心惊，笳鼓喧喧汉将营。①
万里寒光生积雪，三边曙色动危旌。②
沙场烽火侵胡月，海畔云山拥蓟城。③
少小虽非投笔吏，论功还欲请长缨。④

注释 蓟门：在今北京西南，唐时属范阳道所辖，是唐朝屯驻重兵之地。

①燕台：原为战国时期燕昭王所筑的黄金台，此处代指燕地。客：诗人自称。笳：古代流行于塞北和西域的一种管乐器，此处代指号角。

②三边：古称幽、并、梁三州为三边，此处泛指三北边防地带。危旌：高扬的旗帜。

③烽火：古代用于军事通信的设施，遇到敌情点燃烽火，以传警报。

④投笔吏：汉代班超家贫，常为官府抄书以谋生。曾投笔叹曰："大丈夫当立功异域以取封侯，安能久事笔砚间。"请长缨：汉代终军曾向汉武帝请求："愿受长缨，必羁南越王而致之阙下。"缨：绳子。

王维

王维（701—761），字摩诘，河东蒲州（今山西永济）人。他的艺术成就很广泛，诗歌、音乐、绘画、书法等方面造诣都很深，是盛唐山水诗派代表，开创水墨山水画派。

送别

下马饮君酒，问君何所之？[①]
君言不得意，归卧南山陲。[②]
但去莫复问，白云无尽时。

注释

①饮君酒：劝君饮酒。何所之：去哪里。
②归卧：归隐。南山：终南山。陲：边缘。

渭川田家

斜阳照墟落，穷巷牛羊归。①
野老念牧童，倚杖候荆扉。②
雉雊麦苗秀，蚕眠桑叶稀。③
田夫荷锄至，相见语依依。
即此羡闲逸，怅然吟式微。④

注释　渭川：一作"渭水"。田家：农家。
①墟落：村庄。穷巷：深巷。
②野老：村野老人。荆扉：柴门。
③雉雊（zhì gòu）：野鸡叫。《诗经·小雅·小弁》："雉之朝雊，尚求其雌。"
④式微：《式微》是《诗经·邶风》中的一篇，诗中反复吟咏"式微，式微，胡不归?"（天黑了，天黑了，为何还不回家?），诗人借以抒发自己想归隐田园的心情。

西施咏

艳色天下重，西施宁久微。^①

朝为越溪女，暮作吴宫妃。

贱日岂殊众，贵来方悟稀。

邀人傅脂粉，不自著罗衣。^②

君宠益娇态，君怜无是非。^③

当时浣纱伴，莫得同车归。

持谢邻家子，效颦安可希。^④

注释

①宁久微：怎么会久处低微？

②"邀人"二句：招呼宫女为她涂脂傅粉，不用自己穿罗衣。

③"君怜"句：君王怜爱从不计较她的是非。

④持谢：奉告。效颦：指丑女学西施皱眉，益显其丑。安可希：怎么能指望别人稀罕。

送梓州李使君

万壑树参天，千山响杜鹃。①
山中一夜雨，树杪百重泉。②
汉女输橦布，巴人讼芋田。③
文翁翻教授，不敢倚先贤。④

注释 梓州：故治在今四川三台县。使君：对刺史的称呼。

①杜鹃：鸟名。

②杪（miǎo）：树梢。

③橦布：橦木花织成的布，为梓州特产。巴：古国名，故都在今重庆。芋田：蜀中产芋，当时为主粮之一。这句指当时巴人常为农田事发生诉讼。

④文翁：汉景帝时为蜀郡太守，见蜀地偏僻落后，就兴办学校教育人才，使巴蜀日益开化。翻：幡然改变。倚：效法。

辋川闲居赠裴秀才迪

寒山转苍翠，秋水日潺湲。①
依杖柴门外，临风听暮蝉。
渡头馀落日，墟里上孤烟。②
复值接舆醉，狂歌五柳前。③

注释 辋川：水名，在今陕西蓝田县终南山下。山麓有宋之问的别墅，后归王维。王维在那里住了三十多年。裴迪：王维的好友，与王维唱和较多。

①潺湲：水流声。

②墟里：村子里。

③接舆：春秋时楚国的隐士，此指裴秀才。五柳：指陶渊明，此为诗人自喻。

山居秋暝

空山新雨后，天气晚来秋。
明月松间照，清泉石上流。
竹喧归浣女，莲动下渔舟。①
随意春芳歇，王孙自可留。②

注释 暝（míng）：黄昏。

①"竹喧"二句：竹林里一阵喧闹，那是洗衣的女子们归来了。水面上莲花摇动，那是渔舟下水了。

②"随意"二句：这两句用《楚辞·招隐士》"王孙游兮不归，春草生兮萋萋"之意，说春草要凋就随它凋去吧，秋色也不差，王孙自可留居山中。

终南别业

中岁颇好道，晚家南山陲。^①

兴来每独往，胜事空自知。^②

行到水穷处，坐看云起时。

偶然值林叟，谈笑无还期。^③

注释

①中岁：中年。好（hào）：喜好。道：指佛教。家：安家。南山陲：终南山脚下，指辋川别墅所在地。

②胜事：美好的事。

③值：遇到。无还期：没有回还的准确时间。

终南山

太乙近天都，连山接海隅。①
白云回望合，青霭入看无。②
分野中峰变，阴晴众壑殊。③
欲投人处宿，隔水问樵夫。

注释

①太乙：山名，终南山的主峰。天都：天帝所居。"连山"句：极
言终南山之长。

②青霭（ǎi）：山中的云气。

③"分野"句：是说终南山很大，绵延不止一州。中峰两侧分野就
不同。分野：古人将天上的星宿与地上的九州对应起来，分为不同
区域。

汉江临眺

楚塞三湘接，荆门九派通。^①

江流天地外，山色有无中。

郡邑浮前浦，波澜动远空。^②

襄阳好风日，留醉与山翁。^③

注释 临眺：登高望远。

①楚塞：泛指楚地的四境。三湘：泛指今湖南境内。荆门：山名，在宜昌南。九派：九条支流。

②郡邑：指汉水两岸的城镇。浦：水边。

③好风日：天气好的日子。山翁：指山简，晋代竹林七贤之一山涛的幼子，西晋将领，镇守襄阳，有政绩，爱喝酒，每饮必醉。这里借指襄阳地方官。

使至塞上

单车欲问边，属国过居延。[1]

征蓬出汉塞，归雁入胡天。[2]

大漠孤烟直，长河落日圆。

萧关逢候骑，都护在燕然。[3]

注释　使至塞上：奉命出使边塞。

[1]单车：一辆车，形容轻车简从。问边：到边塞去察看，指慰问守卫边疆的官兵。属国：附属国。居延：居延海，在今内蒙古额济纳旗东南。

[2]征蓬：远飞的蓬草，比喻征人，此指自己。胡天：胡人的领空。

[3]萧关：古关名，又名陇山关，故址在今宁夏固原东南。候骑：负责侦查、通讯的骑兵。都护：唐朝在西北边境设六大都护府，其长官称都护。这里指前线统帅。燕然：燕然山，即今蒙古国杭爱山。这里指前线。

和贾至舍人早朝大明宫之作

绛帻鸡人报晓筹，尚衣方进翠云裘。①
九天阊阖开宫殿，万国衣冠拜冕旒。②
日色才临仙掌动，香烟欲傍衮龙浮。③
朝罢须裁五色诏，佩声归到凤池头。④

注释　舍人：即中书舍人，当时贾至任此职。大明宫：唐代宫殿名，在长安禁苑南。

①绛帻（jiàng zé）：红布头巾。鸡人：古代宫中，天快亮时有戴红色头巾的卫士在朱雀门外高声叫喊，好似鸡鸣，以警百官，故名鸡人。晓筹：即更筹，夜间计时的竹签。尚衣：官名。隋唐有尚衣局，掌管皇帝的衣服。翠云裘：饰有绿色云纹的皮衣。

②九天：此指皇宫。阊阖（chāng hé）：天门，此指皇宫正门。万国衣冠：指文武百官和各国使臣。冕旒（miǎn liú）：古代帝王的礼冠。旒：冠前后悬垂的玉串，天子之冕十二旒。此指皇帝。

③仙掌：即掌扇，也称障扇，宫中的一种仪仗，用以蔽日障风。衮（gǔn）龙：指皇帝的龙袍。浮：指龙袍上锦绣光泽的闪动。

④裁：拟写。五色诏：用五色纸写的诏书。佩声：玉佩的声音。凤池：凤凰池，原指皇宫禁苑中的池沼，此指中书省所在地。

鹿柴

空山不见人，但闻人语响。
返景入深林，复照青苔上。①

注释　鹿柴：辋川地名。柴（zhài）：同"寨"，木栅栏。
①返景：落日的返照。景：阳光。

竹里馆

独坐幽篁里，弹琴复长啸。①
深林人不知，明月来相照。

注释　竹里馆：辋川别墅胜景之一，房屋周围有竹林，故名。
①幽篁：幽深的竹林。

鸟鸣涧

人闲桂花落，夜静春山空。
月出惊山鸟，时鸣春涧中。

杂诗

其二

君自故乡来，应知故乡事。
来日绮窗前，寒梅著花未。①

注释 这组诗共三首。

①绮（qǐ）窗：雕刻绘画花纹的窗户。著（zhuó）花：开花。

相思

红豆生南国，春来发几枝。①
愿君多采撷，此物最相思。②

注释

①红豆：又名相思子，一种产于岭南的木本植物，结籽似豌豆而稍扁，色鲜红。

②采撷（xié）：采摘。

九月九日忆山东兄弟

独在异乡为异客，每逢佳节倍思亲。
遥知兄弟登高处，遍插茱萸少一人。①

注释 九月九日：即重阳节。山东：华山东面。王维的家乡蒲州（今山西永济）位于华山以东。

①茱萸：一种有香气的植物。古代有重阳节登高的习俗，佩戴茱萸，据说可以避灾。

送元二使安西

渭城朝雨浥轻尘，客舍青青柳色新。①
劝君更尽一杯酒，西出阳关无故人。②

注释 安西：唐代安西都护府治所，在今新疆库车附近。
①渭城：在今西安市西北，即秦代咸阳古城。浥（yì）：湿润。客舍：旅馆。
②阳关：在今甘肃敦煌西南，为古代赴西北的要道。

李白

　　李白（701—762），字太白，号青莲居士，唐代伟大的浪漫主义诗人，被后人誉为"诗仙"，与杜甫并称"李杜"。他的乐府、歌行及绝句成就最高，诗风雄奇奔放，清新飘逸，对后世产生巨大影响。

静夜思

床前明月光，疑是地上霜。
举头望明月，低头思故乡。

蜀道难

噫吁嚱，危乎高哉！蜀道之难，难于上青天！①
蚕丛及鱼凫，开国何茫然！②
尔来四万八千岁，不与秦塞通人烟。③
西当太白有鸟道，可以横绝峨眉巅。④
地崩山摧壮士死，然后天梯石栈相钩连。⑤

上有六龙回日之高标，下有冲波逆折之回川。⑥

黄鹤之飞尚不得过，猿猱欲度愁攀援。⑦

青泥何盘盘，百步九折萦岩峦。⑧

扪参历井仰胁息，以手抚膺坐长叹。⑨

问君西游何时还？畏途巉岩不可攀。

但见悲鸟号古木，雄飞雌从绕林间。

又闻子规啼夜月，愁空山。⑩

蜀道之难难于上青天，使人听此凋朱颜。⑪

连峰去天不盈尺，枯松倒挂倚绝壁。

飞湍瀑流争喧豗，砯崖转石万壑雷。⑫

其险也如此，嗟尔远道之人胡为乎来哉！

剑阁峥嵘而崔嵬，一夫当关，万夫莫开。

所守或匪亲，化为狼与豺。⑬

朝避猛虎，夕避长蛇；磨牙吮血，杀人如麻。⑭

锦城虽云乐，不如早还家。⑮

蜀道之难难于上青天，侧身西望长咨嗟！⑯

注释 《蜀道难》：乐府《相和歌·瑟调曲》名。

①噫吁嚱：蜀方言，惊叹声。

②蚕丛、鱼凫：传说中古蜀国两位国王的名字。何茫然：多么遥远渺茫。

③尔来：从那时以来。四万八千岁：极言时间漫长。秦塞：指秦地。秦地四周有山川险阻，故称"四塞之地"。

④当：对着。太白：太白山，又名太乙山。鸟道：只有鸟能飞过，人迹所不能至。横绝：横越。

⑤"地崩"二句：《华阳国志·蜀志》："秦惠王知蜀王好色，许嫁五女于蜀。蜀遣五丁迎之。还到梓潼，见一大蛇入穴中。一人揽其尾，

五人相助，大呼拽蛇。山崩时压杀五人及秦五女并将从，而山分为五岭。"天梯：指崎岖的山路。

⑥六龙：神话传说日神每天驾着六条龙拉的车子，载着太阳在天空行驶。回日：太阳车到此要迂回而过。标：指峰巅。逆折：倒流。回川：漩涡。

⑦猱（náo）：一种体型较小的猴子。

⑧青泥：岭名，在今陕西略阳县西北。盘盘：曲折的样子。萦：围绕。岩峦：山峰。

⑨"扪参"句：好像要摸到参星，擦过井宿，使人仰望屏息。蜀地属于参星的分野，秦地属于井星的分野。胁息：屏住呼吸。膺：胸。

⑩子规：杜鹃鸟。

⑪凋朱颜：容颜失色。

⑫湍（tuān）：激流。喧豗（huī）：喧闹声。砯（pīng）：水击岩石声。

⑬或匪亲：如果不是亲信。匪：同"非"。

⑭"朝避"四句：形容蜀道的艰险。

⑮锦城：即成都。

⑯咨嗟：叹息。

关山月

明月出天山，苍茫云海间。①
长风几万里，吹度玉门关。
汉下白登道，胡窥青海湾。②
由来征战地，不见有人还。
戍客望边色，思归多苦颜。③
高楼当此夜，叹息未应闲。④

注释 关山月：乐府《鼓角横吹》十五曲之一。

①天山：即祁连山。

②下：指出兵。白登：山名，在今山西大同东。汉高祖刘邦领兵征匈奴，在白登山被匈奴围困了七天。胡：此指吐蕃。窥：窥伺，侵扰。青海湾：即青海湖。

③戍客：驻守边疆的战士。边色：一作"边邑"。

④高楼：古诗中多以高楼指闺阁，这里指戍边兵士的妻子。

下终南山过斛斯山人置酒

暮从碧山下，山月随人归。
却顾所来径，苍苍横翠微。①
相携及田家，童稚开荆扉。

绿竹入幽径，青萝拂行衣。②

欢言得所憩，美酒聊共挥。③

长歌吟松风，曲尽河星稀。④

我醉君复乐，陶然共忘机。⑤

注释 斛（hú）斯山人：复姓斛斯的一位隐士。

①却顾：回头望。翠微：青绿的山色。

②青萝：即松萝，一种攀生在石崖、松柏或墙上的植物。行衣：行人的衣服。

③挥：举杯。

④河星稀：银河中的星光稀少，意为夜深了。

⑤陶然：欢乐的样子。忘机：道家语，意为消除机巧之心。

春思

燕草如碧丝，秦桑低绿枝。①

当君怀归日，是妾断肠时。②

春风不相识，何事入罗帷?③

注释

①燕草：指燕地的草。燕：今河北省北部一带，此泛指北部边地，征夫所在之处。秦桑：秦地的桑树。此指思妇所在地。

②君：指征夫。怀归：想家。

③罗帷：丝织的帘帐。

玉阶怨

玉阶生白露，夜久侵罗袜。^①
却下水晶帘，玲珑望秋月。

注释 玉阶怨：乐府旧题，属乐府《相和歌·楚调曲》。
①罗袜：丝袜。

秋浦歌

其十五

白发三千丈，缘愁似个长。^①
不知明镜里，何处得秋霜。^②

注释 秋浦：唐时属池州郡，故址在今安徽池州贵池区西。这组诗
共 17 首。
①个：如此，这般。
②秋霜：形容头发白如秋霜。

月下独酌

其一

花间一壶酒，独酌无相亲。

举杯邀明月，对影成三人。

月既不解饮，影徒随我身。①

暂伴月将影，行乐须及春。②

我歌月徘徊，我舞影零乱。

醒时同交欢，醉后各分散。

永结无情游，相期邈云汉。③

注释 这组诗共四首。

①解：懂得。

②将：偕，和。

③无情游：指弃绝尘世人情，顺从自然的交游。"相期"句：相约在邈远的天上再相会。

上李邕

大鹏一日同风起，扶摇直上九万里。①
假令风歇时下来，犹能簸却沧溟水。②
世人见我恒殊调，闻余大言皆冷笑。③
宣父犹能畏后生，丈夫未可轻年少。④

注释 上：呈上。李邕（yōng）：字泰和，广陵江都（今江苏江都）人，唐代书法家、文学家，曾任渝州刺史。李白游渝州时谒见李邕，因不拘礼俗，且放言高论，使李邕不悦。李白在临别时写了这首诗，以示回敬。

①扶摇：盘旋而上，腾飞。

②簸却：激起。沧溟：大海。

③恒：常常。殊调：不同流俗的言行。

④宣父：即孔子。唐太宗贞观十一年（637），诏尊孔子为宣父。丈夫：古代男子的通称，此指李邕。

南陵别儿童入京

白酒新熟山中归，黄鸡啄黍秋正肥。

呼童烹鸡酌白酒，儿女嬉笑牵人衣。

高歌取醉欲自慰，起舞落日争光辉。

游说万乘苦不早，著鞭跨马涉远道。^①

会稽愚妇轻买臣，余亦辞家西入秦。^②

仰天大笑出门去，我辈岂是蓬蒿人。^③

注释 南陵：在今安徽南陵县。天宝元年，李白已四十二岁，得到唐玄宗召他入京的诏书，异常兴奋，以为实现自己政治理想的时机到了，立刻回到南陵家中，写下这首激情洋溢的七言古诗。

①万乘（shèng）：君主。周朝制度，天子地方千里，车万乘。后来称皇帝为万乘。

②"会稽"句：用西汉朱买臣贫寒之时被妻瞧不起，逼着离婚的典故。

③蓬蒿人：草野之人，就是没有当官的人。

金陵酒肆留别

风吹柳花满店香，吴姬压酒唤客尝。①
金陵子弟来相送，欲行不行各尽觞。
请君试问东流水，别意与之谁短长？

注释 金陵：今南京市。酒肆：酒店。留别：临别赠给送行者。
①吴姬：吴地女子，此指酒店侍女。压酒：米酒酿制熟后，压糟取
酒。唤：一作"劝"。

宣州谢朓楼饯别校书叔云

弃我去者昨日之日不可留，
乱我心者今日之日多烦忧。
长风万里送秋雁，对此可以酣高楼。①
蓬莱文章建安骨，中间小谢又清发。②
俱怀逸兴壮思飞，欲上青天览明月。③
抽刀断水水更流，举杯消愁愁更愁。
人生在世不称意，明朝散发弄扁舟。④

注释 宣州：今安徽宣城。谢朓（tiǎo）楼：在陵阳山上，谢朓任
宣城太守时所建。校书：官名，即秘书省校书郎。叔云：李云，又名李

华，是当时著名的古文家。

①酣高楼：畅饮于高楼。

②蓬莱：海上仙山，相传仙府秘籍皆藏于此，这里借指东汉时藏书的东观。"蓬莱文章"指汉代文化。建安骨：指建安时代直抒胸臆、质朴刚健的诗风，后人称为"建安风骨"。小谢：指谢朓。清发：清秀。

③逸兴：飘逸豪放的兴致。壮思：豪壮的情思。

④散发：古人束发戴冠，散发表示狂放不羁，闲适自在。弄扁（piān）舟：乘小舟归隐江湖。

梦游天姥吟留别

海客谈瀛洲，烟涛微茫信难求；①
越人语天姥，云霞明灭或可睹。
天姥连天向天横，势拔五岳掩赤城。②
天台四万八千丈，对此欲倒东南倾。③
我欲因之梦吴越，一夜飞度镜湖月。④
湖月照我影，送我至剡溪。⑤
谢公宿处今尚在，渌水荡漾清猿啼。⑥
脚著谢公屐，身登青云梯。⑦
半壁见海日，空中闻天鸡。⑧
千岩万转路不定，迷花倚石忽已暝。
熊咆龙吟殷岩泉，栗深林兮惊层巅。⑨
云青青兮欲雨，水澹澹兮生烟。
列缺霹雳，丘峦崩摧。⑩
洞天石扉，訇然中开。⑪

青冥浩荡不见底，日月照耀金银台。⑫
霓为衣兮风为马，云之君兮纷纷而来下。⑬
虎鼓瑟兮鸾回车，仙之人兮列如麻。⑭
忽魂悸以魄动，恍惊起而长嗟。⑮
惟觉时之枕席，失向来之烟霞。⑯
世间行乐亦如此，古来万事东流水。
别君去兮何时还？且放白鹿青崖间，须行即骑访名山。
安能摧眉折腰事权贵，使我不得开心颜！

注释　天姥（mǔ）：山名，在今浙江嵊县东。

①瀛洲：东海中的仙山名。

②拔：超出。赤城：山名，在今浙江天台县北。

③天台：山名，在今浙江天台县北。

④镜湖：在今浙江绍兴市。

⑤剡（shàn）溪：水名，在今浙江嵊县南。

⑥谢公：谢灵运，南北朝时代著名诗人。

⑦谢公屐（jī）：谢灵运游山时所穿的一种特制的木鞋。上山时去其前齿，下山时去其后齿。

⑧半壁：半山腰。天鸡：神话传说东南有桃都山，上有大树名桃都，树上有天鸡。太阳照到桃都树，天鸡则鸣，天下之鸡随之鸣。

⑨"熊咆"二句：熊咆龙吟之声震惊山岩林泉，使人登此惊慌战栗。

⑩列缺：闪电。

⑪洞天：神仙所住的洞府。扉：门扇。訇（hōng）：大声。

⑫青冥：远空。"日月"句：指洞中别有胜景。

⑬云之君：云里的神仙。

⑭鸾回车：鸾鸟驾着车。

⑮恍：恍然。

⑯觉：醒。向来：原来。烟霞：指梦中的仙境。

将进酒

君不见黄河之水天上来，奔流到海不复回。

君不见高堂明镜悲白发，朝如青丝暮成雪。

人生得意须尽欢，莫使金樽空对月。

天生我材必有用，千金散尽还复来。

烹羊宰牛且为乐，会须一饮三百杯。

岑夫子，丹丘生，将进酒，杯莫停。①

与君歌一曲，请君为我倾耳听。

钟鼓馔玉不足贵，但愿长醉不愿醒。②

古来圣贤皆寂寞，惟有饮者留其名。

陈王昔时宴平乐，斗酒十千恣欢谑。③

主人何为言少钱，径须沽取对君酌。④

五花马，千金裘，呼儿将出换美酒，⑤

与尔同销万古愁。⑥

注释 《将进酒》：汉乐府旧题。将（qiāng）：请。

①岑夫子：岑勋。丹丘生：元丹丘，隐者。

②钟鼓：古代富贵人家宴会中奏乐使用的乐器。馔（zhuàn）玉：珍美如玉的饮食。不愿醒：有的版本作"不复醒"。

③陈王：陈思王曹植。曹植《名都篇》："归来宴平乐，美酒斗十千"。平乐：道观名，汉明帝在洛阳西门外所建。恣：纵情。

④径须：只管，尽管。沽：买。

⑤五花马：指名贵的马。将：拿。

⑥销：同"消"。

行路难

其一

金樽清酒斗十千，玉盘珍羞直万钱。①

停杯投箸不能食，拔剑四顾心茫然。②

欲渡黄河冰塞川，将登太行雪满山。

闲来垂钓碧溪上，忽复乘舟梦日边。③

行路难，行路难，多歧路，今安在？

长风破浪会有时，直挂云帆济沧海。

注释　《行路难》：乐府《杂曲歌辞》旧题。这组诗共三首。

①斗十千：斗酒值万钱，是说酒美。珍羞：珍贵的菜肴。羞：同"馐"，美味的食物。直：同"值"。

②箸：筷子。

③"闲来"二句：是说目前虽然退隐，仍然希望有朝一日又回到皇帝身边。相传伊尹受商汤聘请前，梦见乘船经过日月旁边。

把酒问月

青天有月来几时，我今停杯一问之。

人攀明月不可得，月行却与人相随。

皎如飞镜临丹阙，绿烟灭尽清辉发。①

但见宵从海上来，宁知晓向云间没？②

白兔捣药秋复春，嫦娥孤栖与谁邻？③

今人不见古时月，今月曾经照古人。

古人今人若流水，共看明月皆如此。

唯愿当歌对酒时，月光长照金樽里。

注释　题下自注：故人贾淳令予问之。

①丹阙：朱红色的宫门。绿烟：指遮蔽月光的云雾。

②宁知：怎知。

③白兔捣药：古代神话传说。西晋傅玄《拟天问》："月中何有，白兔捣药。"

长干行

妾发初覆额，折花门前剧。①

郎骑竹马来，绕床弄青梅。

同居长干里，两小无嫌猜。②

十四为君妇，羞颜未尝开。

低头向暗壁，千唤不一回。

十五始展眉，愿同尘与灰。

常存抱柱信，岂上望夫台。③

十六君远行，瞿塘滟滪堆。④

五月不可触，猿声天上哀。⑤

门前迟行迹，一一生绿苔。⑥

苔深不能扫，落叶秋风早。

八月蝴蝶来，双飞西园草。

感此伤妾心，坐愁红颜老。⑦

早晚下三巴，预将书报家。⑧

相迎不道远，直至长风沙。⑨

注释 《长干行》：乐府《杂曲歌辞》旧题。

①剧：游戏。

②长干里：在今南京市，当年为船民集居之地。

③抱柱信：《庄子·盗跖》篇说，尾生与女子约在桥下相会。女子未来，大水忽至，尾生不肯离开，抱着桥柱被淹死。"岂上"句：是说没想到会分离。望夫台：在忠州（今重庆忠县）南。

④瞿塘：长江三峡之一，在重庆奉节县东。滟滪堆：长江瞿塘峡口的巨石，1958 年整治航道时已炸平。

⑤"五月"句：农历五月江水暴涨，滟滪堆淹没水中，仅露出小块，最容易触礁。民谣："滟滪大如襥（头巾），滟滪不可触。"

⑥迟行迹：指丈夫当年离家迟迟不行的足迹。

⑦坐：因为。

⑧三巴：指巴郡、巴东、巴西，今重庆东部。

⑨长风沙：地名，在今安徽安庆市的长江边上。

三五七言

秋风清，秋月明，

落叶聚还散，寒鸦栖复惊。

相思相见知何日，此时此夜难为情！

子夜吴歌

秋歌

长安一片月，万户捣衣声。①

秋风吹不尽，总是玉关情。②

何日平胡虏，良人罢远征。③

注释 子夜吴歌：即《子夜歌》，属《吴声歌曲》。这组诗共四首。

①捣衣：洗衣服时用木棒捶打，去浑水，再清洗。

②玉关情：指思念远戍边塞的丈夫之情。玉关：玉门关。

③平胡虏：平定侵扰边境的敌人。良人：古代妇女对丈夫的称呼。

清平调词三首

其一

云想衣裳花想容，春风拂槛露华浓。^①
若非群玉山头见，会向瑶台月下逢。^②

注释 清平调：唐大曲名，后用作词牌。这是一组乐府诗。

①"云想"句：见云之灿烂想其衣之华艳，见花之艳丽想美人之容颜。槛：栏杆。露华浓：牡丹花沾着晶莹的露珠更显得艳丽。

②群玉：山名，传说中西王母所住之地。瑶台：传说中的神仙居处。

其二

一枝红艳露凝香，云雨巫山枉断肠。^①
借问汉宫谁得似，可怜飞燕倚新妆。^②

注释

①云雨巫山：传说中巫山神女与楚王相会的故事。后用来形容男欢

女爱。

②飞燕：赵飞燕，汉成帝皇后，独创"掌上舞"。

其三

名花倾国两相欢，常得君王带笑看。

解释春风无限恨，沉香亭北倚阑干。①

注释

①解释：消除。春风：指唐玄宗。沉香：亭名，用沉香木所建。阑干：栏杆。

赠孟浩然

吾爱孟夫子，风流天下闻。①

红颜弃轩冕，白首卧松云。②

醉月频中圣，迷花不事君。③

高山安可仰，徒此揖清芬。④

注释

①孟夫子：指孟浩然。夫子：旧时对学者的尊称。风流：指有文采。

②红颜：指青年时代。轩冕：车马冠服。

③醉月：月下饮酒。中圣：用曹魏时徐邈的典故。徐邈喜欢喝酒，将清酒叫做圣人，浊酒叫做贤人。"中圣"即醉酒。迷花：迷恋花草，指陶醉于自然美景。事君：侍奉皇帝。

④"高山"句：说孟浩然品格高尚。《诗经·小雅·车辖》："高山仰止，景行行止。""徒此"句：只有在此向您致敬。揖（yī）：拱手行礼。

渡荆门送别

渡远荆门外，来从楚国游。
山随平野尽，江入大荒流。①
月下飞天镜，云生结海楼。②
仍怜故乡水，万里送行舟。③

注释 荆门：山名，在今湖北宜昌南，与虎牙山对峙夹江。
①大荒：广阔的原野。
②"月下"句：明月映入江水，如同飞下的天镜。海楼：即海市蜃楼，这里指江上云霞的美丽。
③故乡水：指从四川流来的长江水。

送友人

青山横北郭，白水绕东城。
此地一为别，孤蓬万里征。①
浮云游子意，落日故人情。②
挥手自兹去，萧萧班马鸣。③

①孤蓬：一种植物，干枯后与根断开，遇风飞旋，也称"飞蓬"。诗人用"孤蓬"喻远行的朋友。

②"浮云"二句：意为浮云像游子一样行踪不定；夕阳慢慢下山，似乎有所留恋。

③萧萧：马的嘶叫声。班马：离群的马。

与夏十二登岳阳楼

楼观岳阳尽，川迥洞庭开。①
雁引愁心去，山衔好月来。
云间连下榻，天上接行杯。②
醉后凉风起，吹人舞袖回。

注释

①"楼观"句：登上岳阳楼，四周风光一览无余。迥（jiǒng）：远。

②"云间"二句：诗人浮想联翩，仿佛置身仙境，在天上传杯饮酒。此二句衬托岳阳楼之高。

听蜀僧濬弹琴

蜀僧抱绿绮，西下峨眉峰。①
为我一挥手，如听万壑松。②
客心洗流水，馀响入霜钟。③
不觉碧山暮，秋云暗几重。

注释 蜀僧濬（jùn）：即蜀地名濬的僧人。

①绿绮（qǐ）：古琴名。以绿绮形容琴很名贵。

②万壑松：形容琴声如无数山谷中的松涛声。琴曲有《风入松》。

③客：诗人自称。流水：语意双关，既是对僧濬琴声的实指，又暗用了伯牙弹琴的典故。霜钟：指钟声。

登金陵凤凰台

凤凰台上凤凰游，凤去台空江自流。
吴宫花草埋幽径，晋代衣冠成古丘。①
三山半落青天外，二水中分白鹭洲。②
总为浮云能蔽日，长安不见使人愁。③

注释 凤凰台在金陵（今南京）凤凰山上。

①吴宫：三国时吴国的王宫。晋代：指东晋，东晋建都金陵。衣

冠：士大夫的穿戴，指名门世族。古丘：古坟。

②白鹭洲：古代长江中的沙洲，洲上多白鹭，故名。今已与陆地相连。

③浮云蔽日：比喻奸臣当道障蔽贤良。

独坐敬亭山

众鸟高飞尽，孤云独去闲。
相看两不厌，只有敬亭山。

注释 敬亭山：在今安徽宣城。

夜宿山寺

危楼高百尺，手可摘星辰。①
不敢高声语，恐惊天上人。

注释
①危楼：高楼，这里指山顶的寺庙。

怨情

美人卷珠帘，深坐颦蛾眉。[①]
但见泪痕湿，不知心恨谁。

注释

①深坐：久久呆坐。颦：皱眉。颦，一作"蹙"。

劳劳亭

天下伤心处，劳劳送客亭。[①]
春风知别苦，不遣柳条青。[②]

注释 劳劳亭：三国时吴所建，故址在今南京市西南，为古时送别之所。

①劳劳：忧愁伤感貌。

②"春风"二句：古人有折柳送别的习俗，这里把春风人格化。

峨眉山月歌

峨眉山月半轮秋，影入平羌江水流。①
夜发清溪向三峡，思君不见下渝州。②

注释 这是李白初次离开四川时创作的一首依恋家乡山水的诗。
①半轮秋：半圆的月亮。平羌：即青衣江，在峨眉山东北。
②清溪：指清溪驿，在峨眉山附近。三峡：指长江瞿塘峡、巫峡、
西陵峡。一说指四川乐山的犁头、背峨、平羌三峡。渝州：今重庆一带。

赠汪伦

李白乘舟将欲行，忽闻岸上踏歌声。
桃花潭水深千尺，不及汪伦送我情。①

注释 汪伦：李白的朋友。
①桃花潭：在今安徽泾县。

闻王昌龄左迁龙标遥有此寄

杨花落尽子规啼，闻道龙标过五溪。①
我寄愁心与明月，随风直到夜郎西。②

注释 天宝年间，王昌龄被贬为龙标（今湖南怀化市一带）尉，李白闻讯，作了这首诗寄给他。左迁：贬官。

①五溪：在今湖南省西南部。

②"我寄"二句：意思是将相思情意托明月带给对方。与：给。夜郎：汉代西南少数民族国名，在今贵州境内。龙标与之临近，故借指其地。随风：一作"随君"。

黄鹤楼送孟浩然之广陵

故人西辞黄鹤楼，烟花三月下扬州。①
孤帆远影碧空尽，唯见长江天际流。

注释 广陵：今江苏扬州。

①烟花：形容柳如烟，花似锦的春景。

山中问答

问余何意栖碧山，笑而不答心自闲。①
桃花流水窅然去，别有天地非人间。②

注释

①碧山：山名，在湖北安陆境内，山下桃花洞是李白读书处。
②窅（yǎo）然：指幽深遥远的样子。

望庐山瀑布

日照香炉生紫烟，遥看瀑布挂前川。①
飞流直下三千尺，疑是银河落九天。

注释

①香炉：指香炉峰。川：河流，指瀑布。

望天门山

天门中断楚江开，碧水东流至此回。[1]
两岸青山相对出，孤帆一片日边来。

注释 天门山：在安徽芜湖市。

[1]楚江：安徽古代属楚国，故称流经这里的一段长江为楚江。至此回：长江在天门山附近由东流直转向北流。

客中作

兰陵美酒郁金香，玉碗盛来琥珀光。[1]
但使主人能醉客，不知何处是他乡。[2]

注释 客中：指旅居他乡。

[1]兰陵：今山东兰陵县。郁金：一种香草，用以浸酒，呈金黄色。琥珀：一种树脂化石，呈黄色或赤褐色，色泽晶莹。这里形容美酒色泽如琥珀。

[2]但使：只要。醉客：让客人喝醉酒。

早发白帝城

朝辞白帝彩云间，千里江陵一日还。[1]
两岸猿声啼不住，轻舟已过万重山。

注释　发：启程。白帝城：故址在今重庆奉节县白帝山上。
[1]江陵：今湖北荆州市。还：归，返回。

山中与幽人对酌

两人对酌山花开，一杯一杯复一杯。
我醉欲眠卿且去，明朝有意抱琴来。[1]

注释　幽人：指隐逸的高人。
[1]"我醉"句：此用陶渊明的典故。陶渊明与客人饮酒，如果他先醉，便对客人说："我醉欲眠卿可去。"

与史郎中钦听黄鹤楼上吹笛

一为迁客去长沙，西望长安不见家。①
黄鹤楼中吹玉笛，江城五月落梅花。②

注释 郎中：官名，为朝廷各部所属的高级部员。史钦，生平不详。

①迁客：被贬谪的人。去长沙：用汉代贾谊的典故。贾谊因受权臣排挤，被贬为长沙王太傅。

②江城：指江夏（今湖北武昌）。落梅花：即《梅花落》，古代笛曲名。

春夜洛城闻笛

谁家玉笛暗飞声，散入春风满洛城。
此夜曲中闻折柳，何人不起故园情。①

注释 洛城：今河南洛阳。

①折柳：即笛曲《折杨柳》，曲中表达送别时的哀怨感情。

哭晁卿衡

日本晁卿辞帝都，征帆一片绕蓬壶。①
明月不归沉碧海，白云愁色满苍梧。②

注释 晁卿衡：即晁衡，日本人，原名阿倍仲麻吕。公元 717 年随遣唐使来华求学，肄业太学，历任左补阙、卫尉少卿、秘书监等职。天宝十二年（753），传闻晁衡归国时在海上遇难，李白十分悲痛，写下了这首诗。

①帝都：指唐朝京城长安。蓬壶：指蓬莱、方壶，神话传说中的东海仙山。此指晁衡在东海航行。

②明月：喻品德高洁才华出众之士，此指晁衡。沉碧海：指溺死海中。苍梧：本指九嶷山，这里指海中的郁洲山。传说此山自苍梧飞来，故亦称苍梧。

高适

高适（704—765），字达夫，一字仲武，沧州渤海（今河北景县）人。唐代著名的边塞诗人，与岑参、王昌龄、王之涣合称"边塞四诗人"。

燕歌行

汉家烟尘在东北，汉将辞家破残贼。①
男儿本自重横行，天子非常赐颜色。②
摐金伐鼓下榆关，旌旆逶迤碣石间。③
校尉羽书飞瀚海，单于猎火照狼山。④
山川萧条极边土，胡骑凭陵杂风雨。⑤
战士军前半死生，美人帐下犹歌舞！⑥
大漠穷秋塞草腓，孤城落日斗兵稀。⑦
身当恩遇常轻敌，力尽关山未解围。⑧
铁衣远戍辛勤久，玉箸应啼别离后。⑨
少妇城南欲断肠，征人蓟北空回首。
边庭飘飖那可度，绝域苍茫更何有？⑩
杀气三时作阵云，寒声一夜传刁斗。⑪
相看白刃血纷纷，死节从来岂顾勋。⑫

君不见沙场征战苦，至今犹忆李将军。⑬

注释 燕歌行：乐府《相和歌·平调曲》名。原序云："开元二十六年，客有从御史大夫张公出塞而还者，作《燕歌行》以示适，因而和焉。"

①汉家：汉朝，这里借指唐朝。烟尘：指战争。

②横行：驰骋疆场，无所阻拦的意思。赐颜色：赏识，给面子。

③摐（chuāng）：撞击。金：指钲，古代行军时用的铜制打击乐器。伐：敲打。榆关：即山海关。旌旆（jīng pèi）：指军中的各种旗帜。

④校尉：武官名，位次于将军。羽书：紧急文书。瀚海：沙漠，单于：匈奴部族首领的称号，此指突厥的首领。猎火：打猎时燃起的火光。古代游牧民族出征前常举行大规模打猎活动，作为军事演习。狼山：狼居胥山。

⑤极：穷尽。"胡骑"句：敌人的骑兵乘着风雨交加猛冲过来。凭陵：仗势欺凌。杂风雨：风雨交加。

⑥半死生：生死各半，伤亡惨重。

⑦穷秋：深秋。腓（féi）：枯萎。斗兵稀：作战的士兵越打越少。

⑧身当恩遇：指主将受朝廷的恩宠厚遇。

⑨玉箸：玉做的筷子，比喻思妇的眼泪。

⑩边庭：边疆。飘飖：同"飘摇"，动荡不安。度：越过。绝域：极边远的地方。

⑪三时：早、午、晚，即从早到晚。刁斗：夜里巡更敲击报时、白天煮饭的两用铜器。

⑫死节：为国捐躯。岂顾勋：哪里还能顾及自己的功勋。

⑬李将军：指汉朝的李广，他与士卒同甘共苦，深受爱戴。

别董大

其一

千里黄云白日曛，北风吹雁雪纷纷。[①]
莫愁前路无知己，天下谁人不识君。

注释 董大：名不详，可能是指董庭兰，当时有名的音乐家。这组诗共二首。

①黄云：在阳光下，天上的乌云呈暗黄色，所以叫黄云。白日曛：太阳暗淡无光。曛：昏暗。

张谓

张谓（生卒年不详），字正言，河内（今河南沁阳）人。唐代诗人。

早梅

一树寒梅白玉条，迥临村路傍溪桥。①
不知近水花先发，疑是经冬雪未销。②

注释

①迥（jiǒng）：远。
②发：开放。销：通"消"，融化。

刘长卿

刘长卿（约709—约780），字文房，宣城（今属安徽）人。唐代诗人，长于五言，自称"五言长城"。

长沙过贾谊宅

三年谪宦此栖迟，万古惟留楚客悲。①
秋草独寻人去后，寒林空见日斜时。
汉文有道恩犹薄，湘水无情吊岂知？②
寂寂江山摇落处，怜君何事到天涯！③

注释

①谪宦：贬官。栖迟：淹留。楚客：指贾谊。长沙旧属楚地，故有此称。

②汉文：汉文帝。"湘水"句：贾谊在湘江边作文吊屈原，意在自伤。今作诗吊贾谊亦然。

③摇落：凋残，零落。

逢雪宿芙蓉山主人

日暮苍山远，天寒白屋贫。[1]
柴门闻犬吠，风雪夜归人。

注释 宿：借宿。芙蓉山：山名，具体地址未详。主人：指留诗人借宿者。

①白屋：未经修饰的简陋茅屋，指贫苦人家。

杜甫

　　杜甫（712—770），字子美，祖籍襄阳，出生在河南巩县。唐代伟大的现实主义诗人，与李白合称"李杜"。其诗风格沉郁，语言精炼，格律严谨，内容深刻，感情真挚，平实淡雅。在中国古典诗歌中影响深远，被称为"史诗"。杜甫被后人尊为"诗圣"。

望岳

岱宗夫如何？齐鲁青未了。①
造化钟神秀，阴阳割昏晓。②
荡胸生层云，决眦入归鸟。③
会当凌绝顶，一览众山小。④

注释

　　①岱宗：泰山，五岳之首。夫：语气词，无实义。齐鲁：古代齐、鲁两国以泰山为界，齐国在泰山北，鲁国在泰山南。青未了：指郁郁苍苍的山色无边无际。

　　②造化：大自然。钟：聚集。神秀：神奇秀美。阴阳：阴指山的北面，阳指山的南面。这里指泰山南北。割：分。昏晓：黄昏和早晨。此句极言泰山之高大，山的南北昏晓不一样。

　　③荡胸：心胸激荡。决眦（zì）句：极力张开眼睛远望归鸟入山。

眦（zì）：上下眼睑的接合处。靠近鼻子的叫内眦，靠近两鬓的叫外眦。

④会当：终当，定要。凌：登上。

奉赠韦左丞丈二十二韵

纨绔不饿死，儒冠多误身。①
丈人试静听，贱子请具陈。②
甫昔少年日，早充观国宾。③
读书破万卷，下笔如有神。④
赋料杨雄敌，诗看子建亲。⑤
李邕求识面，王翰愿卜邻。⑥
自谓颇挺出，立登要路津。⑦
致君尧舜上，再使风俗淳。
此意竟萧条，行歌非隐沦。⑧
骑驴十三载，旅食京华春。⑨
朝扣富儿门，暮随肥马尘。
残杯与冷炙，到处潜悲辛。
主上顷见征，欻然欲求伸。⑩
青冥却垂翅，蹭蹬无纵鳞。⑪
甚愧丈人厚，甚知丈人真。
每于百僚上，猥诵佳句新。⑫
窃效贡公喜，难甘原宪贫。⑬
焉能心怏怏？只是走踆踆。⑭
今欲东入海，即将西去秦。⑮
尚怜终南山，回首清渭滨。⑯

常拟报一饭，况怀辞大臣。⑰

白鸥没浩荡，万里谁能驯？⑱

注释 韦左丞丈：指韦济，时任尚书左丞。

①纨绔（kù）：指富贵人家的子弟。不饿死：不学无术却无饥饿之忧。"儒冠"句：满腹经纶的儒生却穷困潦倒。

②丈人：对长辈的尊称。这里指韦济。贱子：年少位卑者，这里是杜甫自称。具陈：细说。

③观国宾：参观王都的来宾。一说是开元二十三年杜甫以乡贡的资格在洛阳参加进士考试的事。

④破万卷：形容书读得多。破：突破。如有神：形容才思敏捷，如有神助。

⑤料：差不多。杨雄：字子云，西汉辞赋家。敌：匹敌。看：比拟。子建：曹植的字。亲：接近。

⑥卜邻：选择邻居，向他人表示愿为邻居。

⑦"自谓"二句：自以为是一个杰出的人才，一定会很快身居重要职位。

⑧"此意"二句：平生的抱负全部落空，忧愁歌吟，却不想退隐江湖。

⑨骑驴：与乘马的达官贵人对比。旅食：寄食。京华：指长安。

⑩主上：指唐玄宗。倾：前不久。见征：被征召。欻（xū）然：忽然。欲求伸：希望表现自己的才能。

⑪"青冥"二句：自己像飞鸟折翅从天空坠落。又像鲤鱼不能跃过龙门。青冥：青天。蹭（cèng）蹬：遭遇挫折。纵鳞：跃起的鱼。

⑫"每于"二句：常常把我的诗篇推荐给百官，朗诵佳句，夸奖格调清新。百僚：百官。猥：谦辞，犹言辱，这里的意思是承蒙。

⑬贡公：西汉人贡禹。他与王吉为友，得知王吉显贵，高兴得弹冠相庆，因为知道自己也将出头。难甘：难以甘心忍受。原宪：孔子的学

生，以贫穷出名。

⑭怏怏（yàng）：不高兴的神情。踆踆（cūn）：且进且退的样子。

⑮东入海：指避世隐居。孔子曾言："道不行，乘桴浮于海。"去秦：离开长安。

⑯怜：喜爱，留恋。

⑰报一饭：报答一饭之恩。辞大臣：指辞别韦济。

⑱白鸥：诗人自比。没浩荡：隐没在浩荡的烟波之间。谁能驯：谁还能约束我呢？

前出塞

其六

挽弓当挽强，用箭当用长。
射人先射马，擒贼先擒王。
杀人亦有限，立国自有疆。①
苟能制侵陵，岂在多杀伤。②

注释 出塞：汉乐府曲名。杜甫写作《出塞曲》多首，先写的九首称为《前出塞》，后写的五首称为《后出塞》。

①"立国"句：是说建国各自有疆界，应重在守边，反对开疆扩土。

②"苟能"二句：是说只要能制止侵略，不一定要进行战争，造成很多伤亡。

饮中八仙歌

知章骑马似乘船，眼花落井水底眠。①

汝阳三斗始朝天，道逢麹车口流涎，恨不移封向酒泉。②

左相日兴费万钱，饮如长鲸吸百川，衔杯乐圣称避贤。③

宗之潇洒美少年，举觞白眼望青天，皎如玉树临风前。④

苏晋长斋绣佛前，醉中往往爱逃禅。⑤

李白一斗诗百篇，长安市上酒家眠，

天子呼来不上船，自称臣是酒中仙。⑥

张旭三杯草圣传，脱帽露顶王公前，挥毫落纸如云烟。⑦

焦遂五斗方卓然，高谈雄辩惊四筵。⑧

注释

①知章：即贺知章，官至秘书监，性狂放不羁，自号"四明狂客"。这两句写贺知章酒后骑马的醉态。

②汝阳：汝阳王李琎，唐玄宗的侄子。朝天：朝见天子。麹（qū）车：酒车。麹：同"曲"。移封：改换封地。酒泉：今甘肃酒泉市。传说郡城下有泉，泉水味如酒，故名。

③左相：左丞相李适之。长鲸：鲸鱼。衔杯：贪酒。圣：酒的代称。李适之罢相后，曾作诗云："避贤初罢相，乐圣且衔杯。为问门前客，今朝几个来？"此化用李的诗句。

④宗之：崔宗之，吏部尚书崔日用之子，袭父封为齐国公，官至侍御史。白眼：晋阮籍能作青白眼，青眼看朋友，白眼视俗人。玉树临风：比喻崔宗之风姿秀美。

⑤苏晋：开元进士，曾为户部和吏部侍郎。长斋：长期斋戒。绣佛：用彩色丝线绣成的佛像。逃禅：佛教戒饮酒，苏晋长斋信佛，却嗜酒，故曰"逃禅"。

⑥"李白"四句：李白以豪饮闻名，常以酒助诗兴。一次，玄宗在沉香亭召他写配乐诗，而他却在长安酒肆喝得大醉。另一次玄宗泛舟白莲池，召李白来写文章，李白已在翰林院喝醉了，玄宗就命高力士扶他上船来见。

⑦张旭：唐代著名书法家，善草书，时人称为"草圣"。脱帽露顶：写张旭狂放不羁的醉态。

⑧焦遂：布衣之士，以嗜酒闻名，事迹不详。

赠卫八处士

人生不相见，动如参与商。①
今夕复何夕，共此灯烛光。
少壮能几时，鬓发各已苍。
访旧半为鬼，惊呼热中肠。②
焉知二十载，重上君子堂。
昔别君未婚，儿女忽成行。
怡然敬父执，问我来何方。③
问答乃未已，儿女罗酒浆。
夜雨剪春韭，新炊间黄粱。④
主称会面难，一举累十觞。⑤
十觞亦不醉，感子故意长。⑥
明日隔山岳，世事两茫茫。

注释 卫八：名字和生平事迹已不可考。处士：隐士。

①参（shēn）商：二星名。商星居于东方卯位（上午五点到七点），参星居于西方酉位（下午五点到七点），一出一没，永不相见。

②访旧：打听故旧亲友。热中肠：心里火辣辣的难受。

③父执：父亲的好友。

④黄粱：黄米。间（jiàn）：掺和。

⑤累：接连。觞：酒杯。

⑥故意：老朋友的情谊。

羌村三首

其一

峥嵘赤云西，日脚下平地。①
柴门鸟雀噪，归客千里至。
妻孥怪我在，惊定还拭泪。②
世乱遭飘荡，生还偶然遂。
邻人满墙头，感叹亦歔欷。③
夜阑更秉烛，相对如梦寐。④

注释 这组诗写于至德二年（757），当时杜甫任左拾遗，因上疏救房琯，触怒了肃宗，从凤翔放还鄜（fū）州探亲。杜甫家在鄜州郊外的羌村。

①日脚：射到地面的阳光。

②孥（nú）：子女。怪：惊疑。

③歔欷（xū xī）：抽泣声。

④夜阑：夜深。

其二

晚岁迫偷生，还家少欢趣。

娇儿不离膝，畏我复却去。

忆昔好追凉，故绕池边树。

萧萧北风劲，抚事煎百虑。①

赖知禾黍收，已觉糟床注。②

如今足斟酌，且用慰迟暮。

注释

①"抚事"句：想起经历的一切事情，忧心如焚。抚：抚念，细想。

②赖：幸好。糟床：酿酒的器具。注：流注，指酒。

其三

群鸡正乱叫，客至鸡斗争。

驱鸡上树木，始闻叩柴荆。

父老四五人，问我久远行。

手中各有携，倾榼浊复清。①

"莫辞酒味薄，黍地无人耕。②

兵戈既未息，儿童尽东征"。③

请为父老歌，艰难愧深情。

歌罢仰天叹，四座泪纵横。

注释

①榼（kē）：古代盛酒的器具。

②莫辞：一作"苦辞"。

③兵戈：指战争。童：一作"郎"。

石壕吏

暮投石壕村，有吏夜捉人。①
老翁逾墙走，老妇出门看。②
吏呼一何怒，妇啼一何苦！
听妇前致词：三男邺城戍。③
一男附书至，二男新战死。④
存者且偷生，死者长已矣！
室中更无人，惟有乳下孙。
有孙母未去，出入无完裙。
老妪力虽衰，请从吏夜归。
急应河阳役，犹得备晨炊。⑤
夜久语声绝，如闻泣幽咽。
天明登前途，独与老翁别。

注释

①投：投宿。石壕村：在陕州（今河南三门峡市陕州区）东。

②逾：越，翻过。

③三男：三个儿子。邺城：今河南安阳。

④附书：带信。

⑤"急应"句：急去河阳的兵营服役。河阳：今河南孟县。"犹得"句：还能够做早饭。备：准备，供给。

垂老别

四郊未宁静，垂老不得安。

子孙阵亡尽，焉用身独完！①

投杖出门去，同行为辛酸。

幸有牙齿存，所悲骨髓干。

男儿既介胄，长揖别上官。②

老妻卧路啼，岁暮衣裳单。

孰知是死别，且复伤其寒。

此去必不归，还闻劝加餐。

土门壁甚坚，杏园度亦难。③

势异邺城下，纵死时犹宽。④

人生有离合，岂择衰盛端！⑤

忆昔少壮日，迟回竟长叹。⑥

万国尽征戍，烽火被冈峦。

积尸草木腥，流血川原丹。

何乡为乐土？安敢尚盘桓！⑦

弃绝蓬室居，塌然摧肺肝。⑧

注释 垂老：年将至老。

①焉用：何用。完：保全。

②介：铁甲。胄：头盔。长揖：拱手礼。介胄之士长揖不拜。上官：地方官吏。

③土门：在今河南孟县，是当时唐军防守的重要据点。杏园：在今河南汲县。此句是说敌人要从杏园渡河也不容易。

④"势异"二句：是说目前形势和邺城败退时不一样，不会马上就战死。

⑤"人生"二句：意思是离合是人生中难免的，哪管老少！衰：老年。盛：壮年。

⑥迟回：徘徊。

⑦盘桓：留恋不舍。

⑧塌然：崩坏的样子，形容遭受极大痛苦，肝肠寸断。

兵车行

车辚辚，马萧萧，行人弓箭各在腰。①
耶娘妻子走相送，尘埃不见咸阳桥。②
牵衣顿足拦道哭，哭声直上干云霄。③
道旁过者问行人，行人但云点行频。④
或从十五北防河，便至四十西营田。⑤
去时里正与裹头，归来头白还戍边。⑥
边庭流血成海水，武皇开边意未已。⑦
君不闻汉家山东二百州，千村万落生荆杞。⑧
纵有健妇把锄犁，禾生陇亩无东西。⑨
况复秦兵耐苦战，被驱不异犬与鸡。⑩

长者虽有问，役夫敢申恨？
且如今年冬，未休关西卒。⑪
县官急索租，租税从何出？
信知生男恶，反是生女好。⑫
生女犹得嫁比邻，生男埋没随百草。
君不见青海头，古来白骨无人收。
新鬼烦冤旧鬼哭，天阴雨湿声啾啾！⑬

注释 这首诗反映了天宝年间对外用兵频繁给人民带来的痛苦。
①辚辚：行车声。萧萧：马鸣声。
②耶娘：爷娘。咸阳桥：在今陕西咸阳西南渭水上。
③干：冲。
④点行频：频繁地征兵。
⑤"或从"二句：说应征入伍的人从十五岁就远戍西北，直到四十岁还没有回来。营田：屯田。即利用士兵在驻防地种地。
⑥里正：唐制百户为一里，设里正，相当于后世的村长。裹头：古人裹上头巾是成年的标志。
⑦边庭：边疆。武皇：汉武帝，借指唐玄宗。
⑧山东：指华山以东。荆杞：杂木，形容荒芜。
⑨"禾生"句：是说庄稼种得不成行列。
⑩秦兵：指陕西一带的兵丁。
⑪关西卒：函谷关以西的兵，即秦兵。
⑫信知：确知，深知。
⑬烦冤：烦躁愤懑。啾啾（jiū）：哭声。

佳人

绝代有佳人，幽居在空谷。①
自云良家子，零落依草木。②
关中昔丧乱，兄弟遭杀戮。③
官高何足论，不得收骨肉。
世情恶衰歇，万事随转烛。④
夫婿轻薄儿，新人美如玉。
合昏尚知时，鸳鸯不独宿。⑤
但见新人笑，那闻旧人哭。
在山泉水清，出山泉水浊。⑥
侍婢卖珠回，牵萝补茅屋。⑦
摘花不插发，采柏动盈掬。⑧
天寒翠袖薄，日暮倚修竹。⑨

注释 此诗通过乱世佳人的形象，歌颂贫贱不移、贞洁自守的精神。

①绝代：冠绝当代，举世无双。

②良家子：出身高贵人家的子女，此处偏指女儿。零落：飘零沦落。依草木：住在山林中。

③丧乱：指安史之乱。

④转烛：烛火随风转动，比喻世事变化无常。

⑤合昏：合欢树，叶子朝开夜合。

⑥"在山"二句：比喻守贞则清，改节则浊。

⑦牵萝：拾取藤条树枝。写佳人的清贫。

⑧采柏：采摘柏树枝叶。动：常常。掬：把。

⑨倚修竹：比喻佳人的节操如修竹一样高洁。

梦李白二首

其一

死别已吞声，生别常恻恻。①
江南瘴疠地，逐客无消息。②
故人入我梦，明我长相忆。③
君今在罗网，何以有羽翼？
恐非平生魂，路远不可测。④
魂来枫林青，魂返关塞黑。⑤
落月满屋梁，犹疑照颜色。⑥
水深波浪阔，无使蛟龙得。⑦

注释 乾元二年（759）作于秦州。前一年李白因参加永王李璘的军队而被流放夜郎，乾元二年春夏间遇赦放还。但杜甫没有得到他遇赦的消息，忧思成梦，写了这两首诗。

①吞声：极度悲痛，哭不出声来。恻恻：悲痛。

②瘴：瘴气，热带或亚热带山林中的湿热空气，从前认为是传染病的病源。疠：瘟疫。逐客：指李白。

③"明我"句：向我表明他常常在思念我。

④平生魂：生人的魂。疑心李白在流放中已死于不测。

⑤"魂来"二句：想象魂魄往返时沿途的情景。

⑥"落月"二句：写初醒时情状。颜色：指李白的容颜。

⑦"水深"二句：喻李白处境险恶，恐遭不测。祝愿和告诫李白要多加小心。

其二

浮云终日行，游子久不至。

三夜频梦君，情亲见君意。

告归常局促，苦道来不易。①

江湖多风波，舟楫恐失坠。

出门搔白首，若负平生志。

冠盖满京华，斯人独憔悴。②

孰云网恢恢，将老身反累。③

千秋万岁名，寂寞身后事。

注释

①局促：不安。

②冠盖：指达官贵人。冠：官帽。盖：车上的蓬盖。

③孰云：谁说。网恢恢：《道德经》有"天网恢恢，疏而不漏"的话。恢恢：宽广的样子。这句的意思是：谁说天网恢恢疏而不漏，为何你到老反被牵连受罪？

茅屋为秋风所破歌

八月秋高风怒号，卷我屋上三重茅，茅飞渡江洒江郊。
高者挂罥长林梢，下者飘转沉塘坳。^①
南村群童欺我老无力，忍能对面为盗贼，公然抱茅入竹去。
唇焦口燥呼不得，归来倚杖自叹息。
俄顷风定云墨色，秋天漠漠向昏黑。^②
布衾多年冷似铁，娇儿恶卧踏里裂。^③
床头屋漏无干处，雨脚如麻未断绝。^④
自经丧乱少睡眠，长夜沾湿何由彻！^⑤
安得广厦千万间，大庇天下寒士俱欢颜，风雨不动安如山。^⑥
呜呼！何时眼前突兀见此屋，吾庐独破受冻死亦足！^⑦

注释

①罥（juàn）：挂结。坳（ào）：低洼处。

②俄顷：一会儿，不久。

③衾（qīn）：被子。恶卧：孩子睡态不好。踏里裂：把被里子蹬破了。

④雨脚：雨点。

⑤丧乱：指安史之乱。彻：过完。

⑥安得：怎么能得到。广厦：高楼大厦。大庇（bì）：全部遮盖、保护。

⑦突兀：高耸的样子。见（xiàn）：通"现"，出现。

春日忆李白

白也诗无敌，飘然思不群。①
清新庾开府，俊逸鲍参军。②
渭北春天树，江东日暮云。③
何时一樽酒，重与细论文。④

注释

①不群：不凡，高出同辈。

②庾开府：指庾信。在北周官至骠骑大将军、开府仪同三司，世称
庾开府。俊逸：一作"豪迈"。鲍参军：指鲍照。南朝宋时任荆州前军
参军，世称鲍参军。

③渭北：渭水北岸，借指长安一带。当时杜甫在此地。江东：指江
苏安徽南部和浙江北部一带，当时李白在此地。

④论文：即论诗。六朝以来，通称诗为文。

月夜

今夜鄜州月，闺中只独看。①
遥怜小儿女，未解忆长安。②
香雾云鬟湿，清辉玉臂寒。③
何时倚虚幌，双照泪痕干。④

春望

国破山河在，城春草木深。

感时花溅泪，恨别鸟惊心。

烽火连三月，家书抵万金。

白头搔更短，浑欲不胜簪。①

注释

①"白头"二句：是说白发越搔越少，简直连簪子也要插不住了。簪（zān）：簪子，中国古代人们用来固定头发或顶戴的发饰。

天末怀李白

凉风起天末，君子意如何？①
鸿雁几时到，江湖秋水多。②
文章憎命达，魑魅喜人过。③
应共冤魂语，投诗赠汨罗。④

注释 这首诗为诗人客居秦州（今甘肃天水）时所作。天末：天的尽头。秦州地处边塞，如在天之尽头。

①君子：指李白。

②鸿雁：指书信。江湖：此指充满风险的路途。

③"文章"句：有文才的人总是遭忌命薄。文章：泛指文学。命：命运。魑魅（chī mèi）：鬼怪。指坏人或邪恶势力。

④冤魂：指屈原。杜甫深知李白从永王李璘是出于爱国，却蒙冤被放逐，正和屈原一样。

月夜忆舍弟

戍鼓断人行，边秋一雁声。①
露从今夜白，月是故乡明。
有弟皆分散，无家问死生。②
寄书长不达，况乃未休兵。

注释 舍弟：谦称自己的弟弟。

①戍鼓：戍楼上的更鼓。戍：驻防。断人行：指鼓声响起，就开始宵禁。边秋：边塞的秋天。

②"无家"句：家园无存，互相无从得知死生的消息。

春夜喜雨

好雨知时节，当春乃发生。
随风潜入夜，润物细无声。
野径云俱黑，江船火独明。①
晓看红湿处，花重锦官城。②

注释

①野径：田野的小路。
②花重：花因饱含雨水而重。锦官城：指成都。

旅夜书怀

细草微风岸，危樯独夜舟。①
星垂平野阔，月涌大江流。②
名岂文章著，官应老病休。③
飘飘何所似，天地一沙鸥。

注释

①危樯：高竖的桅杆。

②"星垂"句：星空低垂，原野显得格外广阔。月涌：月亮映照，随水涌流。

③"名岂"句：意思是文名不足道，应以建立功业来扬名。"官应"句：激愤之辞。

登岳阳楼

昔闻洞庭水，今上岳阳楼。
吴楚东南坼，乾坤日夜浮。^①
亲朋无一字，老病有孤舟。
戎马关山北，凭轩涕泗流。^②

注释

①"吴楚"句：是说吴楚二地被洞庭湖隔开。坼（chè）：裂开。"乾坤"句：日月星辰和大地仿佛都漂浮在洞庭湖上。

②关山北：北方边境。凭轩：靠着窗户。涕（tì）：眼泪。泗（sì）：鼻涕。

南征

春岸桃花水，云帆枫树林。①
偷生长避地，适远更沾襟。②
老病南征日，君恩北望心。③
百年歌自苦，未见有知音。④

注释

①桃花水：桃花盛开时江河涨水，又名"桃花汛"。云帆：白帆。
②避地：避难而逃往他乡。适远：到远方去。
③君：指唐代宗。
④百年：一生。

发潭州

夜醉长沙酒，晓行湘水春。
岸花飞送客，樯燕语留人。①
贾傅才未有，褚公书绝伦。②
名高前后事，回首一伤神。③

注释 潭州：今湖南长沙。

①樯燕：船桅杆上的燕子。

②贾傅：即贾谊。褚公：即唐代大臣、书法家褚遂良。褚因反对册立武则天为后，被贬为潭州都督。

③名高：名声大。

曲江二首

其二

朝回日日典春衣，每日江头尽醉归。^①
酒债寻常行处有，人生七十古来稀。^②
穿花蛱蝶深深见，点水蜻蜓款款飞。^③
传语风光共流转，暂时相赏莫相违。^④

注释 曲江：指曲江池，在陕西西安市东南郊，唐朝时为游览胜地。

①朝回：上朝回来。典：押当。

②行处：到处。

③深深：在花丛深处。款款：形容徐缓的样子。

④传语：传话给。风光：春光。共流转：在一起逗留。违：错过。

蜀相

丞相祠堂何处寻，锦官城外柏森森。
映阶碧草自春色，隔叶黄鹂空好音。①
三顾频烦天下计，两朝开济老臣心。②
出师未捷身先死，长使英雄泪满襟。

注释

①"映阶"二句：是说祠堂春色虽好，而往事已成空。

②频烦：即"频繁"，多次。开：开创。济：扶助。

客至

舍南舍北皆春水，但见群鸥日日来。
花径不曾缘客扫，蓬门今始为君开。①
盘飧市远无兼味，樽酒家贫只旧醅。②
肯与邻翁相对饮，隔篱呼取尽余杯。③

注释 客至：客指崔明府，杜甫在题后自注："喜崔明府相过"。
明府：唐人对县令的称呼。相过：探望，相访。

①蓬门：用蓬草编成的门，指房子简陋。

②盘飧（sūn）：盘中的菜肴。飧：熟食。市远：离集市远。无兼

味：谦言菜少。旧醅：隔年的陈酒。

③肯：能否允许，这是向客人征询。余杯：剩下的酒。

江上值水如海势聊短述

为人性僻耽佳句，语不惊人死不休。①
老去诗篇浑漫与，春来花鸟莫深愁。②
新添水槛供垂钓，故着浮槎替入舟。③
焉得思如陶谢手，令渠述作与同游。④

注释　值：正逢。水如海势：江水如同海水的气势。聊：姑且。

①性僻：性情有所偏，古怪，这是自谦的话。耽（dān）：爱好，
沉迷。

②"老去"句：是说如今年老，已不像过去那样刻苦琢磨。浑：完
全，简直。漫与：随意付与，一作"漫兴"。"春来"句：对着春天的花
鸟，没有了过去深深的忧愁。莫：没有。

③水槛：水边木栏杆。着：设置。浮槎（chá）：木筏。替入舟：代
替出入江河的小舟。

④焉得：怎么找到。思：诗思。陶谢：陶渊明、谢灵运。手：高手。
令渠：让他们。

闻官军收河南河北

剑外忽传收蓟北，初闻涕泪满衣裳。①
却看妻子愁何在，漫卷诗书喜欲狂。②
白日放歌须纵酒，青春作伴好还乡。③
即从巴峡穿巫峡，便下襄阳向洛阳。

注释

①剑外：剑门关以外，指蜀地。蓟北：今河北省北部，是安、史叛军的根据地。

②漫卷：胡乱卷起。

③白日：一作"白首"。青春：春天。

登楼

花近高楼伤客心，万方多难此登临。
锦江春色来天地，玉垒浮云变古今。①
北极朝廷终不改，西山寇盗莫相侵。②
可怜后主还祠庙，日暮聊为梁甫吟。③

注释

①"玉垒"句：是说多变的政局和多难的人生，捉摸不定，有如玉

垒山上的浮云。玉垒：山名，在成都西北。

②北极：北极星，古人常用来指代朝廷。西山：指今四川省西部与吐蕃交界的雪山。寇盗：指当时入侵的吐蕃军队。

③后主：刘备的儿子刘禅。还祠庙：诗人感叹连刘禅这样的亡国之君竟然还有祠庙，借古讽今。还：还有。梁甫吟：古乐府中的一首葬歌。诸葛亮平生好为梁甫吟。

宿府

清秋幕府井梧寒，独宿江城蜡炬残。①
永夜角声悲自语，中天月色好谁看。②
风尘荏苒音书绝，关塞萧条行路难。③
已忍伶俜十年事，强移栖息一枝安。④

注释　此诗是广德二年（764）杜甫在成都严武幕府中所作。

①幕府：古代将帅军中以帐幕为府署。唐代节度使为一方统帅，所以称府署为幕府。江城：指成都。

②"永夜"句：是说长夜的号角声音悲凄，好像在自言自语。

③风尘：指战乱。荏苒：时间推移。

④伶俜（líng　pīng）：孤独。"强移"句：是说勉强移就幕府，以求暂时的安定。

咏怀古迹

其三

群山万壑赴荆门，生长明妃尚有村。①
一去紫台连朔漠，独留青冢向黄昏。②
画图省识春风面，环佩空归月夜魂。③
千载琵琶作胡语，分明怨恨曲中论。④

注释 这组诗共五首。

①赴：形容山脉绵延，势若奔赴。明妃：即王昭君。昭君村在荆门山附近的归州（今湖北秭归）。

②紫台：紫禁城，指汉宫。朔漠：北方的沙漠。青冢：昭君墓，在今内蒙古自治区呼和浩特市南。传说塞外草白，独昭君墓上草青，故称"青冢"。

③"画图"二句：意思是汉元帝原来只凭画像察看昭君的青春容貌。而昭君死葬朔漠，不能归汉，空有她的魂在月夜回来。省（xǐng）识：察看，辨识。春风面：形容昭君的美貌。环佩：佩玉。《西京杂记》记载：元帝命画师画宫女容貌，以供挑选。昭君不肯贿赂画师，被故意画丑了，不得召见。直到她远嫁匈奴前，皇上召见，才发现她是后宫第一美人，但已后悔莫及。

④"千载"二句：是说千载之下犹传昭君之恨。胡语：即胡乐。琵琶原是西域乐器。曲中论：曲中诉说。

阁夜

岁暮阴阳催短景，天涯霜雪霁寒宵。①
五更鼓角声悲壮，三峡星河影动摇。②
野哭千家闻战伐，夷歌数处起渔樵。③
卧龙跃马终黄土，人事音书漫寂寥。④

注释　此诗是大历元年（766）冬，杜甫寓居夔州西阁时所作。
①阴阳：指日月。短景：指冬季日短。天涯：远离故乡。
②"三峡"句：指银河星辰在三峡江中的投影动摇不定。
③"野哭"句：从百姓的哭声中听到了战争的声音。"夷歌"句：
渔人和樵夫都唱着夷歌，足见夔州偏远。夷歌：少数民族的歌曲。
④卧龙：指诸葛亮。跃马：指公孙述。西汉末年，公孙述据蜀称
帝，左思《蜀都赋》："公孙跃马而称帝。"夔州有诸葛亮和公孙述二人
的遗迹和祠庙。"人事"句：是说自己的交游和书信都漫无消息。

又呈吴郎

堂前扑枣任西邻，无食无儿一妇人。①
不为穷困宁有此，只缘恐惧转须亲。②
即防远客虽多事，便插疏篱却甚真。③
已诉征求贫到骨，正思戎马泪盈巾。④

注释 大历二年，杜甫从夔州的瀼西迁居东屯，把瀼西的草堂让给亲戚吴郎居住。此诗是劝吴郎不要禁止西邻来打枣。郎：对年轻人的通称。

①任：听任。

②宁：怎么会。"只缘"句：意思是只因为她怀着恐惧的心情，反而更应该表示亲切。

③"即防"句：是说妇人见你从远处搬来就提防你，虽然不免多虑。远客：指吴郎。"便插"句：意思是你一来就插上稀疏的篱笆，也未免太认真了。

④"已诉"句：意思是她已诉说过因征敛而穷困到了极点。征求：征敛。"正思"句：是说自己正因想到不息的战争而流泪。戎马：指战争。

登高

风急天高猿啸哀，渚清沙白鸟飞回。
无边落木萧萧下，不尽长江滚滚来。①
万里悲秋常作客，百年多病独登台。
艰难苦恨繁霜鬓，潦倒新停浊酒杯。②

注释

①落木：落叶。

②繁霜鬓：两鬓白发增多。新停：最近停止。杜甫晚年因肺病戒酒。

小寒食舟中作

佳辰强饮食犹寒，隐几萧条戴鹖冠。^①
春水船如天上坐，老年花似雾中看。
娟娟戏蝶过闲幔，片片轻鸥下急湍。^②
云白山青万余里，愁看直北是长安。

注释　小寒食：寒食节的第二天，清明节的前一天。因禁火，所以冷食。

①佳辰：指小寒食节。强饮：勉强吃点东西。隐：依，靠。几：小桌。隐几：即席地而坐，靠着小桌子。鹖（hé）：通"褐"，指褐色。

②娟娟：姿态柔美。闲幔：卷起来的幔帐。一作"开幔"。急湍（tuān）：很急的水流。

绝句二首

其一

迟日江山丽，春风花草香。^①
泥融飞燕子，沙暖睡鸳鸯。

注释

①迟日：春天日渐长，所以说迟日。《诗经·豳风·七月》："春日迟迟。"

其二

江碧鸟逾白，山青花欲燃。

今春看又过，何日是归年？

八阵图

功盖三分国，名成八阵图。

江流石不转，遗恨失吞吴。①

注释 杜甫在唐代宗大历元年（766）夏迁居夔州。当地有武侯庙，江边有八阵图，相传为诸葛亮所设。八阵图：由八种阵势组成的图形，用来操练军队或作战。

①"江流"句：指涨水时八阵图的石块仍然不动。失吞吴：意为灭吴失策，没有成功。

戏为六绝句

其二

王杨卢骆当时体，轻薄为文哂未休。①
尔曹身与名俱灭，不废江河万古流。②

注释 戏为：戏作。

①王杨卢骆：王勃、杨炯、卢照邻、骆宾王，被称为"初唐四杰"。体：指诗文的风格。哂（shěn）：讥笑。

②尔曹：指那些轻薄之徒。

赠花卿

锦城丝管日纷纷，半入江风半入云。①
此曲只应天上有，人间能得几回闻。②

注释 花卿：成都尹崔光远的部将花敬定。

①丝管：弦乐器和管乐器，泛指音乐。

②天上：双关语，虚指天宫，实指皇宫。此诗表面上只是赞美乐曲，实际上却含有讽刺、劝诫的意思。

江畔独步寻花

其六

黄四娘家花满蹊，千朵万朵压枝低。[1]
留连戏蝶时时舞，自在娇莺恰恰啼。

注释 这组诗共七首。
[1]黄四娘：杜甫住成都草堂时的邻居。蹊（xī）：小路。

绝句四首

其三

两个黄鹂鸣翠柳，一行白鹭上青天。
窗含西岭千秋雪，门泊东吴万里船。[1]

注释
[1]西岭：指成都大邑县境内的西岭雪山。东吴：古代吴国领地，今江苏一带。

江南逢李龟年

岐王宅里寻常见，崔九堂前几度闻。[①]
正是江南好风景，落花时节又逢君。

注释 李龟年：开元天宝年间的著名音乐家。
①岐王：李范，玄宗弟。崔九：殿中监崔涤。

常建

常建（708—765），字少府，祖籍邢州（今河北邢台）。唐代诗人。

题破山寺后禅院

清晨入古寺，初日照高林。
曲径通幽处，禅房花木深。[①]
山光悦鸟性，潭影空人心。[②]
万籁此俱寂，但余钟磬音。[③]

注释 破山寺：即兴福寺，在今江苏常熟西北虞山上。

①曲径：一作"竹径"。

②悦：此处为使动用法，使……高兴。此句意思是，山中明媚景色使鸟儿更加欢悦。潭影：清澈潭水中的倒影。空：此处为使动用法，使……空。此句意思是，潭水清澈空明，临潭照影，令人俗念全消。

③万籁（lài）：各种声音。籁：从孔穴中发出的声音，泛指声音。俱：一作"都"。磬（qìng）：佛教的打击乐器，形状像钵，用铜制成。

岑参

岑参（约718—769），荆州江陵（今湖北江陵）人。唐代著名边塞诗人，与高适并称"高岑"。

白雪歌送武判官归京

北风卷地白草折，胡天八月即飞雪。①
忽如一夜春风来，千树万树梨花开。
散入珠帘湿罗幕，狐裘不暖锦衾薄。②
将军角弓不得控，都护铁衣冷难着。③
瀚海阑干百丈冰，愁云惨淡万里凝。④
中军置酒饮归客，胡琴琵琶与羌笛。⑤
纷纷暮雪下辕门，风掣红旗冻不翻。⑥
轮台东门送君去，去时雪满天山路。⑦
山回路转不见君，雪上空留马行处。

注释 这是天宝十三年（754）冬，作者在轮台写的一首送别诗。武判官：名不详。判官：唐代节度使、观察使下的属官。

①白草：西北的一种牧草，秋天变白色。胡天：指塞北的天空。

②狐裘（qiú）：狐皮袍子。锦衾：锦缎做的被子。

凉州馆中与诸判官夜集

弯弯月出挂城头，城头月出照凉州。
凉州七里十万家，胡人半解弹琵琶。①
琵琶一曲肠堪断，风萧萧兮夜漫漫。
河西幕中多故人，故人别来三五春。②
花门楼前见秋草，岂能贫贱相看老。③
一生大笑能几回，斗酒相逢须醉倒。④

注释 凉州：在今甘肃武威，唐河西节度府设于此。馆：客舍。
①解：懂得，会。
②河西：指河西节度府。
③花门楼：指凉州馆舍的楼房。"岂能"句：岂能相互看着在贫贱中老去。
④斗酒：比酒量。

逢入京使

故园东望路漫漫，双袖龙钟泪不干。[①]
马上相逢无纸笔，凭君传语报平安。

注释

① "双袖"句：用两袖擦眼泪，袖已湿而泪不止。龙钟：沾湿。

司空曙

司空曙（720—790），字文初，广平（今河北邯郸市永年区）人。"大历十才子"之一。

江村即事

钓罢归来不系船，江村月落正堪眠。①
纵然一夜风吹去，只在芦花浅水边。

注释　即事：以当前的事物为题材所做的诗。

①不系船：《庄子》："巧者劳而智者忧，无能者无所求，饱食而遨游，泛若不系之舟。""不系之舟"为无为思想的象征。

刘方平

刘方平（生卒年不详），洛阳人，匈奴族。唐代诗人。

月夜

更深月色半人家，北斗阑干南斗斜。[1]
今夜偏知春气暖，虫声新透绿窗纱。[2]

注释

[1]"更深"句：夜深了，月光只照亮人家房屋的一半，另一半隐藏在黑暗里。阑干：这里指横斜的样子。南斗：指南斗六星。

[2]偏知：才知道。新透：第一次透过。

春怨

纱窗日落渐黄昏，金屋无人见泪痕。[①]
寂寞空庭春欲晚，梨花满地不开门。[②]

注释 这是一首宫怨诗。

①金屋：汉武帝幼时，曾对长公主（武帝姑母）说："若得阿娇（长公主的女儿）作妇，当作金屋贮之。"这里指华丽的宫室。

②空庭：幽寂的庭院。

钱起

钱起（722—780），字仲文，吴兴（今浙江湖州吴兴区）人。"大历十才子"之一。

省试湘灵鼓瑟

善鼓云和瑟，常闻帝子灵。①
冯夷空自舞，楚客不堪听。②
苦调凄金石，清音入杳冥。③
苍梧来怨慕，白芷动芳馨。④
流水传潇浦，悲风过洞庭。⑤
曲终人不见，江上数峰青。

注释　省试：唐代科举制度，各州县选拔士子进京，试于尚书省，由礼部主持，叫作省试。作者在天宝十年（751）登进士第，"湘灵鼓瑟"当是这一次省试诗题。湘灵：湘水女神。《楚辞·远游》："使湘灵鼓瑟兮"。

①鼓：弹奏。云和：山名。《周礼》："云和之琴瑟"。"帝子"：屈原《九歌》："帝子降兮北渚"。一般认为是尧的女儿，舜之妻。

②冯（píng）夷：水神，即河伯。楚客：指迁客。

③"苦调"句：是说通过瑟弹奏出来的曲调比金石之声更凄苦。金

石：指钟、磬之类乐器。杳冥：遥远的地方。

④"苍梧"句：意思是说瑟声哀怨，感动了舜帝之灵。苍梧：又名九嶷山，有舜帝陵。"白芷"句：在乐曲的感召下，白芷吐出更多芬芳。

⑤"潇浦"：一作"湘浦"。

李冶

李冶（约730—784），字季兰，乌程（今属浙江湖州）人。唐代著名女诗人。

八至

至近至远东西，至深至浅清溪。
至高至明日月，至亲至疏夫妻。

注释 至：极、最。

戴叔伦

戴叔伦（732—789），字幼公，润州金坛（今江苏常州金坛区）人。唐代诗人。

兰溪棹歌

凉月如眉挂柳湾，越中山色镜中看。①
兰溪三日桃花雨，半夜鲤鱼来上滩。

注释　兰溪：兰溪江，富春江上游的支流。
①凉月：新月。越：今浙江一带。

张继

张继（生卒年未详），字懿孙，襄州（今湖北襄阳）人。唐代诗人。

枫桥夜泊

月落乌啼霜满天，江枫渔火对愁眠。
姑苏城外寒山寺，夜半钟声到客船。[①]

注释 枫桥：在今苏州市阊门外。

①姑苏：苏州的别称，因城西南有姑苏山而得名。寒山寺：在枫桥附近，始建于南朝梁代。相传因唐代僧人寒山、拾得曾住此而得名。

韩翃（hóng）

韩翃（生卒年不详），字君平，南阳（今河南南阳）人。"大历十才子"之一。

寒食

春城无处不飞花，寒食东风御柳斜。①
日暮汉宫传蜡烛，轻烟散入五侯家。②

注释

①御柳：皇宫园林中的杨柳。

②"日暮"二句：据说汉代寒食禁火，朝廷特赐王侯蜡烛。传：传赐。五侯：汉成帝河平二年（前27），皇太后王政君的五个兄弟同一天被封为侯爵，世称五侯。这里泛指许多王侯之家。

李端

李端（743—782），字正已，赵州（今河北赵县）人。晚年辞官，隐居湖南衡山，自号"衡岳幽人"。"大历十才子"之一。

鸣筝

鸣筝金粟柱，素手玉房前。^①
欲得周郎顾，时时误拂弦。^②

注释

①鸣筝：弹奏筝曲。金粟柱：上有金色小点花纹的筝柱。形容筝装饰华贵。素手：洁白的手。玉房：闺房的美称。

②"欲得"二句：为了得到周郎的眷顾，故意常常拨错弦。《三国志·吴志·周瑜传》记载，周瑜精通音律，听人奏曲有误，就回头向那人望一眼示意。当时人说："曲有误，周郎顾。"二句化用此典。

韦应物

韦应物（737—790?），字义博，京兆杜陵（今陕西西安）人。唐代山水田园派诗人。

寄李儋元锡

去年花里逢君别，今日花开又一年。
世事茫茫难自料，春愁黯黯独成眠。
身多疾病思田里，邑有流亡愧俸钱。[①]
闻道欲来相问讯，西楼望月几回圆。[②]

注释 李儋元锡：李儋（dān），字元锡，时任殿中侍御史，是韦应物的诗交好友。

①思田里：想归隐的意思。邑：指自己所管辖的地区。
②问讯：探望。

滁州西涧

独怜幽草涧边生，上有黄鹂深树鸣。
春潮带雨晚来急，野渡无人舟自横。

注释　滁州：在今安徽滁州西。西涧：在滁州城西，俗称上马河。

卢纶

卢纶（739—799），字允言，河中蒲州（今山西永济）人。"大历十才子"之一。

塞下曲

其二

林暗草惊风，将军夜引弓。^①
平明寻白羽，没在石棱中。^②

注释　《塞下曲》为汉乐府旧题，属《横吹曲辞》。此诗用汉代名将李广的典故，赞美将军的英武。这组诗共六首。

①引弓：拉弓。

②平明：清早。白羽：指箭羽。没：指箭射入很深。棱：棱角，指最刚硬的地方。

其三

月黑雁飞高，单于夜遁逃。
欲将轻骑逐，大雪满弓刀。

李益

李益（746—829），字君虞，陇西姑臧（今甘肃武威）人。唐代诗人，以边塞诗著称。

夜上受降城闻笛

回乐峰前沙似雪，受降城外月如霜。[1]
不知何处吹芦管，一夜征人尽望乡。[2]

注释 唐代有东、中、西三个受降城，这里指灵州（今甘肃灵武）的西受降城。

[1] 回乐峰：回乐县附近的山峰。回乐县故城在今甘肃灵武市西南。

[2] 芦管：指笛子。

江南曲

嫁得瞿塘贾，朝朝误妾期。^①
早知潮有信，嫁与弄潮儿。^②

注释　江南曲：乐府《相和歌》曲名。这是一首拟乐府诗歌。
①瞿塘贾：在长江上游一带做买卖的商人。贾：商人。
②潮有信：潮水涨落有一定时间规律，叫做"潮信"。

王建

王建（765—830），字仲初，许州颍川（今河南许昌）人。唐代诗人，其乐府诗与张籍齐名。

新嫁娘词

其一

三日入厨下，洗手作羹汤。^①
未谙姑食性，先遣小姑尝。^②

注释 这组诗共三首。
①三日：古代风俗，新媳妇婚后三日须下厨房做饭菜。
②"未谙"句：意思是还不熟悉婆婆的口味。谙：熟悉。姑：婆婆。小姑：丈夫的妹妹。

孟郊

孟郊（751—814），字东野，湖州武康（今浙江德清）人。长于五言古诗，与贾岛并称为"郊寒岛瘦"。

游子吟

慈母手中线，游子身上衣。
临行密密缝，意恐迟迟归。
谁言寸草心，报得三春晖。①

注释

①寸草：小草，比喻子女。三春晖：春天的阳光，比喻慈母之恩。

登科后

昔日龌龊不足夸，今朝放荡思无涯。^①
春风得意马蹄疾，一日看尽长安花。

注释 登科：唐朝实行科举制度，考中进士称为及第，经吏部复试
录取后授予官职称登科。

①龌龊（wò chuò）：原意是肮脏，这里指不如意的处境。不足
夸：不值得提起。放荡：这里是自由自在，不受约束的意思。思无涯：
兴致高。

杨巨源

杨巨源（约755—?），字景山，河中蒲州（今山西永济）人。唐代诗人。

城东早春

诗家清景在新春，绿柳才黄半未匀。①
若待上林花似锦，出门俱是看花人。②

注释　城：指唐代京城长安。
①诗家：诗人。清景：清秀美丽的景色。才黄：刚露出嫩黄的芽。
②上林：上林苑，故址在今陕西西安市西，建于秦代，诗中用来代指唐朝京城长安。

韩愈

韩愈（768—824），字退之，河南河阳（今河南孟州）人。自称"郡望昌黎"，世称"韩昌黎"。唐代古文运动的倡导者，被后人尊为"唐宋八大家"之首。

调张籍（节选）

李杜文章在，光焰万丈长。①
不知群儿愚，那用故谤伤。②
蚍蜉撼大树，可笑不自量。③
伊我生其后，举颈遥相望。④
夜梦多见之，昼思反微茫。⑤

注释 调：调侃，戏赠。张籍：字文昌，唐代诗人，是韩愈的大弟子。

①李杜：李白、杜甫。文章：此指诗篇。

②"不知"二句：一群后生小辈不知自己愚蠢，故意进行诽谤，又有何用！群儿：指诽谤李白、杜甫的人。

③蚍蜉（pí fú）：大蚂蚁。

④伊：语助词。

⑤微茫：模糊不清。

左迁至蓝关示侄孙湘

一封朝奏九重天，夕贬潮阳路八千。①
欲为圣明除弊事，肯将衰朽惜残年！②
云横秦岭家何在？雪拥蓝关马不前。③
知汝远来应有意，好收吾骨瘴江边。④

注释　元和十四年（819）正月，唐宪宗命人从凤翔法门寺迎佛骨入宫供养。韩愈时为刑部侍郎，进谏极言其弊，触怒宪宗，被贬为潮州刺史。此诗是途中所作。左迁：贬官。蓝关：在今陕西蓝田县东南。湘：韩愈侄孙。

①封：指谏书。九重天：指朝廷、皇帝。潮阳：今广东潮州。

②"欲为"二句：想替皇上除去有害的事，哪能因为衰老就吝惜残余的生命。圣明：指皇帝。肯：岂肯。

③拥：阻塞。

④应有意：应知我此去凶多吉少。瘴江边：瘴气弥漫的江流，指贬所潮州。

早春呈水部张十八员外

其一

天街小雨润如酥，草色遥看近却无。^①

最是一年春好处，绝胜烟柳满皇都。^②

注释　水部张十八员外：指张籍，在同族兄弟排行第十八，曾任水部员外郎。这组诗共二首。

①天街：京城街道。

②绝胜：远远胜过。皇都：指长安。

薛涛

薛涛（约768—832），字洪度，长安（今陕西西安）人。儿时因父亲被贬官而来到成都。十四岁其父染疫去世，十六岁成为乐伎。居浣花溪，创薛涛笺。与鱼玄机、李冶、刘采春并称唐代四大女诗人。

送友人

水国蒹葭夜有霜，月寒山色共苍苍。[1]
谁言千里自今夕，离梦杳如关塞长。[2]

注释

[1]水国：水乡。蒹葭：芦苇一类的植物。《诗经·秦风·蒹葭》："蒹葭苍苍，白露为霜。所谓伊人，在水一方。"后以"蒹葭"泛指思念异地友人。

[2]离梦：离别之人的梦。杳（yǎo）：远得不见踪影。

张籍

张籍（约766—约830），字文昌，和州（今安徽和县）人。其乐府诗与王建齐名，为新乐府运动的倡导者之一。

节妇吟

寄东平李司空师道

君知妾有夫，赠妾双明珠。
感君缠绵意，系在红罗襦。①
妾家高楼连苑起，良人执戟明光里。②
知君用心如日月，事夫誓拟同生死。
还君明珠双泪垂，恨不相逢未嫁时。

注释 李司空师道：李师道，时任平卢淄青节度使。此诗委婉表达作者忠于朝廷，不被藩镇高官拉拢、收买的决心。

①罗襦：丝质短袄。

②高楼连苑：耸立的高楼连接着园林。良人：丈夫。执戟：指守卫宫殿的门户。明光：本是汉代宫殿名，此指皇帝的官殿。

秋思

洛阳城里见秋风，欲作家书意万重。^①
复恐匆匆说不尽，行人临发又开封。^②

注释

①意万重：形容思绪万千。
②又开封：拆开已经封好的家书。

崔护

崔护（772—846），字殷功，博陵（今河北定州）人。唐代诗人。

题都城南庄

去年今日此门中，人面桃花相映红。
人面不知何处去，桃花依旧笑春风。

注释　都城：指京城长安。

刘禹锡

刘禹锡（772—842），字梦得，籍贯洛阳，生于河南荥阳。唐代文学家、哲学家、诗人，有"诗豪"之称。

西塞山怀古

王濬楼船下益州，金陵王气黯然收。①
千寻铁锁沉江底，一片降幡出石头。②
人世几回伤往事，山形依旧枕寒流。
今逢四海为家日，故垒萧萧芦荻秋。③

注释 西塞山：位于湖北黄石市东部长江南岸。

①王濬：西晋益州刺史。他受晋武帝命伐吴，造大船从成都出发，沿长江东下。楼船：战舰。益州：中国古地名，汉武帝设置的十三州之一。包含今四川、重庆、云南、贵州、陕西汉中和湖北、河南小部分及缅甸北部。

②"千寻"二句：吴国在长江险要处装上铁锁阻拦。王濬造大筏，用火炬烧毁了铁锁，战舰直抵石头城（今南京）下，吴主孙皓出降。寻：古代长度单位，八尺为一寻。

③"四海"二句：如今国家统一，旧时的壁垒早已荒芜。

酬乐天扬州初逢席上见赠

巴山楚水凄凉地，二十三年弃置身。[①]
怀旧空吟闻笛赋，到乡翻似烂柯人。[②]
沉舟侧畔千帆过，病树前头万木春。[③]
今日听君歌一曲，暂凭杯酒长精神。[④]

注释　唐敬宗宝历二年（826），刘禹锡从和州返回洛阳，途中在扬州遇到白居易。白居易在宴席上写了一首诗给他，他便写了这首诗酬答。乐天：白居易的字。

①弃置身：指遭受贬谪的诗人自己。

②闻笛赋：指西晋向秀的《思旧赋》。向秀的朋友嵇康、吕安因不满司马氏篡权而被杀害。后来，向秀经过嵇康、吕安的旧居，听到邻人吹笛，不禁悲从中来，于是作了《思旧赋》。刘禹锡借这个典故怀念已去世的王叔文、柳宗元。翻似：倒好像。烂柯人：指晋人王质。相传王质上山砍柴，见两个童子下棋，就停下观看。等到棋局终了，发现斧柄（柯）已朽烂。回到村里，才知道已过了一百年，同代人都已亡故。作者借这个典故表达世事沧桑，恍如隔世的心情。

③"沉舟"二句：诗人以沉舟、病树自比。

④歌一曲：指白居易的《醉赠刘二十八使君》。

秋词

其一

自古逢秋悲寂寥，我言秋日胜春朝。①
晴空一鹤排云上，便引诗情到碧霄。②

注释 这组诗共二首。

①悲寂寥：悲叹萧条空寂。宋玉《九辩》有"悲哉，秋之为气也"，"寂寥兮，收潦而水清"等句。

②排：推开，有冲破的意思。

竹枝词二首

其一

杨柳青青江水平，闻郎江上踏歌声。①
东边日出西边雨，道是无晴却有晴。②

注释 竹枝词：巴、渝民歌的一种。

①踏歌：一作"唱歌"。

②晴：与"情"谐音，一语双关。

竹枝词九首

其七

瞿塘嘈嘈十二滩，人言道路古来难。^①

长恨人心不如水，等闲平地起波澜。^②

注释

①嘈嘈：水的激流声。十二滩：言险滩之多，非确数。

②等闲：无端，平白地。

其九

山上层层桃李花，云间烟火是人家。

银钏金钗来负水，长刀短笠去烧畲。^①

注释

①银钏（chuàn）：银手镯。烧畲（shē）：指烧荒种地。

乌衣巷

朱雀桥边野草花，乌衣巷口夕阳斜。
旧时王谢堂前燕，飞入寻常百姓家。

注释 乌衣巷：在金陵（今南京）秦淮河南，距朱雀桥不远。曾是南朝世族王、谢两家的住宅区。

和乐天《春词》

新妆宜面下朱楼，深锁春光一院愁。①
行到中庭数花朵，蜻蜓飞上玉搔头。②

注释 此诗写宫怨闺情，别出心裁，富有韵味。
①宜面：脂粉和脸色很相宜。
②玉搔头：玉簪，可以用来搔头，故称。

望洞庭

湖光秋月两相和，潭面无风镜未磨。①
遥望洞庭山水色，白银盘里一青螺。②

注释

①和：指水色与月光互相辉映。潭面：指湖面。镜未磨：远望湖中景物，隐约不清，如同镜面没有打磨时照物模糊。

②山水色：一作"山水翠"。青螺：形容洞庭湖中的君山。

白居易

白居易（772—846），字乐天，号香山居士，祖籍山西太原，生于河南新郑。他是唐代伟大的现实主义诗人，是新乐府运动的主要倡导者。其诗歌题材广泛，形式多样，语言通俗易懂，有"诗王"之称。

卖炭翁

卖炭翁，伐薪烧炭南山中。
满面尘灰烟火色，两鬓苍苍十指黑。^①
卖炭得钱何所营？身上衣裳口中食。^②
可怜身上衣正单，心忧炭贱愿天寒。
夜来城外一尺雪，晓驾炭车辗冰辙。
牛困人饥日已高，市南门外泥中歇。
翩翩两骑来是谁？黄衣使者白衫儿。^③
手把文书口称敕，回车叱牛牵向北。^④
一车炭，千余斤，宫使驱将惜不得。^⑤
半匹红纱一丈绫，系向牛头充炭直。^⑥

注释

①烟火色：烟熏色的脸。

②何所营：做什么用。

③黄衣使者：指皇宫内的太监。白衫儿：指太监手下的爪牙。

④敕（chì）：皇帝的命令或诏书。叱：呵斥。

⑤驱：赶着走。将：语助词。

⑥系（jì）：打结。直：通"值"，价格。

长恨歌

汉皇重色思倾国，御宇多年求不得。①

杨家有女初长成，养在深闺人未识。

天生丽质难自弃，一朝选在君王侧。

回眸一笑百媚生，六宫粉黛无颜色。②

春寒赐浴华清池，温泉水滑洗凝脂。③

侍儿扶起娇无力，始是新承恩泽时。

云鬓花颜金步摇，芙蓉帐暖度春宵。④

春宵苦短日高起，从此君王不早朝。

承欢侍宴无闲暇，春从春游夜专夜。⑤

后宫佳丽三千人，三千宠爱在一身。

金屋妆成娇侍夜，玉楼宴罢醉和春。

姊妹弟兄皆列土，可怜光彩生门户。⑥

遂令天下父母心，不重生男重生女。

骊宫高处入青云，仙乐风飘处处闻。⑦

缓歌慢舞凝丝竹，尽日君王看不足。⑧

渔阳鼙鼓动地来，惊破霓裳羽衣曲。⑨
九重城阙烟尘生，千乘万骑西南行。⑩
翠华摇摇行复止，西出都门百余里。⑪
六军不发无奈何，宛转蛾眉马前死。⑫
花钿委地无人收，翠翘金雀玉搔头。⑬
君王掩面救不得，回看血泪相和流。
黄埃散漫风萧索，云栈萦纡登剑阁。⑭
峨眉山下少人行，旌旗无光日色薄。⑮
蜀江水碧蜀山青，圣主朝朝暮暮情。
行宫见月伤心色，夜雨闻铃肠断声。
天旋地转回龙驭，到此踌躇不能去。⑯
马嵬坡下泥土中，不见玉颜空死处。
君臣相顾尽沾衣，东望都门信马归。⑰
归来池苑皆依旧，太液芙蓉未央柳。⑱
芙蓉如面柳如眉，对此如何不泪垂？
春风桃李花开日，秋雨梧桐叶落时。
西宫南内多秋草，落叶满阶红不扫。⑲
梨园弟子白发新，椒房阿监青娥老。⑳
夕殿萤飞思悄然，孤灯挑尽未成眠。
迟迟钟鼓初长夜，耿耿星河欲曙天。㉑
鸳鸯瓦冷霜华重，翡翠衾寒谁与共？㉒
悠悠生死别经年，魂魄不曾来入梦。
临邛道士鸿都客，能以精诚致魂魄。㉓
为感君王辗转思，遂教方士殷勤觅。
排空驭气奔如电，升天入地求之遍。㉔
上穷碧落下黄泉，两处茫茫皆不见。㉕

忽闻海上有仙山，山在虚无缥缈间。
楼阁玲珑五云起，其中绰约多仙子。㉖
中有一人字太真，雪肤花貌参差是。㉗
金阙西厢叩玉扃，转教小玉报双成。㉘
闻道汉家天子使，九华帐里梦魂惊。㉙
揽衣推枕起徘徊，珠箔银屏迤逦开。㉚
云髻半偏新睡觉，花冠不整下堂来。㉛
风吹仙袂飘飖举，犹似霓裳羽衣舞。㉜
玉容寂寞泪阑干，梨花一枝春带雨。㉝
含情凝睇谢君王，一别音容两渺茫。㉞
昭阳殿里恩爱绝，蓬莱宫中日月长。㉟
回头下望人寰处，不见长安见尘雾。
惟将旧物表深情，钿合金钗寄将去。㊱
钗留一股合一扇，钗擘黄金合分钿。㊲
但教心似金钿坚，天上人间会相见。
临别殷勤重寄词，词中有誓两心知。
七月七日长生殿，夜半无人私语时。㊳
在天愿作比翼鸟，在地愿为连理枝。㊴
天长地久有时尽，此恨绵绵无绝期。

注释

①汉皇：借指玄宗。倾国：指绝色女子。御宇：驾御宇内，即统治天下。

②眸（móu）：本指瞳仁，泛指眼睛。六宫：古代后妃们住的地方。

③华清池：唐华清宫的温泉浴池，在今陕西临潼骊山北麓。凝脂：指细嫩滑润的皮肤。

④步摇：一种首饰，上有垂珠，插于头发上，动步则摇。春宵：新

婚之夜。

⑤专夜：专宠一人。

⑥列土：分封土地。可怜：可爱，值得羡慕。

⑦骊官：骊山华清官。

⑧凝丝竹：指弦乐器和管乐器伴奏出舒缓的旋律。

⑨"渔阳"句：指安禄山在范阳起兵叛乱。渔阳：郡名，辖今北京平谷和天津蓟县等地，当时属于平卢、范阳、河东三镇节度使安禄山的辖区。鼙（pí）鼓：古代军队中用的小鼓。霓裳羽衣曲：舞曲名，据说为唐开元年间西凉节度使杨敬述所献，经唐玄宗润色并作歌词，改用此名。

⑩九重：指皇帝居住的地方。宋玉《九辩》："君之门以九重"。烟尘生：指发生战事。

⑪翠华：皇帝的旗帜，上面装饰着翠羽。

⑫六军：指天子的军队。宛转：形容美人临死前哀怨缠绵的样子。蛾眉：古代美女的代称，此指杨贵妃。

⑬钿（diàn）：用金片做成的花朵形的装饰品。委地：丢弃在地上。翠翘：一种形似翡翠鸟尾的首饰。金雀：钗名。玉搔头：玉簪。

⑭云栈：高入云霄的栈道。萦纡（yíng yū）：萦回盘绕。剑阁：又称剑门关，在今四川剑阁县北，是由秦入蜀的要道。

⑮峨眉山：唐玄宗奔蜀途中并未经过峨眉山，这里泛指蜀中高山。

⑯天旋地转：指大局转变。回龙驭：指玄宗由蜀地返回长安。龙驭：皇帝的车驾。

⑰信马：任马行走而不加约制。

⑱太液：汉官中有太液池。未央：汉有未央官。此皆借指唐长安皇官。

⑲西官南内：皇官之内称为大内，西官即太极官，南内指兴庆官。

⑳梨园弟子：指玄宗当年训练的乐工舞女。椒房：后妃居住的官殿，以花椒和泥抹墙，故称。阿监：官中侍从女官。青娥：年轻的官女。

㉑耿耿：明亮。

㉒鸳鸯瓦：嵌合成对的瓦。霜华：霜花。翡翠衾：绣有翡翠鸟的被子。

㉓"临邛"句：说一个从临邛来长安的道士。临邛：今四川邛崃市。鸿都：东汉京都洛阳的宫门名。这里借指长安。

㉔排空驭气：即腾云驾雾。

㉕碧落：道家对天空的称呼。

㉖五云：五色祥云。绰约：体态轻盈柔美。

㉗太真：杨贵妃作女道士时号太真。参差（cēn cī）：差不多。

㉘扃（jiǒng）：门户。小玉：吴王夫差的小女儿。双成：传说中西王母的侍女。这里借指杨贵妃在仙山的侍女。

㉙九华帐：装饰极华美的帐子。

㉚珠箔：珠帘。银屏：饰银的屏风。迤逦：接连不断。

㉛新睡觉：刚睡醒。

㉜袂（mèi）：衣袖。

㉝阑干：纵横交错的样子，形容泪痕满面。

㉞凝睇（dì）：凝视。

㉟昭阳殿：汉成帝皇后赵飞燕所居宫殿，借指杨贵妃生前居住的宫殿。蓬莱宫：泛指仙宫。

㊱钿合：镶金银珠宝的盒子。

㊲"钗留"二句：把金钗、钿盒分成两半，自留一半。擘（bò）：分开。合分钿：盒子上镶着的饰物分为两半。

㊳长生殿：天宝元年造，又名集灵台，祭神的宫殿。

㊴比翼鸟：传说中的鸟名，雌雄并翅而飞。连理枝：两棵树的枝干相连。

琵琶行

浔阳江头夜送客，枫叶荻花秋瑟瑟。①

主人下马客在船，举酒欲饮无管弦。

醉不成欢惨将别，别时茫茫江浸月。

忽闻水上琵琶声，主人忘归客不发。

寻声暗问弹者谁？琵琶声停欲语迟。

移船相近邀相见，添酒回灯重开宴。

千呼万唤始出来，犹抱琵琶半遮面。

转轴拨弦三两声，未成曲调先有情。

弦弦掩抑声声思，似诉平生不得志。②

低眉信手续续弹，说尽心中无限事。③

轻拢慢捻抹复挑，初为《霓裳》后《六幺》。④

大弦嘈嘈如急雨，小弦切切如私语。⑤

嘈嘈切切错杂弹，大珠小珠落玉盘。

间关莺语花底滑，幽咽泉流冰下难。⑥

冰泉冷涩弦凝绝，凝绝不通声暂歇。

别有幽愁暗恨生，此时无声胜有声。

银瓶乍破水浆迸，铁骑突出刀枪鸣。⑦

曲终收拨当心画，四弦一声如裂帛。⑧

东船西舫悄无言，唯见江心秋月白。⑨

沉吟放拨插弦中，整顿衣裳起敛容。⑩

自言本是京城女，家在虾蟆陵下住。⑪

十三学得琵琶成，名属教坊第一部。⑫
曲罢曾教善才服，妆成每被秋娘妒。⑬
五陵年少争缠头，一曲红绡不知数。⑭
钿头银篦击节碎，血色罗裙翻酒污。⑮
今年欢笑复明年，秋月春风等闲度。
弟走从军阿姨死，暮去朝来颜色故。
门前冷落鞍马稀，老大嫁作商人妇。
商人重利轻别离，前月浮梁买茶去。⑯
去来江口守空船，绕船月明江水寒。
夜深忽梦少年事，梦啼妆泪红阑干。
我闻琵琶已叹息，又闻此语重唧唧。⑰
同是天涯沦落人，相逢何必曾相识！
我从去年辞帝京，谪居卧病浔阳城。⑱
浔阳地僻无音乐，终岁不闻丝竹声。
住近湓江地低湿，黄芦苦竹绕宅生。⑲
其间旦暮闻何物？杜鹃啼血猿哀鸣。
春江花朝秋月夜，往往取酒还独倾。
岂无山歌与村笛，呕哑嘲哳难为听。⑳
今夜闻君琵琶语，如听仙乐耳暂明。
莫辞更坐弹一曲，为君翻作《琵琶行》。㉑
感我此言良久立，却坐促弦弦转急。㉒
凄凄不似向前声，满座重闻皆掩泣。㉓
座中泣下谁最多？江州司马青衫湿。㉔

注释

①浔阳江：长江流经江西九江市北的一段，因九江古称浔阳，所以
又名浔阳江。荻：多年生草本植物，形状像芦苇，紫色花穗，生长在

水边。

②掩抑：形容弦声低徊。思：悲伤。

③信手：随手。续续：连续。

④拢：扣弦。捻：揉弦。抹：顺手下拨。挑：反手回拨。霓裳：即《霓裳羽衣曲》。六幺：大曲名，又叫《录要》《绿腰》。

⑤大弦：粗弦，低音弦。嘈嘈：低沉热闹。小弦：细弦，高音弦。切切：幽细声。

⑥间关：鸟声。冰下难：一作"水下滩"。

⑦"银瓶"二句：形容突然迸发出激昂的声音。

⑧拨：拨子，拨弦的工具。当心画：用拨子划过四弦，是一曲结束时常用的手法。

⑨舫：船。

⑩敛容：显出严肃的样子。

⑪虾（há）蟆陵：在长安东南，曲江附近。

⑫教坊：唐时长安设左右教坊，掌管乐伎教练歌舞。

⑬善才：曲师的通称。秋娘：指当时长安的著名乐伎。唐代乐伎多以"秋娘"为名，如谢秋娘、杜秋娘等。

⑭五陵：指汉代的长陵、安陵、阳陵、茂陵、平陵，都在长安附近。"五陵年少"：指长安富贵人家的子弟。缠头：古代舞女以锦缠头，所以用罗锦之类作为奖赏，叫"缠头"。绡（xiāo）：用生丝制成的纺织品。

⑮钿头银篦：两头镶着花钿的银篦子。击节：打拍子。

⑯浮梁：今江西浮梁县。

⑰唧唧：叹息声。

⑱浔阳：今江西九江市。

⑲溢江：源自江西瑞昌市清溢山，东流经九江入长江。黄芦：芦苇的一种。

⑳呕哑嘲（zhāo）哳（zhā）：指杂乱不悦耳的声音。

㉑翻作：按曲调写成歌词。

㉒良久：很久。却坐：退回原处重新坐下。

㉓向前：刚才。掩泣：掩着脸流泪。

㉔江州：唐朝的行政区划之一，州治在今江西九江市。

赋得古原草送别

离离原上草，一岁一枯荣。①
野火烧不尽，春风吹又生。
远芳侵古道，晴翠接荒城。②
又送王孙去，萋萋满别情。③

注释 赋得：借古人诗句或成语作诗，诗题前一般都冠以"赋得"二字。这是古代人学习作诗或文人聚会或科举考试时命题作诗的一种方式，称为"赋得体"。

①离离：茂盛浓密貌。

②"远芳"二句：远处芬芳的野草长到了古道上，阳光下一片碧绿连接荒城。侵：侵占，长满。

③王孙：泛指游子。语出《楚辞·招隐士》："王孙游兮不归，春草生兮萋萋。"这里指朋友。萋萋：草盛貌。

放言五首

其三

赠君一法决狐疑，不用钻龟与祝蓍。^①
试玉要烧三日满，辨材须待七年期。^②
周公恐惧流言日，王莽谦恭未篡时。^③
向使当初身便死，一生真伪复谁知？^④

注释 元和五年，白居易的好友元稹因得罪了权贵，被贬为江陵士
曹参军，写了五首《放言》诗，表达自己的心情。后来白居易被贬为江
州司马，写下了五首《放言》奉和。

①君：指元稹。狐疑：狐性多疑，故称遇事犹豫不决为狐疑。钻
龟：钻龟壳后，看其裂纹以卜吉凶。祝蓍（shī）：用蓍草的茎进行占卜。

②"试玉"句：作者自注："真玉烧三日不热。""辨材"句：作者
自注："豫章木，生七年而后知。"豫章木即枕木和樟木。

③"周公"二句：用周公、王莽的故事，说明真伪邪正，日久可
验。周公辅佐成王时，有些人曾怀疑他有篡权的野心。后来事实证明周
公对成王一片赤诚。王莽在篡夺政权之前假装谦恭，历史证明，他的谦
恭是伪装。

④向使：假如。

钱塘湖春行

孤山寺北贾亭西，水面初平云脚低。[①]
几处早莺争暖树，谁家新燕啄春泥。[②]
乱花渐欲迷人眼，浅草才能没马蹄。[③]
最爱湖东行不足，绿杨阴里白沙堤。[④]

注释 钱塘湖：即西湖。

[①]孤山：在西湖的里湖和外湖之间。贾亭：唐贞元年间，贾全做杭州刺史，筑亭于西湖，名贾亭，后废。水面初平：春水初涨，湖面波平。云脚：指低垂的云。

[②]暖树：向阳的树。

[③]乱花：各色各样的花。

[④]不足：不够，不厌。

问刘十九

绿蚁新醅酒，红泥小火炉。[①]
晚来天欲雪，能饮一杯无？[②]

注释 刘十九：名不详。

[①]绿蚁：酒面上的泡沫。醅（pēi）：未过滤的酒。

[②]无：否。

池上

小娃撑小艇，偷采白莲回。
不解藏踪迹，浮萍一道开。①

注释

①不解：不知道。

大林寺桃花

人间四月芳菲尽，山寺桃花始盛开。
长恨春归无觅处，不知转入此中来。

注释　大林寺：在庐山大林峰，相传为晋代僧人昙诜所建。

暮江吟

一道残阳铺水中，半江瑟瑟半江红。^①
可怜九月初三夜，露似真珠月似弓。^②

注释

①瑟瑟：碧绿。

②可怜：可爱。真珠：珍珠。

杨柳枝词

一树春风千万枝，嫩于金色软于丝。
永丰西角荒园里，尽日无人属阿谁?^①

注释 杨柳枝词：又名《杨柳》《柳枝》，本是唐教坊曲名，中唐之后，此词均作七绝。此篇通过一树繁茂的垂柳生长不得其地的寂寞，抒发对当时政治腐败、人才埋没的感慨。

①永丰：永丰坊，唐代东都洛阳坊名。阿谁：何人。

崔郊

崔郊（生卒年不详），唐宪宗元和年间秀才、诗人。

赠去婢

公子王孙逐后尘，绿珠垂泪滴罗巾。[1]
侯门一入深如海，从此萧郎是路人。[2]

注释 去：离开。据《全唐诗话》等记载：元和年间，秀才崔郊的姑母有一婢女，姿容秀丽，与崔郊相爱，后被卖给显贵于頔（dí）。崔郊念念不忘。后来婢女偶尔外出，与崔郊邂逅。崔郊百感交集写下这首诗。据说后来于頔读到此诗，便让崔郊把婢女领去，传为诗坛佳话。

[1]"公子"句：指公子王孙争相追求。绿珠：原是西晋富豪石崇的宠妾，后孙秀仗势向石崇索取，遭到拒绝，石崇因此被收下狱，绿珠也坠楼身亡。这里比喻被人夺走的婢女。

[2]侯门：指王公贵族的府邸。萧郎：美男或女子爱恋的男子的代称，这里是指作者自己。

李绅

李绅（772—846），字公垂，亳州谯县（今属安徽亳州）人。六岁丧父，随母迁居无锡。曾任宰相，是新乐府运动的重要诗人。

悯农二首

其一

春种一粒粟，秋收万颗子。
四海无闲田，农夫犹饿死。

其二

锄禾日当午，汗滴禾下土。
谁知盘中餐，粒粒皆辛苦。

柳宗元

柳宗元（773—819），字子厚，祖籍河东郡（今山西永济、芮城一带）。唐代文学家、思想家，他与韩愈共同领导了古文运动，为"唐宋八大家"之一。

渔翁

渔翁夜傍西岩宿，晓汲清湘燃楚竹。①
烟销日出不见人，欸乃一声山水绿。②
回看天际下中流，岩上无心云相逐。③

注释

①西岩：指永州境内的西山。汲：取水。清湘：清澈的湘江水。楚竹：当地古属楚国，故称楚竹。

②销：消散。欸（ǎi）乃：指桨声。

③下中流：由中流而下。无心：陶渊明《归去来兮辞》："云无心而出岫。"一般是表示庄子所说的那种物我两忘的境界。苏东坡认为此诗后两句可以去掉，刘辰翁等则认为后两句要保留。此后，关于此诗后两句当去当存，一直有两种意见。

登柳州城楼寄漳汀封连四州刺史

城上高楼接大荒，海天愁思正茫茫。^①

惊风乱飐芙蓉水，密雨斜侵薜荔墙。^②

岭树重遮千里目，江流曲似九回肠。^③

共来百粤文身地，犹自音书滞一乡。^④

注释　柳州：今属广西。漳州、汀州：今属福建。封州、连州：今属广东。刺史：州的行政长官。

①大荒：泛指荒凉边远地区。"海天"句：愁思如海如天一样茫茫无际。

②惊风：急风。乱飐（zhǎn）：猛烈吹动。飐：风吹使颤动。芙蓉：指荷花。薜荔：一种蔓生植物，也称木莲。

③重遮：层层遮住。

④共来：指和韩泰、韩晔、陈谏、刘禹锡四人同时被贬到南方边远地区。百粤：指五岭以南各少数民族地区。文身：古代南方少数民族有在身上刺花纹的习俗。文：通"纹"。犹自：仍是。滞：阻隔。

江雪

千山鸟飞绝，万径人踪灭。①
孤舟蓑笠翁，独钓寒江雪。②

注释

①万径：千万条路，这是虚指。径：小路。人踪：人的脚印。
②蓑笠：蓑衣和斗笠。

酬曹侍御过象县见寄

破额山前碧玉流，骚人遥驻木兰舟。①
春风无限潇湘意，欲采蘋花不自由。②

注释 侍御：侍御史。象县：今广西壮族自治区象州县。

①破额山：位于广西柳江县境内。碧玉：形容江水如碧玉之色。骚人：一般指文人墨客，此指曹侍御。木兰舟：古人常把木兰比喻成美好的事物。这里称朋友所乘之船为木兰舟，是赞美之意。

②"春风"句：表现作者怀念朋友之情。"欲采"句：感叹自己谪居的处境险恶，连采花赠友的自由都没有。蘋花：一作"苹花"。南朝柳恽《江南曲》："汀洲采白苹，日暮江南春。洞庭有归客，潇湘逢故人。"

元稹

元稹（779—831），字微之，洛阳人。唐代大臣、文学家，与白居易共同倡导新乐府运动，世称"元白"。

遣悲怀

其一

谢公最小偏怜女，自嫁黔娄百事乖。^①
顾我无衣搜荩箧，泥他沽酒拔金钗。^②
野蔬充膳甘长藿，落叶添薪仰古槐。^③
今日俸钱过十万，与君营奠复营斋。^④

注释 元和四年（809）作者原配韦氏卒，年仅 27 岁。这是他的悼亡诗，共三首。

①谢公：指谢安，东晋宰相，最爱侄女谢道蕴。韦氏的父亲韦夏卿的官位也很高，所以借"谢公"作比。这句本意是"谢公偏怜最小女"，因平仄的缘故而颠倒。黔娄：春秋齐国的贫士。这里是作者自喻。乖：不顺。

②荩箧（jìn qiè）：草编的箱子。箧：小箱子。泥：缠，央求。

③充膳：当饭。藿（huò）：豆叶，嫩时可食。
④营奠：设酒食而祭奠。营斋：为死者祈冥福而施斋食于僧人。

其二

昔日戏言身后意，今朝都到眼前来。①
衣裳已施行看尽，针线犹存未忍开。②
尚想旧情怜婢仆，也曾因梦送钱财。③
诚知此恨人人有，贫贱夫妻百事哀。

注释

①身后意：关于死后的设想。
②行看尽：眼看快要完了。
③"也曾"句：也曾因为梦见你为你送去钱财。

行宫

寥落古行宫，宫花寂寞红。①
白头宫女在，闲坐说玄宗。②

注释 行宫：古代供帝王出行时居住的宫室。这里指当时东都洛阳
的上阳宫。

①寥落：寂寞，冷落。"宫花"句：行宫里的花朵开得鲜艳，但无
人欣赏。

②"白头"句：据白居易《上阳白发人》诗中描述，一些宫女天

宝末年被"潜配"到上阳宫,在这冷宫中幽闭四十多年,成了白发官女。

菊花

秋丛绕舍似陶家,遍绕篱边日渐斜。①
不是花中偏爱菊,此花开尽更无花。

注释

①秋丛:指丛丛秋菊。陶家:陶渊明的家。

离思

其四

曾经沧海难为水,除却巫山不是云。
取次花丛懒回顾,半缘修道半缘君。①

注释 这组诗共五首。

①取次:草草,随意。这里是匆匆经过的意思。花丛:借喻美女众多处。修道:指修道之人讲究清心寡欲。君:指作者的妻子韦丛。

贾岛

贾岛（779—843），字阆仙，幽州范阳（今河北涿州）人。初出家为僧，名无本，后还俗，是著名的"苦吟诗人"。

忆江上吴处士

闽国扬帆去，蟾蜍亏复圆。[①]
秋风生渭水，落叶满长安。
此地聚会夕，当时雷雨寒。
兰桡殊未返，消息海云端。[②]

注释

①闽国：指今福建一带。蟾蜍（chán chú）：癞蛤蟆。神话传说月亮中有蟾蜍，这里代指月亮。

②兰桡：用木兰做的船桨，这里代指船。殊：犹。海云端：海边。

剑客

十年磨一剑，霜刃未曾试。①
今日把示君，谁有不平事?②

注释 剑客：行侠仗义之人。
①霜刃：形容剑锋寒光闪闪。
②把示君：拿给您看。

寻隐者不遇

松下问童子，言师采药去。
只在此山中，云深不知处。

张祜 （hù）

张祜（约785—849），字承吉，清河（今河北清河）人。唐代诗人。

宫词

其一

故国三千里，深宫二十年。①
一声何满子，双泪落君前。②

注释　这组诗共二首。

①故国：故乡。此指宫女的家乡。

②何满子：唐教坊曲名，曲调悲绝。白居易《何满子》诗中说："一曲四词歌八叠，从头便是断肠声。"君：君王，指唐武宗。

题金陵渡

金陵津渡小山楼，一宿行人自可愁。^①
潮落夜江斜月里，两三星火是瓜州。^②

注释

①金陵渡：在今江苏镇江附近。津：渡口。宿：过夜。行人：旅客，指作者自己。可：当。

②斜月：下半夜偏西的月亮。星火：形容远处三三两两像星星一样的火光。瓜州：在长江北岸，与镇江隔江相对。

朱庆馀

朱庆馀（生卒年不详），名可久，字庆馀，以字行。越州（今浙江绍兴）人。唐代诗人。

近试上张水部

洞房昨夜停红烛，待晓堂前拜舅姑。^①
妆罢低声问夫婿，画眉深浅入时无？^②

注释　张水部：即张籍，曾任水部员外郎。
①停红烛：让红烛通宵点着。停：留置。舅姑：公婆。
②入时无：是否时髦。这里借喻文章是否合时宜。

李贺

李贺（791—817），字长吉，祖籍陇西成纪（今甘肃秦安），生长在福昌（今河南宜阳）。其诗想象丰富，立意新奇，构思精巧，用词瑰丽，被后人誉为"诗鬼"。李贺是屈原、李白之后，中国文学史上又一位颇享盛誉的浪漫主义诗人。

李凭箜篌引

吴丝蜀桐张高秋，空山凝云颓不流。①
江娥啼竹素女愁，李凭中国弹箜篌。②
昆山玉碎凤凰叫，芙蓉泣露香兰笑。③
十二门前融冷光，二十三丝动紫皇。④
女娲炼石补天处，石破天惊逗秋雨。⑤
梦入神山教神妪，老鱼跳波瘦蛟舞。⑥
吴质不眠倚桂树，露脚斜飞湿寒兔。⑦

注释 李凭：当时著名的宫廷乐师。箜篌引：乐府相和歌旧题。

①吴丝、蜀桐：说箜篌制作精美。吴地的优质蚕丝做琴弦，蜀地的桐木制琴。张：开。这里指开始弹奏。高秋：天高气爽的秋天。"空山"句：是说空山浮云也为琴声所吸引而不流动了。

②江娥：一作"湘娥"。素女：传说中的神女。这句是说乐声使江

娥、素女都感动了。中国：国之中央，指京城。

③昆山：昆仑山。玉碎：形容乐音清脆。凤凰叫：形容乐音优美。
"芙蓉"句：形容乐音时而低回，时而轻快。

④十二门：长安城东西南北每一面各三座城门，共十二门。紫皇：
道教称天上最尊的神为紫皇。这里指皇帝。

⑤"石破"句：补天的五色石被乐音震破，引来一场秋雨。
逗：引。

⑥"梦入"句：说李凭在梦中将他的绝艺教给神仙。后面几句说惊
动了仙界。老鱼跳波：鱼随着音乐跳跃。

⑦吴质：即吴刚。相传吴刚受天帝惩罚到月宫砍伐桂树，但桂树随
砍随合，所以吴刚伐桂永无止息。露脚：露珠。寒兔：传说月中有玉兔。

雁门太守行

黑云压城城欲摧，甲光向日金鳞开。①
角声满天秋色里，塞上燕脂凝夜紫。②
半卷红旗临易水，霜重鼓寒声不起。③
报君黄金台上意，提携玉龙为君死。④

注释 雁门太守行：乐府《相和歌瑟调曲》名。

①"黑云"二句：上句写危城将破时沉重的气氛。下句写敌军兵临
城下的气势。甲光：铠甲在阳光下发出的闪光。金鳞：形容铠甲闪光如
金色的鳞片。

②"角声"二句：写两军激战的惨烈。燕脂、夜紫：暗指战场上的
血迹。燕脂：胭脂，深红色。

③易水：在今河北易县境。

④黄金台：战国时燕昭王筑黄金台招揽天下之士。故址在今北京大兴区东南。玉龙：指剑。

金铜仙人辞汉歌

茂陵刘郎秋风客，夜闻马嘶晓无迹。①
画栏桂树悬秋香，三十六宫土花碧。②
魏官牵车指千里，东关酸风射眸子。③
空将汉月出宫门，忆君清泪如铅水。④
衰兰送客咸阳道，天若有情天亦老。⑤
携盘独出月荒凉，渭城已远波声小。⑥

注释 三国时魏明帝想求长生不老之药，听说汉武帝建神明台，上立铜人，手捧承露盘接取露水，和药饮以求长生。于是命人从长安拆移铜人，传说铜人下泪。李贺此诗借这个故事，抒发对唐宪宗大兴土木，追求长生不老的不满。

①茂陵：汉武帝的陵墓。刘郎：指汉武帝。秋风客：悲秋之人。汉武帝曾作《秋风辞》："欢乐极兮哀情多，少壮几时奈老何？""夜闻"句：传说汉武帝的魂魄出入汉宫，有人曾在夜里听到他坐骑的嘶鸣。

②"画栏"二句：形容汉代遗宫的荒凉，桂树上空飘着秋香，宫苑里长满青苔，人迹稀少。土花：青苔。

③东关：东边的城门。酸风：指刺骨的寒风。

④"空将"二句：是说铜人离开汉宫时，只有月亮相随，回想起往日的君主，眼泪像铅水一样沉重冰凉。将：与。君：指汉武帝。

⑤衰兰：指汉宫衰谢了的兰草。

⑥渭城：秦都咸阳，汉改为渭城县。此代指长安。

致酒行

零落栖迟一杯酒，主人奉觞客长寿。^①

主父西游困不归，家人折断门前柳。^②

吾闻马周昔作新丰客，天荒地老无人识。^③

空将笺上两行书，直犯龙颜请恩泽。^④

我有迷魂招不得，雄鸡一声天下白。^⑤

少年心事当拏云，谁念幽寒坐呜呃。^⑥

注释 致酒：劝酒。

①零落：飘零落魄。栖迟：漂泊淹留。"主人"句：说主人举杯祝客健康。

②"主父"二句：这二句和以下四句都是主人劝勉的话。说像主父偃这些名人也是先不得志，后来才功成名就。主父偃：汉武帝时大臣，出身贫寒。

③马周：唐太宗时宰相。小时候就成为孤儿，家境贫寒。后西游长安，住在新丰一个旅店里，受到冷遇。

④空：只。两行书：指马周给唐太宗的上书。龙颜：皇上。

⑤"我有"二句：是说自己一直迷途不悟，听了主人的话，如梦初醒。

⑥拏云：即凌云。拏：是"拿"的异体字。呜呃：悲叹。

梦天

老兔寒蟾泣天色，云楼半开壁斜白。①
玉轮轧露湿团光，鸾佩相逢桂香陌。②
黄尘清水三山下，更变千年如走马。③
遥望齐州九点烟，一泓海水杯中泻。④

注释 这首诗写梦入月宫的情景。

①泣天色：指月光冷清，像蟾蜍、玉兔在哭泣。云楼：云层。壁斜白：指月光斜照。

②玉轮：指月亮。轧（yà）：轮或轴压在上面转。团光：指满月的光辉。鸾佩：刻着鸾凤的玉佩。这里指系着鸾佩的仙女。桂香陌：指月中的道路。

③"黄尘"二句：是说人世千年沧桑变迁，在天上不过是快如走马的一瞬。黄尘：指陆地。清水：指沧海。三山下：指人间，传说海上有蓬莱、方丈、瀛洲三神山。

④"遥望"二句：想象从天上下望中国所见：九州像九点烟尘浮动，那一汪清浅的海水像是从杯中倾泻。齐州：指中国。古代分为九州，所以说"九点烟"。一泓：指清水一道或一片。

马诗

其五

大漠沙如雪，燕山月似钩。
何当金络脑，快走踏清秋。①

注释 这组诗共 23 首。

① "何当"二句：何时才能受到皇帝的赏识，给我这匹骏马佩戴上黄金打造的辔头，让我在秋天的战场上驰骋，立下功劳呢？金络脑：用黄金装饰的马笼头。

南园

其一

花枝草蔓眼中开，小白长红越女腮。①
可怜日暮嫣香客，嫁与春风不用媒。②

注释 这组诗共 13 首。

①"小白"句：指各种颜色的花红红白白，像西施故乡的美女一样漂亮。

②嫣香：娇艳芳香，指花。"嫁与"句：随着春风飞舞，像草草出嫁的女儿连媒人也不用。

其五

男儿何不带吴钩，收取关山五十州。①
请君暂上凌烟阁，若个书生万户侯?②

注释

①吴钩：春秋时期流行的一种弯刀，用青铜铸成。

②"请君"二句：请你登上凌烟阁看看，又有哪个书生被封为万户侯呢？凌烟阁：唐太宗为表彰功臣而建的殿阁。若个：哪个。

许浑

许浑（约791—约858），字用晦，润州丹阳（今江苏丹阳）人。一生专作律体，以怀古、田园诗为佳。

咸阳城东楼

一上高城万里愁，蒹葭杨柳似汀洲。①
溪云初起日沉阁，山雨欲来风满楼。②
鸟下绿芜秦苑夕，蝉鸣黄叶汉宫秋。③
行人莫问当年事，故国东来渭水流。④

注释　咸阳：秦都城。

①"一上"二句：登上高楼，万里乡愁油然而生，眼前的芦苇杨柳就像江南汀洲。蒹葭：芦苇。汀洲：水边沙洲。

②"溪云"句：作者自注："南进磻溪，西对慈福寺阁。"

③"鸟下"二句：夕阳下，飞鸟落至杂草丛生的秦苑中，秋蝉在挂着黄叶的汉宫旧址上鸣叫。

④当年：一作"前朝"。

徐凝

徐凝（生卒年不详），睦州（今浙江桐庐）人。唐代诗人。

忆扬州

萧娘脸薄难胜泪，桃叶眉头易觉愁。[①]
天下三分明月夜，二分无赖是扬州。[②]

注释

①萧娘：南朝以来，诗词中男子所恋的女子常被称为萧娘，女子所恋的男子常被称为萧郎。脸薄：容易害羞，这里形容女子娇美。桃叶：原指晋代王献之爱妾名。这里指思念的佳人。眉头：一作"眉尖"。

②无赖：本意是可爱，反说它无赖。杜甫《奉陪郑驸马韦曲二首》有"韦曲花无赖，家家恼杀人"句。陆游诗："江水不胜绿，梅花无赖香。"均是可爱、可喜的意思。

杜牧

杜牧（803—853），字牧之，京兆万年（今陕西西安）人。他的诗歌风格豪爽清丽，独树一帜，是晚唐诗歌的又一高峰。

九日齐山登高

江涵秋影雁初飞，与客携壶上翠微。①
尘世难逢开口笑，菊花须插满头归。
但将酩酊酬佳节，不用登临恨落晖。②
古往今来只如此，牛山何必独沾衣。③

注释 九日：农历九月九日重阳节。齐山：在今安徽贵池。杜牧在武宗会昌年间曾任池州刺史。

①翠微：代指山。

②酩酊（mǐng dǐng）：大醉。登临：登高临远，指游览山水。

③牛山：山名，在今山东淄博。春秋时期齐景公登上牛山，感到人终有一死而悲哀落泪。后遂以"牛山悲"比喻为人生短暂而悲叹。

江南春

千里莺啼绿映红，水村山郭酒旗风。①
南朝四百八十寺，多少楼台烟雨中。②

注释

①郭：外城，此处指城镇。

②"南朝"句：南朝帝王贵族多好佛，修建了许多寺院。四百八十
是虚数，言其多。楼台：楼阁亭台，此处指寺院建筑。

将赴吴兴登乐游原一绝

清时有味是无能，闲爱孤云静爱僧。①
欲把一麾江海去，乐游原上望昭陵。②

注释　吴兴：今浙江湖州。乐游原：在长安城南，地势较高，是当
时的游览胜地。

①"清时"句：清平时代，自己却有这份闲趣，足见是无能而不被
重视。这是牢骚语。

②把：持。麾（huī）：指挥用的旗帜。这里是指任刺史的符信。湖
州在江南靠海边，所以说"江海去"。"乐游"句：表现对盛世的向往，
也就是对时政的不满。昭陵：唐太宗的陵墓。

赤壁

折戟沉沙铁未销，自将磨洗认前朝。①
东风不与周郎便，铜雀春深锁二乔。②

注释

①折戟：折断的戟。戟：古代的兵器。将：拿起。认前朝：认出是三国时期的遗物。

②东风：指三国时期的战役火烧赤壁。周郎：周瑜。铜雀：铜雀台。曹操在今河北临漳县建造了一座楼台，楼顶有大铜雀，台里住了很多美女，是曹操暮年行乐处。二乔：东吴乔公的两个女儿，大乔嫁给孙策，小乔嫁给周瑜。

泊秦淮

烟笼寒水月笼沙，夜泊秦淮近酒家。
商女不知亡国恨，隔江犹唱后庭花。①

注释 秦淮：秦淮河。

①商女：以卖唱为生的歌女。后庭花：歌曲《玉树后庭花》的简称。南朝陈后主溺于声色，作此曲与后宫美女寻欢作乐，终致亡国，后世称此曲为"亡国之音"。

题乌江亭

胜败兵家事不期，包羞忍辱是男儿。^①

江东子弟多才俊，卷土重来未可知。^②

注释 乌江亭：在今安徽和县东北的乌江浦，相传为项羽自刎之处。

①不期：难以预料。包羞忍辱：能够忍受屈辱。

②江东：自汉至隋唐，称安徽芜湖以下的长江南岸地区为江东。才俊：才能出众的人。

寄扬州韩绰判官

青山隐隐水迢迢，秋尽江南草未凋。^①

二十四桥明月夜，玉人何处教吹箫。^②

注释 韩绰：生平事迹不详。

①草未凋：一作"草木凋"。

②二十四桥：在扬州城西门外。传说古时有二十四个美女在此吹箫，故名。一说是当时扬州城内桥梁的总称。玉人：貌美之人，指韩绰。教：使，令。

赠别二首

其一

娉娉袅袅十三余，豆蔻梢头二月初。①
春风十里扬州路，卷上珠帘总不如。②

注释

①娉娉袅袅：形容女子体态轻盈美好。豆蔻：据《本草》载，豆蔻花生于叶间，南人取其未大开者，谓之含胎花，常用来比喻处女。

②"春风"二句：说繁华的扬州十里长街上，歌楼舞榭、珠帘翠幕中有多少佳人，但都不如这位少女美丽动人。

其二

多情却似总无情，惟觉樽前笑不成。①
蜡烛有心还惜别，替人垂泪到天明。

注释

①"多情"句：意思是多情人满腔情绪，一时无法表达，只能无言相对，倒似彼此无情。

遣怀

落魄江湖载酒行，楚腰纤细掌中轻。^①
十年一觉扬州梦，赢得青楼薄幸名。^②

注释 遣怀：排遣情怀。

①"落魄"句：作者早年在洪州、宣州、扬州等地做幕僚，一直不得意，故云"落魄江湖"。载酒行：装运着酒漫游。楚腰：指美女的细腰。掌中轻：传说赵飞燕身体轻盈，能在掌上翩翩起舞。

②薄幸：薄情。

山行

远上寒山石径斜，白云生处有人家。^①
停车坐爱枫林晚，霜叶红于二月花。^②

注释

①"远上"句：弯曲的石头小路远远地伸向深秋的山巅。生：一作"深"。

②坐：因为。

秋夕

银烛秋光冷画屏，轻罗小扇扑流萤。①
天阶夜色凉如水，坐看牵牛织女星。②

注释 这首诗写失意宫女的孤独生活和凄凉心情。

①银烛：银色而精美的蜡烛。画屏：画有图案的屏风。轻罗小扇：
轻巧的丝质团扇。

②天阶：指皇宫里的石阶。坐：一作"卧"。

清明

清明时节雨纷纷，路上行人欲断魂。①
借问酒家何处有，牧童遥指杏花村。②

注释

①欲断魂：神情凄迷不乐。
②杏花村：杏花深处的村庄。

李商隐

李商隐（812—858），字义山，怀州河内（今河南沁阳）人。他是唐代刻意追求诗美的诗人。其诗善于用典，构思新奇，风格绮丽。尤其是一些无题诗写得缠绵悱恻，优美动人，广为传诵。

晚晴

深居俯夹城，春去夏犹清。①
天意怜幽草，人间重晚晴。②
并添高阁迥，微注小窗明。③
越鸟巢干后，归飞体更轻。④

注释

①夹城：城门外的曲城。

②幽草：幽暗地方的小草。

③并：更。高阁：指诗人住的楼阁。迥：高远。此句是说，久雨晚晴，在楼阁之上眺望，视线更遥远。微注：夕阳照进窗户，光线微弱柔和。

④越鸟：南方的鸟。

锦瑟

锦瑟无端五十弦，一弦一柱思华年。[1]
庄生晓梦迷蝴蝶，望帝春心托杜鹃。[2]
沧海月明珠有泪，蓝田日暖玉生烟。[3]
此情可待成追忆，只是当时已惘然。[4]

注释

[1]锦瑟：装饰华美的瑟。无端：何故。

[2]"庄生"二句：写生死变化的不测和悼亡的悲痛。"迷蝴蝶"：一天，庄周梦见自己变成了蝴蝶，翩翩起舞，非常快乐，不知道自己是庄周。一会儿梦醒，发现自己还是僵卧在床的庄周。不知道是庄周做梦变成了蝴蝶，还是蝴蝶做梦变成了庄周。望帝：周末蜀王杜宇，号望帝，相传他死后魂魄化为啼血的杜鹃鸟。

[3]珠有泪：相传南海中有鲛人，哭泣出珠。蓝田：山名，在今陕西蓝田县东南，出美玉，又名玉山。

[4]惘然：若有所失的样子。

无题二首

其一

昨夜星辰昨夜风，画楼西畔桂堂东。①
身无彩凤双飞翼，心有灵犀一点通。②
隔座送钩春酒暖，分曹射覆蜡灯红。③
嗟余听鼓应官去，走马兰台类转蓬。④

注释

①画楼、桂堂：华丽的楼堂。

②灵犀：传说犀牛有灵异，角中有白纹如线，直通两头。

③送钩：古代的一种游戏，分成两组，把钩互相传送后，藏于一人手中，让对方猜。分曹：分组。射覆：把东西盖在器皿下面让人猜，也是古代的一种游戏。射：猜。

④鼓：更鼓。应官：即上班。兰台：即秘书省，掌管图书秘籍。李商隐曾任秘书省正字。

无题

相见时难别亦难，东风无力百花残。

春蚕到死丝方尽，蜡炬成灰泪始干。

晓镜但愁云鬓改，夜吟应觉月光寒。

蓬山此去无多路，青鸟殷勤为探看。①

注释

①蓬山：即蓬莱山，神话传说中的神山名。青鸟：传说中的青鸟是有三足的神鸟，是西王母的使者。古诗中常常用来指爱情的信使。

乐游原

向晚意不适，驱车登古原。①

夕阳无限好，只是近黄昏。

注释

①向晚：傍晚。意不适：心里不舒服。古原：指乐游原。

夜雨寄北

君问归期未有期，巴山夜雨涨秋池。[①]
何当共剪西窗烛，却话巴山夜雨时。[②]

注释 这是作者寄给妻子的诗。当时诗人在巴蜀，妻子在长安，所以说"寄北"。

①巴山：泛指巴蜀之地。

②何当：何时能够。剪：修剪烛芯。却：再。

代赠二首

其一

楼上黄昏欲望休，玉梯横绝月如钩。[①]
芭蕉不展丁香结，同向春风各自愁。[②]

注释

①玉梯横绝：华美的楼梯横断，无由得上。喻指情人被阻，不能来此相会。

②芭蕉不展：芭蕉的蕉心没有展开。丁香结：本指丁香花蕾，丛生

如结，此处用以象征不解之愁。

绝句

韩冬郎即席为诗相送，一座尽惊。他日余方追吟"连宵侍坐裴回久"之句，有老成之风，因成二绝寄酬，兼呈畏之员外。①

其一

十岁裁诗走马成，冷灰残烛动离情。②
桐花万里丹山路，雏凤清于老凤声。③

注释

①韩冬郎：韩偓，是李商隐的连襟韩瞻的儿子。畏之：韩瞻的字。
②裁诗：作诗。走马成：文思敏捷，走马之间即可成章。"冷灰"句：饯别宴会即将结束时的情景。
③桐：梧桐，传说凤凰非梧桐不宿。丹山：传说为凤凰产地。"雏凤"句：此句为戏谑韩瞻，并称赞其子韩偓的诗。

嫦娥

云母屏风烛影深，长河渐落晓星沉。①
嫦娥应悔偷灵药，碧海青天夜夜心。②

①云母：云母石，一种矿物，能分解成透明的可以弯曲薄片。长河：银河。

②灵药：指长生不老药。

贾生

宣室求贤访逐臣，贾生才调更无伦。^①

可怜夜半虚前席，不问苍生问鬼神。^②

注释 贾生：指贾谊。

①宣室：汉代长安城中未央宫前殿的正室。逐臣：被放逐之臣，指贾谊曾被贬谪。才调：才华格调。

②可怜：可惜。虚：徒然。前席：在坐席上移膝靠近对方。苍生：百姓。

温庭筠

温庭筠（812—866），原名岐，字飞卿，太原祁县（今属山西）人。文思敏捷，命题作诗，八叉手而成八韵，故有"温八叉"之称。其诗辞藻华丽，多写闺情。他精通音律，词作成就更高，被尊为"花间派"的鼻祖。

商山早行

晨起动征铎，客行悲故乡。①
鸡声茅店月，人迹板桥霜。
槲叶落山路，枳花明驿墙。②
因思杜陵梦，凫雁满回塘。③

注释　商山：又名尚阪、楚山，在今陕西山阳县与丹凤县之间。
①动征铎（duó）：响起出行的车马铃铛声。
②槲（hú）：落叶乔木。枳（zhǐ）：也叫臭橘，一种落叶灌木或小乔木，春天开白花，果实似橘而小，可作中药。
③凫（fú）：野鸭。回塘：岸边曲折的池塘。此句是梦中情景。

过分水岭

溪水无情似有情，入山三日得同行。

岭头便是分头处，惜别潺湲一夜声。

注释 分水岭：一般指两个流域分界的山。这里是指今陕西略阳县东南的嶓（bō）冢山，它是汉水和嘉陵江的分水岭。

陈陶

陈陶（约812—885），字嵩伯，岭南（今两广一带）人。唐代诗人。

陇西行

誓扫匈奴不顾身，五千貂锦丧胡尘。①
可怜无定河边骨，犹是春闺梦里人。②

注释 陇西行：乐府《相和歌·瑟调曲》旧题。
①貂锦：汉代羽林军身穿貂裘锦衣，这里指将士。
②无定河：在今陕西北部。春闺：指战死者的妻子。

罗隐

罗隐（833—910），原名横，字昭谏，杭州新城（今属浙江杭州）人。晚唐诗人。

蜂

不论平地与山尖，无限风光尽被占。
采得百花成蜜后，为谁辛苦为谁甜？

黄巢

黄巢（820—884），曹州冤句（今山东菏泽）人，唐朝末年农民起义领袖。

题菊花

飒飒西风满院栽，蕊寒香冷蝶难来。
他年我若为青帝，报与桃花一处开。①

注释

①青帝：司春之神。古代传说中的五位天帝之一，住在东方，主行春天时令。

高蟾

高蟾（生卒年不详），渤海（今河北沧州）人。晚唐诗人。

下第后上永崇高侍郎

天上碧桃和露种，日边红杏倚云栽。①
芙蓉生在秋江上，不向东风怨未开。②

注释　下第：落第。永崇：唐代长安的坊名。高侍郎：指当时的礼部侍郎高湜。

①天上：指皇帝、朝廷。碧桃：传说中仙界的一种桃树。倚云：靠着云，形容极高。这两句既是对考中进士的人表示羡慕，也委婉地表达对借皇家权贵雨露之恩者的不满。

②芙蓉：荷花的别名。这里是作者以荷花自喻。

章碣

章碣（836—905），字丽山，睦州桐庐（今浙江桐庐）人。晚唐诗人。

焚书坑

竹帛烟销帝业虚，关河空锁祖龙居。[①]
坑灰未冷山东乱，刘项原来不读书。[②]

注释 焚书坑：秦始皇焚书之地，故址在今陕西临潼东南的骊山上。

[①]竹帛：代指书籍。关河：代指险固的地势。关：函谷关。河：黄河。祖龙：指秦始皇。

[②]山东：崤（xiáo）山以东，一说指太行山之东。即为秦始皇所灭的六国旧有之地。刘项：刘邦和项羽。

曹松

曹松（828—903），字梦徵，舒州（今安徽潜山）人。晚唐诗人。

己亥岁

其一

泽国江山入战图，生民何计乐樵苏。①
凭君莫话封侯事，一将功成万骨枯。

注释　己亥：为公元 879 年（唐僖宗乾符六年）的干支。这组诗共二首。

①泽国：指江汉与江南。樵苏：砍柴为"樵"，割草为"苏"。

金昌绪

金昌绪（生卒年不详），余杭（今浙江杭州）人。晚唐诗人。

春怨

打起黄莺儿，莫教枝上啼。
啼时惊妾梦，不得到辽西。①

注释

①辽西：古郡名，在今辽宁辽河以西的地方。指诗中女子的丈夫戍边之地。

鱼玄机

鱼玄机（生卒年不详），女，长安（今陕西西安）人。初名鱼幼薇，字蕙兰。唐代女诗人。

赠邻女

羞日遮罗袖，愁春懒起妆。[①]
易求无价宝，难得有心郎。
枕上潜垂泪，花间暗断肠。
自能窥宋玉，何必恨王昌。[②]

注释　韦縠《才调集》将这首诗直标为《寄李亿员外》。鱼玄机为补阙李亿妾，因李妻不能容，到长安咸宜观当道士。从诗意可见，此诗是鱼玄机在咸宜观当道士时写的，诗中表达了对李亿绝望后的心迹。

①"羞日"句：白天总是用衣袖遮住脸。遮罗袖：一作"障罗袖"。

②宋玉：战国时期楚辞赋家，屈原弟子。王昌：魏晋时期的美男子，唐人习惯用王昌代指美男子。此以王昌喻李亿。

杜荀鹤

杜荀鹤（约846—904），字彦之，自号九华山人。池州石埭（今安徽石台）人。晚唐诗人。

山中寡妇

夫因兵死守蓬茅，麻苎衣衫鬓发焦。[①]
桑柘废来犹纳税，田园荒后尚征苗。[②]
时挑野菜和根煮，旋斫生柴带叶烧。[③]
任是深山更深处，也应无计逃征徭。[④]

注释

①蓬茅：茅屋。麻苎（zhù）：即苎麻。鬓发焦：头发枯焦。
②柘：树木名，叶子可以喂蚕。征苗：征农业税。
③斫（zhuó）：砍。
④征徭：赋税和徭役。徭：劳役。

小松

自小刺头深草里，而今暂觉出蓬蒿。①

时人不识凌云木，直待凌云始道高。

注释

①刺头：指长满松针的小松树。

秦韬玉

秦韬玉（生卒年不详），字仲明，京兆长安（今陕西西安）人。晚唐诗人。

贫女

蓬门未识绮罗香，拟托良媒益自伤。[1]
谁爱风流高格调，共怜时世俭梳妆。[2]
敢将十指夸针巧，不把双眉斗画长。[3]
苦恨年年压金线，为他人作嫁衣裳。[4]

注释

①蓬门：用蓬草编扎的门，指穷人家。绮罗：丝绸制品。拟：打算。托良媒：拜托好的媒人。益：更加。

②俭梳妆：唐代流行的"时世妆"，又称"俭妆"，俭是"险"的通假，形容奇妆异服。

③针巧：针线活精美。斗：比较，竞赛。

④苦恨：非常懊恼。压金线：用金线绣花。"压"是刺绣的一种手法。

王驾

王驾（851—？），字大用，河中（今山西永济）人。晚唐诗人。

社日

鹅湖山下稻梁肥，豚栅鸡栖半掩扉。①
桑柘影斜春社散，家家扶得醉人归。

注释 社日：古代祭祀土地神的节日，春秋各一次，称为春社和秋社。

①鹅湖山：在今江西铅山县境内。豚栅：猪栏。鸡栖：鸡窝。扉：门。

雨晴

雨前初见花间蕊，雨后全无叶底花。
蜂蝶纷纷过墙去，却疑春色在邻家。

陈玉兰

陈玉兰（生卒年不详），诗人王驾之妻。

寄夫

夫戍边关妾在吴，西风吹妾妾忧夫。
一行书信千行泪，寒到君边衣到无？

花蕊夫人

花蕊夫人，费氏，一说姓徐，生于青城（今四川都江堰），五代后蜀主孟昶的妃子，别号花蕊夫人。

述国亡诗

君王城上竖降旗，妾在深宫哪得知？
十四万人齐解甲，更无一个是男儿。①

注释

①解甲：解除武装，指投降。

谭用之

谭用之（？—932），字源远，籍贯不详，唐末五代诗人。

秋宿湘江遇雨

湘上阴云锁梦魂，江边深夜舞刘琨。①
秋风万里芙蓉国，暮雨千家薜荔村。②
乡思不堪悲橘柚，旅游谁肯重王孙。③
渔人相见不相问，长笛一声归岛门。④

注释

①刘琨：晋朝人，少怀壮志，常闻鸡起来舞剑。后人用这个故事表示胸怀壮志。

②芙蓉国：三湘大地多生木芙蓉，故称为芙蓉国。木芙蓉又名芙蓉花、拒霜花，落叶灌木或小乔木，花、叶均可入药。薜荔：又名凉粉子、木莲，常绿蔓生植物。

③"乡思"句：乡思难耐，看见橘柚触景生情，羡慕这里的橘柚适得其所，悲叹自己远离家乡，生不逢时。旅游：离家旅行在外。王孙：游子，这里是作者自指。

④"渔人"二句：暗用屈原与渔父之事。屈原虽不被世人理解，尚有渔父与之对话，而这里渔人见了他竟没有一句话，吹着笛子上岛去了。一种世无知音的悲凉溢于言表。岛门：岛上。

张泌（bì）

张泌，生卒年不详，字子澄，安徽淮南人。五代后蜀词人，是花间派代表人物之一。

寄人

别梦依依到谢家，小廊回合曲阑斜。^①
多情只有春庭月，犹为离人照落花。^②

注释

①谢家：晋谢奕之女谢道韫、唐李德裕之妾谢秋娘等皆有盛名，故后人多以"谢家"指代闺中女子之家。这里指作者心上人的家。回合：回环，环绕。

②春庭：春天的庭院。

无名氏

金缕衣

劝君莫惜金缕衣，劝君惜取少年时。
花开堪折直须折，莫待无花空折枝。

注释　金缕衣：缀有金线的衣服，比喻荣华富贵。

唐宋词选

　　词，是盛行于宋代的一种文学体裁。词始于南朝梁代，形成于唐代而极盛于宋代，标志宋代文学的最高成就。词的句子有长有短，便于歌唱。因为是合乐的歌词，故又称曲子词、长短句等。每首词都有词牌，有一定的字数和平仄格律要求。词按长短大致分为小令（58字以内）、中调（59—90字以内）和长调（91字以上）。一首词，有的只有一段，称为单调；有的分两段，称双调；有的分三段或四段，称三叠或四叠。词的流派主要分婉约派（包括花间派）和豪放派两大类。婉约派的代表人物有温庭筠、李煜、柳永、晏殊、秦观、李清照、周邦彦等；豪放派的代表人物主要有苏轼、辛弃疾等。

　　《唐宋名家词选》《唐宋词鉴赏词典》均包含五代的词。按照编排习惯，这里的唐宋词选亦含五代的词。

李白

（作者简介见《唐代诗选》）

菩萨蛮

平林漠漠烟如织，寒山一带伤心碧。暝色入高楼，有人楼上愁。^①　玉阶空伫立，宿鸟归飞急。何处是归程？长亭更短亭。^②

注释　菩萨蛮：词牌名，原是唐教坊曲名。这首词一说无名氏作，至今没有定论。

①平林：平原上的树林。伤心：极致，非常。如杜甫的"清江碧石伤心丽"，冯延巳的"波摇梅蕊伤心白"，都是同样的用法。

②玉阶：玉砌的台阶，泛指华美的台阶。长亭更短亭：古代设在路边供人休息的亭舍。庾信《哀江南赋》云："十里五里，长亭短亭。"

忆秦娥

箫声咽，秦娥梦断秦楼月。秦楼月，年年柳色，灞陵伤别。^①　　乐游原上清秋节，咸阳古道音尘绝。音尘绝，西风残照，汉家陵阙。^②

注释　忆秦娥：词牌名。秦娥：指秦穆公女弄玉。相传她与萧史结婚，夫妇吹箫，引来凤凰。

①灞陵：汉文帝陵，在长安东。灞陵附近灞水上有灞桥，唐时长安人送客东行，多在这里折柳赠别。

②音尘：消息。阙：古代宫殿、陵墓前的高建筑物。

张志和

张志和（732—774），字子同，号玄真子，婺州金华（今浙江金华）人。唐代诗人。

渔歌子

西塞山前白鹭飞，桃花流水鳜鱼肥。青箬笠，绿蓑衣，斜风细雨不须归。①

注释 渔歌子：词牌名，本是唐代教坊曲名，也叫《渔父》。

①西塞山：在浙江湖州。鳜（guì）鱼：淡水鱼，江南又称桂鱼。箬笠：箬叶和竹篾编的斗笠。蓑衣：用草或棕编制成的雨衣。

王建

（作者简介见《唐代诗选》）

宫中调笑

　　团扇，团扇，美人病来遮面。玉颜憔悴三年，谁复商量管弦。弦管，弦管，春草昭阳路断。[1]

　　注释　宫中调笑：词牌名，即《调笑令》，又称《转应曲》。

　　[1]昭阳：昭阳殿，汉成帝宠妃赵合德的寝宫。此处借指皇帝与宠妃享乐之地。昭阳路断：喻君恩已断。

白居易

(作者简介见《唐代诗选》)

忆江南

其一

江南好，风景旧曾谙。日出江花红胜火，春来江水绿如蓝。能不忆江南？①

注释 忆江南：词牌名，原名《望江南》，见于《教坊记》及敦煌曲子词。这组词共三首。

①谙（ān）：熟悉。蓝：蓼蓝，草名，叶子可以提取靛青色染料。

其二

江南忆，最忆是杭州。山寺月中寻桂子，郡亭枕上看潮头。何日更重游？①

注释

①桂子：桂花。郡亭：郡衙内的亭子。潮头：指钱塘潮。

长相思

汴水流，泗水流，流到瓜州古渡头，吴山点点愁。^①　　思悠悠，恨悠悠，恨到归时方始休，明月人倚楼。

注释

①汴水：故道在今河南境内。泗水：源出今山东泗水县，故道经今江苏入淮河。吴山：指江南群山。

温庭筠

(作者简介见《唐代诗选》)

菩萨蛮

小山重叠金明灭，鬓云欲度香腮雪。懒起画蛾眉，弄妆梳洗迟。①　照花前后镜，花面交相映。新帖绣罗襦，双双金鹧鸪。②

注释　这首词描绘闺中思妇独处的神态，写闺怨之情却不点破。

①小山：眉妆名，指小山眉。重叠：指皱眉。金：指唐代妇女眉间装饰的"额黄"。明灭：若隐若现。鬓云：形容鬓发蓬松如云。欲度：将掩未掩。香腮雪：雪白的面颊。前两句写女子娇卧未醒，妆已残的样子。弄妆：梳妆打扮。

②帖：同"贴"：刺绣中的一种工艺。金鹧鸪：指贴绣的鹧鸪图。鹧鸪双双，反衬女子内心的孤独。

更漏子

玉炉香，红蜡泪，偏照画堂秋思。眉翠薄，鬓云残，夜长衾枕寒。①　　梧桐树，三更雨，不道离情正苦。一叶叶，一声声，空阶滴到明。②

注释　更漏子：词牌名。
①眉翠薄：蛾眉颜色已褪。鬓云残：鬓发零乱。
②不道：不管，不理会。

望江南

梳洗罢，独倚望江楼。过尽千帆皆不是，斜晖脉脉水悠悠，肠断白蘋洲。①

注释　望江南：词牌名，又名《忆江南》，原唐教坊曲名。
①白蘋洲：也许是当时分手之处，作者没有点明，给读者留下想象空间。

韦庄

韦庄（约836—910），字端己，京兆杜陵（今陕西西安）人。晚唐诗人、词人，五代前蜀宰相。其词善用白描手法，词风清丽，与温庭筠同为"花间派"代表作家。

菩萨蛮

其一

红楼别夜堪惆怅，香灯半卷流苏帐。残月出门时，美人和泪辞。[1]　　琵琶金翠羽，弦上黄莺语。劝我早归家，绿窗人似花。[2]

注释　这组词共五首。

[1]流苏：用彩色羽毛或丝线等制成的穗状垂饰物。残月：指黎明之时。

[2]金翠羽：指琵琶上用黄金和翠玉制成的饰物。黄莺语：指琵琶之声如黄莺的鸣啭。

其二

人人尽说江南好，游人只合江南老。春水碧于天，画船听雨眠。^①　　垆边人似月，皓腕凝霜雪。未老莫还乡，还乡须断肠。^②

注释

①只合：只应。

②垆边：指酒家。垆：旧时酒店里安放酒瓮的土台子。"皓腕"句：形容双臂洁白如雪。

其四

劝君今夜须沉醉，尊前莫话明朝事。珍重主人心，酒深情亦深。　　须愁春漏短，莫诉春杯满。遇酒且呵呵，人生能几何。^①

注释

①漏：刻漏，指代时间。莫诉：不要推辞。呵呵：笑声。这里指得过且过，勉强作乐。几何：多少时间。

思帝乡

春日游，杏花吹满头。陌上谁家年少足风流？妾拟将身嫁与一生休。纵被无情弃，不能羞。①

注释 思帝乡：词牌名，又名《万斯年曲》，原是唐玄宗时教坊曲名。

①陌上：道路上。年少：少年，小伙子。足：非常。风流：风度潇洒。拟：想要。一生休：一辈子就这样罢了。不能羞：不会感到害羞后悔，即也不在乎。

女冠子

昨夜夜半，枕上分明梦见。语多时，依旧桃花面，频低柳叶眉。　　半羞还半喜，欲去又依依。觉来知是梦，不胜悲。

注释 女冠子：词牌名，原为唐教坊曲。

李珣

李珣（855—930），字德润，梓州（四川三台）人。晚唐至五代词人。

南乡子

其二

乘彩舫，过莲塘，棹歌惊起睡鸳鸯。游女带香偎伴笑，争窈窕，竞折团荷遮晚照。①

注释　南乡子：词牌名，原唐教坊曲名。这组词共五首。
①彩舫：画舫，一种绘有五彩图画的船。棹歌：划船时唱的歌。窈窕：姿态美好。团荷：圆圆的荷叶。

顾敻（xiòng）

顾敻，生卒年、籍贯不详。五代词人。

诉衷情

永夜抛人何处去？绝来音。香阁掩，眉敛，月将沉[1]。　　争忍不相寻？怨孤衾。换我心，为你心，始知相忆深。[2]

注释　诉衷情：词牌名，原为唐教坊曲名。

[1]永夜：长夜。眉敛：指皱眉愁苦的样子。

[2]争忍：怎忍。孤衾：喻独宿。

牛希济

牛希济（872—?），陇西（今甘肃）人。五代词人。

生查子

春山烟欲收，天澹星稀小。残月脸边明，别泪临清晓。[1]
语已多，情未了，回首犹重道：记得绿罗裙，处处怜芳草。[2]

注释 生查（zhā）子：词牌名，原是唐代教坊曲名。

[1] 澹（dàn）：恬静。一作"淡"。

[2] 重道：再三地说。"记得"二句：意思是记得我穿的绿色罗裙，你无论走到哪里，看到绿茵芳草就会觉得可爱。言外之意是看见芳草就会想起我。

冯延巳

冯延巳（903—960），字正中，广陵（今江苏扬州）人。五代词人。

谒金门

风乍起，吹皱一池春水。闲引鸳鸯香径里，手挼红杏蕊。①　　斗鸭阑干独倚，碧玉搔头斜坠。终日望君君不至，举头闻鹊喜。②

注释　谒金门：词牌名，本是唐代教坊曲名。
①闲引：无聊地逗引。挼（ruó）：揉搓。
②斗鸭：阑干的雕饰。搔头：簪子。

李璟

李璟（916—961），字伯玉，徐州彭城（今江苏徐州）人。南唐元宗，世称中主。

摊破浣溪沙

菡萏香消翠叶残，西风愁起绿波间。还与韶光共憔悴，不堪看。① 细雨梦回鸡塞远，小楼吹彻玉笙寒。多少泪珠何限恨，倚栏杆。②

注释 摊破浣溪沙：词牌名，原是唐代教坊曲名，又名《山花子》，是《浣溪沙》的一种变调。

①菡萏（hàn dàn）：荷花的别称。韶光：美丽的春光，比喻美好的青春年华。

②鸡塞：即鸡鹿塞，古代军事要塞名，在今陕西横县。这里指边塞。

李煜

李煜（937—978），原名从嘉，字重光，徐州彭城（今江苏徐州）人，生于江宁（今南京）。南唐末代君主，世称李后主。开宝八年（975），南唐被宋所灭，李煜被俘到汴京，抑郁而终。李煜精书法，工绘画，通音律，长于诗文，尤以词的成就最高。

虞美人

春花秋月何时了？往事知多少。小楼昨夜又东风，故国不堪回首月明中。①　　雕栏玉砌应犹在，只是朱颜改。问君能有几多愁，恰似一江春水向东流。②

注释　虞美人：词牌名，本是唐代教坊曲名。

①了：了结。小楼：指在汴京的居处。故国：指南唐。

②雕栏玉砌：指南唐的宫苑建筑。砌（qì）：台阶。应犹：一作"依然"。朱颜改：指所怀念的人已衰老。

相见欢

其一

　　林花谢了春红，太匆匆！无奈朝来寒雨晚来风。　　胭脂泪，相留醉，几时重？自是人生长恨水长东。①

　　注释　相见欢：词牌名，又名《乌夜啼》。
　　①胭脂泪：飘落的林花被雨水淋过，像是美人双颊上的胭脂和着泪水流淌。重：重逢。

其二

　　无言独上西楼，月如钩。寂寞梧桐深院锁清秋。　　剪不断，理还乱，是离愁。别是一般滋味在心头。

清平乐

　　别来春半，触目愁肠断。砌下落梅如雪乱，拂了一身还满。①　　雁来音信无凭，路遥归梦难成。离恨恰如春草，更行更远还生。②

注释 清平乐：词牌名，原为唐教坊曲名，又名《清平乐令》《醉东风》《忆萝月》。

①愁肠：一作"柔肠"。落梅：指飘落的白梅花。"拂了"句：指刚把梅花拂去，又落满一身。

②无凭：没有凭据，指没有书信。恰如：一作"却如"。

捣练子令

深院静，小庭空，断续寒砧断续风。无奈夜长人不寐，数声和月到帘栊。①

注释 捣练子令：词牌名。

①寒砧：寒夜捶衣声。砧：砧石，砧板。栊：窗户。

浪淘沙

帘外雨潺潺，春意阑珊。罗衾不耐五更寒。梦里不知身是客，一晌贪欢。① 　独自莫凭栏，无限江山。别时容易见时难。流水落花春去也，天上人间。②

注释 浪淘沙：词牌名，本是唐代教坊曲名，也叫《浪淘沙令》。

①阑珊：凋残，零落。身：自己。客：指被宋俘虏。一晌（shǎng）：一会儿。

②江山：指南唐。

破阵子

四十年来家国，三千里地山河，凤阁龙楼连霄汉，玉树琼枝作烟萝，几曾识干戈？[1]　　一旦归为臣虏，沈腰潘鬓消磨。最是仓皇辞庙日，教坊犹奏别离歌，垂泪对宫娥。[2]

注释　破阵子：词牌名。

[1]四十年：南唐自建国至李煜作此词时共三十八年，此处四十年为概数。凤阁龙楼：指皇宫建筑。烟萝：形容树木枝叶繁茂，如同笼罩着烟雾。识干戈：经历战争。

[2]沈腰潘鬓：沈指沈约，曾有"百日数旬，革带常应移孔……以此推算，岂能支久"之语，后用沈腰指代人日渐消瘦。潘指潘岳，其《秋兴赋》序云："余春秋三十二，始见二毛。"后以潘鬓指代中年白发。庙：宗庙，古代帝王供奉祖先牌位的建筑。

敦煌曲子词

菩萨蛮

枕前发尽千般愿，要休且待青山烂。水面上秤锤浮，直待黄河彻底枯。[1]　　白日参辰现，北斗回南面。休即未能休，且待三更见日头。[2]

注释　敦煌曲子词：1899 年，甘肃敦煌千佛洞发现两万多卷藏书，其中有一百六十多首曲子词。据考证，最早作于七世纪中叶。除少数几首可知作者外，绝大多数是无名氏的作品。

[1]秤锤：称物品时用来使秤平衡的金属锤，也叫秤砣。

[2]参（shēn）辰：同"参商"，参星和商星互不相见。日头：太阳。

望江南

　　莫攀我，攀我太心偏。我是曲江临池柳，者人折去那人攀，恩爱一时间。①

　　注释　这是一首反映妓女内心痛苦的作品。

　　①攀：缠着。心偏：想得不切实际，即死心眼。者：这。

潘阆

潘阆（？—1009），字梦空，号逍遥子，大名（今属河北）人。性格疏狂，有诗名。

忆余杭

长忆观潮，满郭人争江上望。来疑沧海尽成空，万面鼓声中。[①]　　弄潮儿向涛头立，手把红旗旗不湿。别来几向梦中看，梦觉尚心寒。[②]

注释　忆余杭：词牌名，又名《酒泉子》。
①郭：外城。
②觉：睡醒。

林逋 (bū)

林逋（967—1028），字君复，钱塘（今浙江杭州）人。终生不仕不娶，隐居在西湖的孤山，后人称为和靖先生。北宋著名隐逸诗人。

长相思

吴山青，越山青。两岸青山相送迎，谁知离别情？[1]　　君泪盈，妾泪盈。罗带同心结未成，江头潮已平。[2]

注释　长相思：词牌名。

[1]吴山：指钱塘江北岸的山，古代属吴国。越山：钱塘江南岸的山，古代属越国。

[2]"罗带"句：古代结婚或定情时常常用丝绸带打成一个心形的结，叫"同心结"。"结未成"，喻示他们的爱情生活横遭不幸。"江头"句：意思是船就要启航了，分别在即。江头：一作"江边"。

范仲淹

范仲淹（989—1052），字希文，吴县（今江苏苏州）人。官至参知政事，是北宋著名的政治家、军事家、文学家。他倡导的"先忧后乐"思想和仁人志士节操，对后世影响深远。

苏幕遮

碧云天，黄叶地，秋色连波，波上寒烟翠。山映斜阳天接水，芳草无情，更在斜阳外。[①]　　黯乡魂，追旅思，夜夜除非，好梦留人睡。明月楼高休独倚，酒入愁肠，化作相思泪。[②]

注释　苏幕遮：词牌名，此调为西域传入的唐教坊曲。

①"芳草"二句：意思是，芳草绵延到天涯，似乎比斜阳更遥远。芳草常暗指故乡，故这两句有感叹故乡遥远之意。

②黯乡魂：因思念家乡而黯然伤神。追旅思：缠人的羁旅愁思难以排解。追：追随。旅思：旅居在外的愁思。

渔家傲

秋思

塞下秋来风景异，衡阳雁去无留意。四面边声连角起，千嶂里，长烟落日孤城闭。^①　　浊酒一杯家万里，燕然未勒归无计。羌管悠悠霜满地。人不寐，将军白发征夫泪。^②

注释　渔家傲：词牌名，又名《渔歌子》《渔父词》等。

①塞下：指西北边疆。"衡阳"句：形容边塞荒凉，大雁对这里无留恋之意，飞往衡阳。衡阳有回雁峰，据说雁飞到这里就不再南飞。边声：指马鸣风号之声。角：军中号角。嶂：高峻的山峰。

②燕然未勒：指强敌未破，功业未立。东汉窦宪大败匈奴，登燕然山（今蒙古国境内的杭爱山），刻石记功而返。勒：刻。羌管：羌笛。

柳永

柳永（约984—约1053），原名三变，字景庄，后改名柳永，字耆卿，崇安（今福建武夷山）人，生于沂州费县（今山东费县）。他是婉约派的代表人物，也是第一位对宋词进行全面革新的词人，对宋词的发展产生了深远影响。

雨霖铃

寒蝉凄切，对长亭晚，骤雨初歇。都门帐饮无绪，留恋处、兰舟催发。执手相看泪眼，竟无语凝噎。念去去、千里烟波，暮霭沉沉楚天阔。[①]　多情自古伤离别，更那堪冷落清秋节！今宵酒醒何处？杨柳岸、晓风残月。此去经年，应是良辰好景虚设。便纵有千种风情，更与何人说？[②]

注释　雨霖铃：词牌名，原为唐教坊曲名。

①凄切：凄凉急促。都门：即京都之门，这里指汴京近郊。帐饮：设帐幕宴饮送行。无绪：没有好情绪。凝噎：喉咙哽塞，说不出话。念：想。去去：一直前去，表示行程遥远。

②经年：年复一年。更：一作"待"。

蝶恋花

伫倚危楼风细细，望极春愁，黯黯生天际。草色烟光残照里，无言谁会凭阑意。① 拟把疏狂图一醉，对酒当歌，强乐还无味。衣带渐宽终不悔。为伊消得人憔悴。②

注释 蝶恋花：词牌名，原是唐教坊曲，本名"鹊踏枝"，又名"黄金缕""卷珠帘""凤栖梧"等。

①伫：久立。危楼：高楼。望极：极目远眺。黯黯：迷蒙不明，形容心情沮丧忧愁。烟光：云霭雾气。会：理解。阑：同"栏"。

②拟把：打算。疏狂：狂放不羁。衣带渐宽：指逐渐消瘦。消得：值得。

望海潮

东南形胜，三吴都会，钱塘自古繁华。烟柳画桥，风帘翠幕，参差十万人家。云树绕堤沙，怒涛卷霜雪，天堑无涯。市列珠玑，户盈罗绮，竞豪奢。① 重湖叠巘清嘉，有三秋桂子，十里荷花。羌管弄晴，菱歌泛夜，嬉嬉钓叟莲娃。千骑拥高牙，乘醉听箫鼓，吟赏烟霞。异日图将好景，归去凤池夸。②

注释 望海潮：词牌名。

①三吴：说法不一。《水经注》以吴兴（今湖州）、吴郡（今苏州）、会稽（今绍兴）为"三吴"。这里泛指江浙一带。钱塘：今浙江杭州。烟柳：如烟的柳树。画桥：装饰华美的桥。风帘：挡风的帘子。翠幕：青绿色的帷幕。参差：高低不齐的样子。霜雪：形容雪白的浪花。天堑：天然的险阻。这里指钱塘江的险要、宽广。珠玑：玑是不圆的珠子。这里泛指珍贵的商品。"户盈"句：很多人家都摆满了绫罗绸缎。

②重湖：以白堤为界，西湖分为里湖和外湖，故称重湖。叠巘（yǎn）：层层叠叠的山峦。清嘉：清秀美丽。菱歌泛夜：采菱夜归的船上一片歌声。高牙：古代行军有牙旗在前引导，故称"高牙"。这里指地方长官。图：描绘。凤池：凤凰池，原指皇宫禁苑里的池沼，此处指朝廷。

八声甘州

对潇潇暮雨洒江天，一番洗清秋。渐霜风凄紧，关河冷落，残照当楼。是处红衰翠减，苒苒物华休。唯有长江水，无语东流。① 　　不忍登高临远，望故乡渺邈，归思难收。叹年来踪迹，何事苦淹留？想佳人、妆楼颙望，误几回、天际识归舟。争知我，倚阑干处，正恁凝愁！②

注释 八声甘州：词牌名，源于唐代边塞曲。
①苒苒：渐渐。物华：景物风光。
②渺邈（miǎo）：遥远。淹留：久留。颙（yóng）望：遥望。争：怎。恁（nèn）：如此。凝愁：愁思凝结。

忆帝京

薄衾小枕凉天气，乍觉别离滋味。展转数寒更，起了还重睡。毕竟不成眠，一夜长如岁。^①　　也拟待、却回征辔，又争奈、已成行计。万种思量，多方开解，只恁寂寞厌厌地。系我一生心，负你千行泪。^②

注释　忆帝京：词牌名。

①衾（qīn）：被子。小枕：小睡。展转：同"辗转"，翻来覆去。

②拟待：打算。征辔（pèi）：远行之马。辔：驾驭牲口用的嚼子和缰绳。争奈：怎奈。行计：出行的打算。只恁：只能这样。厌厌：同"恹恹"，精神萎靡的样子。"系我"二句：我把你一生一世系在心上，却辜负了你那流不尽的眼泪。

张先

张先（990—1078），字子野，乌程（今浙江湖州）人。北宋词人，婉约派代表人物之一。

天仙子

水调数声持酒听，午醉醒来愁未醒。送春春去几时回？临晚镜，伤流景，往事后期空记省。① 沙上并禽池上暝，云破月来花弄影。重重簾幕密遮灯，风不定，人初静，明日落红应满径。②

注释 天仙子：词牌名，唐教坊舞曲，又名"万斯年""秋江碧"等。

①水调：曲调名，大曲有新水调，词有水调歌头。流景：像水一样流逝的光阴。后期：日后。记省（xǐng）：回忆。

②并禽：成对的鸟儿。暝：天黑。

木兰花

乙卯吴兴寒食

　　龙头舴艋吴儿竞，笋柱秋千游女并。芳洲拾翠暮忘归，秀野踏青来不定。①　　行云去后遥山暝，已放笙歌池院静。中庭月色正清明，无数杨花过无影。②

　　注释　木兰花：词牌名，原唐教坊曲名，又名《木兰花令》。乙卯：指宋神宗熙宁八年（1075）。吴兴：今浙江湖州。

　　①舴艋（zé měng）：形状如蚱蜢的小船。吴儿：吴地的青少年。竞：指赛龙舟。笋柱：竹竿做的柱子。并：并排。拾翠：古代春游，妇女们常采集百草，叫做拾翠。来不定：来往不绝。

　　②行云：指如云的游女。放：停止。中庭：庭院中。清明：清朗明亮。

青门引

　　乍暖还轻冷，风雨晚来方定。庭轩寂寞近清明，残花中酒，又是去年病。①　　楼头画角风吹醒，入夜重门静。那堪更被明月，隔墙送过秋千影。

　　注释　青门引：词牌名。
　　①庭轩：庭院。残花中酒：惋惜花残而醉酒。

晏殊

晏殊（991—1055），字同叔，抚州临川（今江西抚州）人。官至宰相。北宋著名诗人、词人，与其子晏几道被称为"大小晏"。

浣溪沙

一曲新词酒一杯，去年天气旧亭台。夕阳西下几时回？[①]　　无可奈何花落去，似曾相识燕归来。小园香径独徘徊。

注释　浣溪沙：词牌名，原为唐教坊曲名。此词伤春感怀，寓哲理于美之中。

①"去年"句：是说天气、亭台都跟去年一样。

浣溪沙

　　一向年光有限身，等闲离别易销魂。酒筵歌席莫辞频。^①　　满目山河空念远，落花风雨更伤春。不如怜取眼前人。^②

注释

①一向：一晌，片刻。年光：时光。有限身：有限的生命。筵（yán）：竹席。酒筵：酒席。

②空念远：徒然怀念远方的亲友。怜取：怜爱。取：语助词。

蝶恋花

　　槛菊愁烟兰泣露，罗幕轻寒，燕子双飞去。明月不谙离恨苦，斜光到晓穿朱户。^①　　昨夜西风凋碧树，独上高楼，望尽天涯路。欲寄彩笺兼尺素，山长水阔知何处。^②

注释

①槛：栏杆。罗幕：丝绸的帷幕。不谙（ān）：不了解。谙：熟悉。朱户：即朱门，指大户人家。

②彩笺：彩色的信笺。尺素：书信的代称。

破阵子

　　燕子来时新社，梨花落后清明。池上碧苔三四点，叶底黄鹂一两声，日长飞絮轻。① 　　巧笑东邻女伴，采桑径里逢迎。疑怪昨宵春梦好，元是今朝斗草赢，笑从双脸生。②

　　注释　破阵子：词牌名，原为唐教坊曲名，又名《十拍子》。

　　①新社：社日是古代祭土地神的日子，有春秋两社。新社即春社。飞絮：飘荡的柳絮。

　　②逢迎：相逢。疑怪：诧异。元：原。斗草：又叫斗百草，是中国古代的一种娱乐活动。

宋祁

宋祁（998—1061），字子京，小字选郎。雍丘（今河南民权）人。历任龙图阁学士、工部尚书等职。因《玉楼春》词中有"红杏枝头春意闹"句，世称"红杏尚书"。

玉楼春

东城渐觉风光好，縠皱波纹迎客棹。绿杨烟外晓寒轻，红杏枝头春意闹。① 　　浮生长恨欢娱少，肯爱千金轻一笑。为君持酒劝斜阳，且向花间留晚照。②

注释 玉楼春：词牌名，又名《木兰花》《归朝欢令》等。

①东城：即城东。縠（hú）：有皱褶的纱。縠皱：形容波纹如縠纱般细小。棹（zhào）：船桨，此指船。

②浮生：指漂浮无定的短暂人生。《庄子·刻意》："其生若浮，其死若休"。肯爱：岂肯吝惜。一笑：特指美人之笑。持酒：端起酒杯。晚照：夕阳的余晖。

欧阳修

欧阳修（1007—1072），字永叔，号醉翁，晚号六一居士。吉州永丰（今江西永丰）人，出生于绵州（今四川绵阳）。北宋著名的政治家和文坛领袖，"唐宋八大家"之一。

生查子

去年元夜时，花市灯如昼。月上柳梢头，人约黄昏后。①　今年元夜时，月与灯依旧。不见去年人，泪湿春衫袖。②

注释　生查子：词牌名，又名《相和柳》《梅溪渡》等。
①元夜：元宵夜。
②泪湿：一作"泪满"。

玉楼春

尊前拟把归期说，欲语春容先惨咽。人生自是有情痴，此恨不关风与月。[1] 离歌且莫翻新阕，一曲能教肠寸结。直须看尽洛城花，始共东风容易别。[2]

注释 玉楼春：词牌名，又名"归朝欢令""春晓曲"等。

[1]尊前：樽前，饯行的酒席前。春容：如春光的容颜，此指别离的佳人。

[2]离歌：送别曲。翻新阕：按旧曲填新词。直须：应当。

浪淘沙

把酒祝东风，且共从容。垂杨紫陌洛城东。总是当时携手处，游遍芳丛。[1] 聚散苦匆匆，此恨无穷。今年花胜去年红。可惜明年花更好，知与谁同？

注释

[1]把酒：端着酒杯。祝：祈祷。从容：慢一点，表示不舍。紫陌：紫路。洛阳曾是东周、东汉的都城，据说当时用紫色土铺路，故名。

蝶恋花

庭院深深深几许，杨柳堆烟，帘幕无重数。玉勒雕鞍游冶处，楼高不见章台路。^① 雨横风狂三月暮，门掩黄昏，无计留春住。泪眼问花花不语，乱红飞过秋千去。^②

注释 此词写闺怨。

①几许：多少。堆烟：形容杨柳浓密。玉勒：玉制的马衔。雕鞍：精雕的马鞍。游冶处：指歌楼妓院。章台：汉长安街名，多妓馆，后代指妓女聚集之地。此指女子的丈夫走马章台，纵情声色。

②乱红：凌乱的落花。

王安石

王安石（1021—1086），字介甫，抚州临川（今江西抚州）人。熙宁二年（1069）升为参知政事，次年拜相，辅助神宗推行新法。罢相后退居金陵，自号半山老人。是北宋时期的政治家、文学家、思想家、改革家，系"唐宋八大家"之一。

桂枝香

金陵怀古

登临送目，正故国晚秋，天气初肃。千里澄江似练，翠峰如簇。归帆去棹残阳里，背西风、酒旗斜矗。彩舟云淡，星河鹭起，画图难足。① 念往昔，繁华竞逐。叹门外楼头，悲恨相续。千古凭高对此，漫嗟荣辱。六朝旧事随流水，但寒烟芳草凝绿。至今商女，时时犹唱，后庭遗曲。②

注释 桂枝香：词牌名，又名《疏帘淡月》。这首词通过对金陵景物的赞美和历史兴亡的感叹，寄托了作者对当时朝政的担忧。

①送目：远望。故国：旧时的都城，指金陵。肃：萧萧，草木枯

落，天高气爽。澄江：清澈的长江。练：白色的绢。簇（cù）：聚集。斜矗：斜插。"彩舟"二句：意为画船行于薄雾之中，如在云里；繁星交辉，白鹭飞翔。星河：银河，这里指秦淮河。

②繁华竞逐：指六朝达官贵人争相过着豪华的生活。门外楼头：指南朝陈亡国悲剧。语出杜牧《台城曲》："门外韩擒虎，楼头张丽华。"韩擒虎是隋朝开国大将，当他带兵到金陵朱雀门外，陈后主与宠妃张丽华还在结绮阁上寻欢作乐。漫嗟：空叹。

王观

王观（1035—1100），字通叟，号逐客，泰州如皋（今江苏如皋）人。北宋词人。

卜算子

送鲍浩然之浙东

水是眼波横，山是眉峰聚。欲问行人去那边？眉眼盈盈处。^①　才始送春归，又送君归去。若到江南赶上春，千万和春住。^②

注释　卜算子：词牌名。鲍浩然：生平不详，作者的朋友，家住在浙江东路，简称浙东。

①"水是"二句：水像美人流动的眼波，山如美人蹙起的眉头。行人：指作者的朋友鲍浩然。那边：哪边。盈盈：美好的样子。

②才始：方才。

晏几道

晏几道（1038—1110），字叔原，号小山，抚州临川（今江西抚州）人。北宋著名词人，婉约派代表人物之一。

临江仙

梦后楼台高锁，酒醒帘幕低垂。去年春恨却来时。落花人独立，微雨燕双飞。[1]　　记得小蘋初见，两重心字罗衣。琵琶弦上说相思。当时明月在，曾照彩云归。[2]

注释　临江仙：词牌名，原为唐教坊曲名。

[1]却来：又来，再来。"落花"二句：借用五代翁宏的《春残》诗："又是春残也，如何出翠帏。落花人独立，微雨燕双飞。寓目魂将断，经年梦亦非。那堪向愁夕，萧飒暮蝉辉。"

[2]小蘋：歌女名。心字罗衣：罗衣上绣有心字图案。彩云：比喻美人。

鹧鸪天

　　彩袖殷勤捧玉钟，当年拚却醉颜红。舞低杨柳楼心月，歌尽桃花扇底风。^①　　从别后，忆相逢，几回魂梦与君同。今宵剩把银釭照，犹恐相逢是梦中。^②

　　注释　鹧鸪天：词牌名，又名《思佳客》。
　　①彩袖：代指穿彩衣的歌女。玉钟：珍贵的酒杯，是对酒杯的美称。拚（pàn）却：甘愿，不顾惜。却：语气助词。
　　②剩：通"尽"，只管。银釭（gāng）：银质灯台，代指灯。

魏夫人

魏夫人（生卒年不详），名玩，字玉汝，襄阳人，北宋宰相曾布之妻。

菩萨蛮

溪山掩映斜阳里，楼台影动鸳鸯起。隔岸两三家，出墙红杏花。　　绿杨堤下路，早晚溪边去。三见柳绵飞，离人犹未归。①

注释

①"绿杨"二句：在杨柳掩映的溪边小路上，有人天天在那里徘徊远望。柳绵：柳絮。

苏轼

苏轼（1037—1101），字子瞻，一字和仲，号东坡居士，眉州眉山（今四川眉山）人。祖籍河北栾城。曾任翰林学士、礼部尚书等职。一生仕途坎坷，多次被贬。他是北宋中期文坛领袖，在诗、词、散文、书法、绘画等方面取得很高成就，是全才式的艺术巨匠。

水调歌头

丙辰中秋，欢饮达旦，大醉，作此篇，兼怀子由。

明月几时有？把酒问青天。不知天上宫阙，今夕是何年。我欲乘风归去，又恐琼楼玉宇，高处不胜寒。起舞弄清影，何似在人间。① 转朱阁，低绮户，照无眠。不应有恨，何事长向别时圆。人有悲欢离合，月有阴晴圆缺，此事古难全。但愿人长久，千里共婵娟。②

注释 水调歌头：词牌名，又名《元会曲》等。词调来源于《水调》曲。《水调》曲为隋炀帝所制。丙辰：公元 1076 年。这一年苏轼在密州（今山东诸城）任太守。达旦：直到天亮。子由：苏轼的弟弟苏辙的字。

①把酒：端起酒杯。天上宫阙：指月中宫殿。归去：指回到月宫里去。弄：玩赏。

② "转朱阁"三句：指月照移动。绮户：雕饰华丽的窗户。何事：为何。婵娟：指明月。

念奴娇

赤壁怀古

大江东去，浪淘尽，千古风流人物。故垒西边，人道是，三国周郎赤壁。乱石穿空，惊涛拍岸，卷起千堆雪。江山如画，一时多少豪杰。^①　　遥想公瑾当年，小乔初嫁了，雄姿英发。羽扇纶巾，谈笑间，樯橹灰飞烟灭。故国神游，多情应笑我，早生华发。人生如梦，一尊还酹江月。^②

注释　念奴娇：词牌名，又名《百字令》《酹江月》等。赤壁：此指黄州赤壁，一名"赤鼻矶"，在今湖北黄冈西。三国古战场赤壁在今湖北赤壁市西北。

①风流人物：指杰出的历史名人。故垒：过去遗留下来的营垒。周郎：周瑜，字公瑾。

②小乔初嫁了（liǎo）：小乔本来姓桥，是桥玄的小女儿。嫁给周瑜是在赤壁之战前十年。此处说"初嫁"，是为了形容周瑜少年得志，风流倜傥。英发：才华卓越，神采焕发。羽扇纶巾：古代儒将的便装打扮。纶（guān）：青丝带。樯橹：这里代指曹操的水军战船。故国：指当年赤壁战场。尊：同"樽"。酹江月：指在江边洒酒酹月，寄托自己的感情。酹（lèi）：古人以酒浇在地上祭奠。

水龙吟

次韵章质夫杨花词

似花还似非花，也无人惜从教坠。抛家傍路，思量却是，无情有思。萦损柔肠，困酣娇眼，欲开还闭。梦随风万里，寻郎去处，又还被莺呼起。[①]　　不恨此花飞尽，恨西园落红难缀。晓来雨过，遗踪何在？一池萍碎。春色三分，二分尘土，一分流水。细看来不是杨花，点点是离人泪。[②]

注释　水龙吟：词牌名，又名《龙吟曲》《庄椿岁》《小楼连苑》。次韵：用原作之韵，并按照原作用韵次序进行创作，称为次韵。章质夫：即章楶（jié），建州蒲城（今属福建）人，时任荆湖北路提点刑狱，常与苏轼诗词酬唱。杨花：柳絮。古诗词中的杨柳就是指柳树。最早出自《诗经》："昔我往矣，杨柳依依。"

[①]从教：任凭。无情有思：是说杨花看似无情，却自有它的愁思。用韩愈《晚春》诗："杨花榆荚无才思，唯解漫天作雪飞。"这里反用其意。萦：萦绕、牵挂。柔肠：杨柳枝细长柔软，故比作柔肠。困酣：困倦之极。娇眼：美人娇媚的眼睛，比喻柳叶。

[②]春色：代指杨花。一池萍碎：苏轼自注："杨花落水为浮萍，验之信然。"

西江月

顷在黄州，春夜行蕲水中。过酒家饮，酒醉，乘月至一溪桥上，解鞍曲肱，醉卧少休。及觉已晓，乱山攒拥，流水锵然，疑非尘世也。书此数语桥柱上。

照野弥弥浅浪，横空隐隐层霄。障泥未解玉骢骄，我欲醉眠芳草。①　可惜一溪风月，莫叫踏碎琼瑶。解鞍欹枕绿杨桥，杜宇一声春晓。②

注释　西江月：词牌名，原为唐教坊曲名，又名《白蘋香》《步虚词》《江月令》等。顷：刚刚。蕲（qí）水：水名，流经湖北蕲春县境。曲肱（gōng）：弯着胳膊作枕头。攒（cuán）拥：丛聚。锵然：流水撞击石头的声音。

①弥弥：水波翻动的样子。层霄：层云。障泥：垂于马腹两侧，用来遮挡尘土的马具。玉骢（cōng）：泛指骏马。骄：健壮。

②可惜：可爱。琼瑶：美玉。这里借喻月亮在水中的倒影。欹（qī）枕：斜枕着。杜宇：杜鹃。

临江仙

夜饮东坡醒复醉，归来仿佛三更。家童鼻息已雷鸣。敲门都不应，倚杖听江声。①　　长恨此身非我有，何时忘却营营？夜阑风静縠纹平。小舟从此逝，江海寄余生。②

注释　临江仙：词牌名，原为唐教坊曲名。又名《谢新恩》《雁后归》《画屏春》等。

①东坡：在湖北黄冈县东。苏轼被谪贬黄州时，友人马正卿助其垦辟的游息之所，建房五间，名为雪堂。

②营营：追求奔逐。縠纹：比喻水波细纹。縠：绉纱。

定风波

三月七日，沙湖道中遇雨。雨具先去，同行皆狼狈，余独不觉。已而遂晴，故作此。

莫听穿林打叶声，何妨吟啸且徐行。竹杖芒鞋轻胜马，谁怕？一蓑烟雨任平生。①　　料峭春风吹酒醒，微冷，山头斜照却相迎。回首向来萧瑟处，归去，也无风雨也无晴。②

注释　定风波：词牌名，又名《定风波令》《定风流》等。三月是元丰五年（1082）三月。沙湖在黄州东南三十里。

①芒鞋：草鞋。"一蓑"句：一身蓑衣任凭风吹雨打，照样过我的一生。

②向来：方才。萧瑟：风雨声。"也无"句：不管是风雨还是放晴。

定风波

常羡人间琢玉郎，天应乞与点酥娘。自作清歌传皓齿，风起，雪飞炎海变清凉。①　　万里归来年愈少，微笑，笑时犹带岭梅香。试问岭南应不好？却道：此心安处是吾乡。②

注释　这首词的原序说："王定国歌儿曰柔奴，姓宇文氏，眉目娟丽，善应对，家世住京师。定国南迁归，余问柔：'广南风土，应是不好？'柔对曰：'此心安处，便是吾乡。'因为缀词云。"王定国即王巩，作者友人。

①琢玉郎：美男。天应乞与：一作"天教分付"。点酥娘：美女。

②岭：指大庾岭，沟通岭南岭北的要道。"试问"二句：我试着问："岭南的风土应该不是很好吧？"你却说："心安的地方，便是我的家乡。"

望江南

超然台作

　　春未老，风细柳斜斜。试上超然台上看，半壕春水一城花，烟雨暗千家。^①　　寒食后，酒醒却咨嗟。休对故人思故国，且将新火试新茶，诗酒趁年华。^②

　　注释　望江南：词牌名，原唐教坊曲名，又名《忆江南》。超然台：故址在密州（今山东诸城）。

　　①壕：护城河。

　　②咨嗟：叹息。故国：指故乡。新火：唐宋习俗，清明前二日起，禁火三日。节后另取榆柳之火，称为"新火"。

卜算子

黄州定慧院寓居作

　　缺月挂疏桐，漏断人初静。谁见幽人独往来，缥缈孤鸿影。^①惊起却回头，有恨无人省。拣尽寒枝不肯栖，寂寞沙洲冷。^②

定慧院：一作定惠院，北宋古刹名。故址在今湖北黄冈市黄州区，紧靠黄州古宋城东门遗址。

①漏断：指深夜。漏：古人计时用的漏壶。幽人：幽居的人，形容孤鸿。

②省：理解。

蝶恋花

密州上元

灯火钱塘三五夜，明月如霜，照见人如画。帐底吹笙香吐麝，更无一点尘随马。①　　寂寞山城人老也！击鼓吹笙，却入农桑社。火冷灯稀霜露下，昏昏雪意云垂野。②

注释　密州：今山东诸城。上元：元宵节。

①钱塘：指杭州。上阕回忆杭州元宵节的景象。香吐麝：指富贵人家帐底吹出一阵阵麝香气。

②"击鼓"二句：村民在举行社祭，祈求丰年。

江城子

密州出猎

老夫聊发少年狂，左牵黄，右擎苍。锦帽貂裘，千骑卷平冈。为报倾城随太守，亲射虎，看孙郎。①　　酒酣胸胆尚开张，鬓微霜，又何妨。持节云中，何日遣冯唐？会挽雕弓如满月，西北望，射天狼。②

注释　江城子：词牌名。

①老夫：作者自称，时年三十八岁。聊：姑且。狂：豪情。黄：黄犬。苍：苍鹰。孙郎：孙权。这里借以自喻。

②"酒酣"句：畅饮之后，胸怀开阔，胆气横生。"持节"二句：什么时候皇帝会派人下来，就像汉文帝派冯唐去云中郡赦免魏尚一样。持节：奉有朝廷的使命。节：传达命令的符节。云中：汉时郡名，在今内蒙古自治区托克托县一带。会：定将。挽：拉。天狼：星名。这里隐喻侵犯北宋边境的辽国和西夏。

江城子

乙卯正月二十日夜记梦

十年生死两茫茫，不思量，自难忘。千里孤坟，无处话凄凉。纵使相逢应不识，尘满面，鬓如霜。①　夜来幽梦忽还乡，小轩窗，正梳妆。相顾无言，惟有泪千行。料得年年肠断处，明月夜，短松冈。②

注释　乙卯：宋神宗宁熙八年，即公元 1075 年。
①十年：指结发妻子王弗去世已十年。思量：想念。
②小轩窗：小屋窗前。顾：看。短松：矮松。

蝶恋花

花褪残红青杏小。燕子飞时，绿水人家绕。枝上柳绵吹又少，天涯何处无芳草。①　墙里秋千墙外道。墙外行人，墙里佳人笑。笑渐不闻声渐悄，多情却被无情恼。

注释　东坡豪放，伤春词亦旷达。多情遭遇无情，难免落寞惆怅。
①褪：脱去。柳绵：柳絮。

阳关曲

中秋月

暮云收尽溢清寒，银汉无声转玉盘。①此生此夜不长好，明月明年何处看。

注释 阳关曲：词牌名，本名《渭城曲》。
①溢：满出。

浣溪沙

游蕲水清泉寺，寺临兰溪，溪水西流。

山下兰芽短浸溪，松间沙路净无泥，萧萧暮雨子规啼。① 谁道人生无再少？门前流水尚能西，休将白发唱黄鸡。②

注释 蕲水：县名，今湖北浠水。
①浸：泡在水里。
②无再少：不能回到少年时代。唱黄鸡：感叹时光流逝。因黄鸡可以报晓，表示时光的流逝。白居易《醉歌》："谁道使君不解歌，听唱黄鸡与白日。"

浣溪沙

籁籁衣巾落枣花，村南村北响缫车，牛衣古柳卖黄瓜。^①　　酒困路长惟欲睡，日高人渴漫思茶，敲门试问野人家。^②

注释

①籁（sù）籁：花落的声音。缫（sāo）车：抽丝工具。牛衣：用麻或草编织的给牛保暖的护被，此指蓑衣之类。

②漫思茶：想随便去哪里找点茶喝。漫：随意。野人家：村野农家。

鹧鸪天

林断山明竹隐墙，乱蝉衰草小池塘。翻空白鸟时时见，照水红蕖细细香。^①　　村舍外，古城旁，杖藜徐步转斜阳。殷勤昨夜三更雨，又得浮生一日凉。^②

注释

①林断山明：树林断绝处，山峰显现出来。翻空：飞翔在空中。红蕖（qú）：荷花。

②杖藜：拄着藜杖。殷勤：劳驾，有劳。浮生：意为世事无常，人生短促。

浣溪沙

元丰七年十二月二十四日，从泗州刘倩叔游南山。

细雨斜风作晓寒，淡烟疏柳媚晴滩，入淮清洛渐漫漫。① 雪沫乳花浮午盏，蓼茸蒿笋试春盘，人间有味是清欢。②

注释 刘倩叔：名士彦，泗州人，生平不详。

①媚：使……美好，这里是使动用法。清洛：洛涧，今安徽洛河，为东淮河的支流。漫漫：水势浩大。

②"雪沫"句：是说午间喝茶。雪沫乳花：指煎茶时上浮的白泡。蓼茸：蓼菜嫩芽。春盘：古代风俗，立春时用蔬菜水果、糕点等装盘馈赠亲友。清欢：清淡的欢愉。

永遇乐

彭城夜宿燕子楼，梦盼盼，因作此词。

明月如霜，好风如水，清景无限。曲港跳鱼，圆荷泻露，寂寞无人见。紞如三鼓，铿然一叶，黯黯梦云惊断。夜茫茫，重寻无处，觉来小园行遍。① 天涯倦客，山中归路，望断故园心眼。燕子楼空，佳人何在，空锁楼中燕。古今如梦，何曾梦觉，但有旧欢新怨。异时对、黄楼夜景，为余浩叹。[2]

注释 永遇乐：词牌名，又名《永遇乐慢》《消息》。彭城：今江苏徐州。燕子楼：唐代尚书张愔为其爱妾关盼盼所建。张去世后，关盼盼感念在心，居燕子楼十余年而不改嫁。

[1] 紞（dǎn）：击鼓声。三鼓：三更鼓声。铿然：清越的音响。梦云：夜梦神女朝云，云：比喻盼盼。惊断：惊醒。觉来：醒来。

[2] "望断"句：对故乡家园苦苦思念。心眼：心愿。黄楼：徐州东门上的大楼，苏轼任徐州知府时建造。"异时"二句：后世有人来到我建的黄楼上，看着这夜景，也会为我深深长叹吧。

李之仪

李之仪（1048—1117），字端叔，自号姑溪居士。沧州无棣（今山东无棣）人。北宋词人。

卜算子

我住长江头，君住长江尾。日日思君不见君，共饮长江水。　　此水几时休，此恨何时已。只愿君心似我心，定不负相思意。①

注释

①休：停止。已：完结。

黄庭坚

黄庭坚（1045—1105），字鲁直，号山谷道人，世称黄山谷、豫章先生。洪州分宁（今江西修水）人。著名文学家、书法家，江西诗派开山之祖。与张耒、晁补之、秦观合称为"苏门四学士"。

清平乐

春归何处？寂寞无行路。若有人知春去处，唤取归来同住。① 春无踪迹谁知？除非问取黄鹂。百啭无人能解，因风飞过蔷薇。②

注释

①无行路：没有留下春去的行踪。唤取：唤来。
②问取：询问。取：语助词。因风：顺着风势。

虞美人

宜州见梅作

天涯也有江南信，梅破知春近。夜阑风细得香迟，不道晓来开遍向南枝。^①　　玉台弄粉花应妒，飘到眉心住。平生个里愿杯深，去国十年老尽少年心。^②

注释　虞美人：词牌名，又名《一江春水》《巫山十二峰》等。宜州：今广西宜山。

①梅破：梅开，花蕾绽破。不道：不料。向南枝：由于面向太阳，南枝梅花先开。

②玉台：传说中天神的居处。弄粉：把梅花开放比作天宫"弄粉"。"飘到"句：由于群花的嫉妒，梅花只好移到美人的眉心上。宋武帝女儿寿阳公主卧于含章殿下，梅花落在公主额上，花成五瓣。此为"梅花妆"的来历。个里：此中。去国：离开京城。

秦观

秦观（1049—1100），字少游，一字太虚，号淮海居士，高邮（今江苏高邮）人。兼有诗、词、文赋和书法等多方面的艺术才能，是北宋婉约派重要词人。

满庭芳

山抹微云，天连衰草，画角声断谯门。暂停征棹，聊共引离尊。多少蓬莱旧事，空回首，烟霭纷纷。夕阳外，寒鸦万点，流水绕孤村。① 销魂，当此际，香囊暗解，罗带轻分。谩赢得、青楼薄幸名存。此去何时见也，襟袖上，空惹啼痕。伤情处，高城望断，灯火已黄昏。②

注释　满庭芳：词牌名，又名《锁阳台》《满庭霜》等。

①谯（qiáo）门：没设望楼的城门。引：举。尊：同"樽"，酒杯。蓬莱旧事：男女爱情的往事。烟霭：云雾。

②销魂：形容悲伤或快乐到极点。谩：徒然。薄幸：薄情。

鹊桥仙

纤云弄巧，飞星传恨，银汉迢迢暗渡。金风玉露一相逢，便胜却人间无数。① 柔情似水，佳期如梦，忍顾鹊桥归路。两情若是久长时，又岂在朝朝暮暮。②

注释 鹊桥仙：词牌名，又名《忆人人》《广寒曲》。

①纤云：轻盈的云彩。弄巧：指云彩在空中变化成各种形状。飞星：流星。暗渡：悄悄渡过。"金风"句：指七夕牛郎织女相会。

②忍顾：怎忍回视。

踏莎行

郴州旅舍

雾失楼台，月迷津渡，桃源望断无寻处。可堪孤馆闭春寒，杜鹃声里斜阳暮。① 驿寄梅花，鱼传尺素，砌成此恨无重数。郴江幸自绕郴山，为谁流下潇湘去？②

注释 踏莎（suō）行：词牌名，又名《踏雪行》《柳长春》《喜朝天》等。这首词作于秦观被贬郴州（今湖南郴州）时。

①雾失：为雾所迷失。月迷：月光与波光融合成一片，使人分辨不清。桃源：这里泛指词中人所思慕神往的地方。可堪：那堪，受不住。

②"驿寄"三句：是说友人们来信劝慰，更加深了自己的重重愁恨。陆凯《赠范晔诗》："折梅逢驿使，寄与陇头人。江南无所有，聊赠一枝春。"鱼传尺素：指书信，见汉乐府《饮马长城窟行》。"郴江"二句：是说郴江本来是绕着郴山流的，为何要流到潇湘去？言外之意是人生命运难以掌控，表达了被迫离乡远谪的怨恨之情。郴江：出自郴州黄岑岭，北流入湘江。幸自：本自。

浣溪沙

漠漠轻寒上小楼，晓阴无赖似穷秋。淡烟流水画屏幽。①　　自在飞花轻似梦，无边丝雨细如愁。宝帘闲挂小银钩。②

注释　本篇表达一种淡淡的伤春闲愁与幽怨的心境，蕴藉隽永。
①晓阴：早晨天阴着。无赖：无聊，无意趣。穷秋：深秋。
②宝帘：缀着珠宝的帘子，指华丽的帘幕。

行香子

　　树绕村庄，水满陂塘。倚东风、豪兴徜徉。小园几许，收尽春光。有桃花红，李花白，菜花黄。①　　远远围墙，隐隐茅堂。飏青旗、流水桥旁。偶然乘兴，步过东冈。正莺儿啼，燕儿舞，蝶儿忙。②

　　注释　行香子：词牌名。
　　①陂（bēi）塘：池塘。徜徉：安闲自在地步行。
　　②飏（yáng）：飘扬。青旗：青色的酒幌子。

好事近

梦中作

　　春路雨添花，花动一山春色。行到小溪深处，有黄鹂千百。①　　飞云当面化龙蛇，夭矫转空碧。醉卧古藤阴下，了不知南北。②

　　注释　好事近：词牌名，又名《钓船笛》《倚秋千》等。
　　①"春路"句：春雨催开路边花。
　　②龙蛇：形容飞云变幻如龙似蛇。夭矫：伸展屈曲而有气势。空碧：碧空。了：完全。

贺铸

贺铸（1052—1125），字方回，生于卫州（今河南卫辉）。北宋词人，其词兼有豪放、婉约二派之长。

青玉案

凌波不过横塘路，但目送、芳尘去。锦瑟华年谁与度？月桥花院，琐窗朱户，只有春知处。[1]　　飞云冉冉蘅皋暮，彩笔新题断肠句。若问闲情都几许？一川烟草，满城风絮，梅子黄时雨。[2]

注释　青玉案：词牌名。汉张衡《四愁诗》："美人赠我锦绣缎，何以报之青玉案。"因取以为调名。又名《横塘路》。这首词虚写相思之情，实抒不得志的"闲愁"。

[1]凌波：形容女子步态轻盈。横塘：在苏州城外，是作者隐居之所。芳尘去：指美人已去。锦瑟华年：指美好的青春年华。月桥：像月亮似的小拱桥。花院：花木环绕的庭院。琐窗：雕绘连琐花纹的窗户。

[2]蘅皋（héng　gāo）：长着香草的沼泽中的高地。彩笔：比喻有写作才华。都几许：总计多少。一川：遍地。

鹧鸪天

重过阊门万事非，同来何事不同归？梧桐半死清霜后，头白鸳鸯失伴飞。[1]　　原上草，露初晞，旧栖新垅两依依。空床卧听南窗雨，谁复挑灯夜补衣！[2]

注释　这是作者为悼念亡妻而作的词。

[1]阊门：苏州的西北门，这里指苏州。梧桐半死：比喻自己久经风霜，衰病憔悴。

[2]晞（xī）：干。旧栖：以前住的地方。新垅：新坟。

周邦彦

周邦彦（1056—1121），字美成，号清真居士，杭州钱塘（今浙江杭州）人。宋词婉约派代表词人之一，曾创作不少新词调。周词格律谨严，语言典雅，其作品在婉约派词人中长期被尊为正宗。

苏幕遮

燎沉香，消溽暑。鸟雀呼晴，侵晓窥檐语。叶上初阳干宿雨，水面清圆，一一风荷举。① 　　故乡遥，何日去？家住吴门，久作长安旅。五月渔郎相忆否？小楫轻舟，梦入芙蓉浦。②

注释

①燎：烧。溽（rù）暑：潮湿的暑气。呼晴：唤晴。旧有鸟鸣可占晴雨之说。侵晓：快天亮的时候。侵：渐近。窥檐语：偷偷听屋檐下的鸟语。宿雨：昨夜下的雨。清圆：指荷叶清润圆正。

②吴门：古吴县城也称吴门，即今苏州。此处以吴门泛指江南一带。长安：原指今西安，唐以前此地久作都城，故后世多借指京都。词中借指汴京，即今河南开封。旅：客居。渔郎：指作者小时候的伙伴。楫：短桨。芙蓉浦：有荷花的水边。这里指杭州西湖。

少年游

　　并刀如水，吴盐胜雪，纤手破新橙。锦幄初温，兽烟不断，相对坐调笙。^①　　低声问：向谁行宿？城上已三更。马滑霜浓，不如休去，直是少人行。^②

　　注释　少年游：词牌名，又名《小阑干》《玉腊梅枝》等。

　　①并（bīng）刀：并州出产的刀剪。如水：形容刀的锋利。吴盐：吴地出产的洁白的盐。幄（wò）：帐幕。兽烟：兽形香炉中升起的细烟。

　　②谁：哪里。直是：真是，正是。

满庭芳

夏日溧水无想山作

　　风老莺雏，雨肥梅子，午阴嘉树清圆。地卑山近，衣润费炉烟。人静乌鸢自乐，小桥外，新绿溅溅。凭栏久，黄芦苦竹，拟泛九江船。^①　　年年，如社燕，漂流瀚海，来寄修椽。且莫思身外，长近尊前。憔悴江南倦客，不堪听、急管繁弦。歌筵畔，先安簟枕，容我醉时眠。^②

注释 满庭芳：词牌名。溧水：今南京溧水区。无想山：在溧水南十八里处。

①风老莺雏：幼莺在暖风里长大了。"午阴"句：中午阳光下的树影清晰圆正。卑：低。乌鸢：乌鸦和老鹰。溅溅：流水声。"黄芦"二句：出自白居易《琵琶行》"黄芦苦竹绕宅生。"

②社燕：燕子春社时飞来，秋社时飞走，故称社燕。瀚海：沙漠，指荒凉偏远之地。修椽（chuán）：长椽子。椽子：承托屋面用的木构件。筵（yán）：古人席地而坐时铺的席子，泛指筵席。簟（diàn）席：枕席，泛指卧具。

朱敦儒

朱敦儒（1081—1159），字希真，号岩壑，又称伊水老人、洛川先生，洛阳人。有"词俊"之称。

朝中措

先生筇杖是生涯，挑月更担花。把住都无憎爱，放行总是烟霞。　飘然携去，棋亭问酒，萧寺寻茶。恰似黄鹂无定，不知飞到谁家。

注释　朝中措：词牌名，又名《照江梅》《芙蓉曲》等。
①先生：作者自称。筇（qióng）杖：竹杖。把住：控制住。放行：出行。
②棋亭：代指酒楼。萧寺：佛寺。

李清照

李清照（1084—1155），号易安居士，济南章丘（今山东济南章丘区）人。宋代女词人，婉约派代表，有"千古第一才女"之称。

如梦令

常记溪亭日暮，沉醉不知归路。兴尽晚回舟，误入藕花深处。争渡，争渡，惊起一滩鸥鹭。[1]

注释

[1]溪亭：溪边的亭台。回舟：乘船而回。藕花：荷花。争渡：奋力把船划出去。一说"争"是"怎"的通假字，争渡即是"怎么渡"。

如梦令

昨夜雨疏风骤，浓睡不消残酒。试问卷帘人，却道海棠依旧。知否，知否？应是绿肥红瘦。[1]

浣溪沙

绣面芙蓉一笑开，斜飞宝鸭衬香腮，眼波才动被人猜。①　一面风情深有韵，半笺娇恨寄幽怀，月移花影约重来。②

注释

①绣面：指贴花如绣的面庞。唐宋以前，妇女面额和脸颊上流行贴纹饰花样。芙蓉：比喻女子的娇艳美丽。宝鸭：鸭形发饰。

②"一面"句：一脸风情，很有韵味。笺：信笺。娇恨：娇怒，嗔怪，带有撒娇的性质。

点绛唇

蹴罢秋千，起来慵整纤纤手。露浓花瘦，薄汗轻衣透。①　见客入来，袜刬金钗溜。和羞走，倚门回首，却把青梅嗅。②

注释　点绛唇：词牌名，又名《十八香》《点樱桃》等。此篇寥寥数语，把一个娇憨羞涩又调皮可爱的女孩形象刻画得活灵活现。

①蹴（cù）：踏。这里指荡秋千。慵：懒，倦怠。花瘦：意为花蕾小小的，含苞待放。

②袜划（chǎn）：指跑掉鞋子，穿着袜子走。划：同"铲"。金钗溜：首饰从头上掉下来。

鹧鸪天

暗淡轻黄体性柔，情疏迹远只香留。何须浅碧深红色，自是花中第一流。①　　梅定妒，菊应羞，画栏开处冠中秋。骚人可煞无情思，何事当年不见收。②

注释　这是李清照前期的一首咏物词，赞美桂花。

①"暗淡"句：颜色暗淡微黄，体性柔美温和。"情疏"句：在幽僻之处，不惹人注意，只留给人香味。

②骚人：指屈原。可煞：可是。情思：情义。"何事"句：《离骚》中多载花木名称而无桂花。

渔家傲

天接云涛连晓雾，星河欲转千帆舞。仿佛梦魂归帝所，闻天语，殷勤问我归何处？①　　我报路长嗟日暮，学诗谩有惊人句。九万里风鹏正举。风休住，蓬舟吹取三山去！②

注释 这首词所描绘的是神奇美妙、气象壮阔的梦境。表达作者虽遇挫折，仍奋勇追求理想的豪气。

①"天接"二句：描写天色将明未明时的夜空景象：银河在流转消失，天上的云彩连着晓雾，像是银河中的波涛，又像千万片船帆在飞舞。帝所：天帝的住所。闻天语：倾听天帝说的话。殷勤：关切。

②报：回答。谩：空，徒然。吹取：吹到。蓬舟：像蓬草一样轻的小船。三山：指蓬莱、方丈、瀛洲三座仙山。

一剪梅

红藕香残玉簟秋。轻解罗裳，独上兰舟。云中谁寄锦书来，雁字回时，月满西楼。① 花自飘零水自流。一种相思，两处闲愁。此情无计可消除，才下眉头，却上心头。②

注释 一剪梅：词牌名，又名《一枝花》《腊梅香》等。

①簟（diàn）：竹席。锦书：指书信。

②"一种"二句：意思是彼此都在思念对方，可又不能互相倾诉，只好各在一方，独自愁闷。

醉花阴

薄雾浓云愁永昼，瑞脑消金兽。佳节又重阳，玉枕纱厨，半夜凉初透。① 东篱把酒黄昏后，有暗香盈袖。莫道不消魂，帘卷西风，人比黄花瘦。②

注释 醉花阴：词牌名，又名《醉春风》等。

①永昼：漫长的白天。瑞脑：一种熏香，又名龙脑。金兽：兽形的铜香炉。纱厨：即防蚊蝇的纱帐。

②东篱：指菊园。消魂：形容极度忧愁。

武陵春

风住尘香花已尽，日晚倦梳头。物是人非事事休，欲语泪先流。① 闻说双溪春尚好，也拟泛轻舟。只恐双溪舴艋舟，载不动许多愁。②

注释 武陵春：词牌名，又名《武林春》《花想容》。

①尘香：尘土也沾染上落花的香气。

②双溪：水名，在浙江金华。舴艋（zé měng）舟：见张先的《木兰花》注。

声声慢

寻寻觅觅，冷冷清清，凄凄惨惨戚戚。乍暖还寒时候，最难将息。三杯两盏淡酒，怎敌他晚来风急！雁过也，正伤心，却是旧时相识。① 满地黄花堆积，憔悴损，如今有谁堪摘？守着窗儿，独自怎生得黑！梧桐更兼细雨，到黄昏、点点滴滴。这次第，怎一个愁字了得！②

注释 声声慢：词牌名，又名《寒松叹》《凤求凰》等。

①戚戚：原是指忧惧，这里用其"忧"的一面，是悲伤、忧虑的意思。将息：休养、调理。

②怎生：怎样的。生：语助词。这次第：这情形。怎一个愁字了得：一个愁字怎能概括得尽呢？

岳飞

岳飞（1103—1142），字鹏举，相州汤阴（今河南汤阴）人。南宋时期抗金名将，民族英雄，也是书法家、诗人。

满江红

怒发冲冠，凭栏处、潇潇雨歇。抬望眼，仰天长啸，壮怀激烈。三十功名尘与土，八千里路云和月。莫等闲、白了少年头，空悲切。[①] 靖康耻，犹未雪。臣子恨，何时灭！驾长车，踏破贺兰山缺。壮志饥餐胡虏肉，笑谈渴饮匈奴血。待从头收拾旧山河，朝天阙。[②]

注释

①"三十"句：说自己年已三十，得到的功名如同尘土一样微不足道。"八千"句：形容南征北战，路途遥远，披星戴月。

②靖康耻：宋钦宗靖康二年（1127），金兵攻陷汴京，掳走徽、钦二帝。胡虏：对女真入侵者的蔑称。朝天阙：朝见皇帝。天阙：天子的宫阙。

小重山

昨夜寒蛩不住鸣。惊回千里梦，已三更。起来独自绕阶行，人悄悄，帘外月胧明。① 　　白首为功名。旧山松竹老，阻归程。欲将心事付瑶琴，知音少，弦断有谁听？②

注释　小重山：词牌名，又名《小重山令》《柳色新》等。此词以曲折含蓄的手法，表现作者壮志难酬，知音难觅的郁闷、忧愤之情。

①寒蛩（qióng）：秋天的蟋蟀。月胧明：月光不明。

②旧山：家乡的山。

朱淑真

朱淑真（约1135—约1180），女，浙江海宁人。号幽栖居士，南宋女词人。

清平乐

夏日游湖

恼烟撩露，留我须臾住。携手藕花湖上路，一霎黄梅细雨。① 娇痴不怕人猜，和衣睡倒人怀。最是分携时候，归来懒傍妆台。②

注释

①"恼烟"二句：荷花含烟带露，可留人稍住。恼、撩：都是引惹、撩拨之意。

②分携：分手，离别。

陆游

陆游（1125—1210），字务观，号放翁，越州山阴（今浙江绍兴）人。南宋著名爱国诗人。因主张抗金，屡遭排挤，仕途坎坷。他一生笔耕不辍，诗词文具有很高成就。有《剑南诗稿》85卷，收诗9000余首。

钗头凤

红酥手，黄滕酒，满城春色宫墙柳。东风恶，欢情薄。一怀愁绪，几年离索。错，错，错！①　　春如旧，人空瘦，泪痕红浥鲛绡透。桃花落，闲池阁。山盟虽在，锦书难托。莫，莫，莫！②

注释　钗头凤：词牌名，原名《撷芳词》，又名《折红英》。

①红酥手：形容女子的手红润柔嫩。黄滕（téng）：酒名，或作"黄藤"。宫墙：南宋以绍兴为陪都，因此有宫墙。离索：分离独居。

②浥（yì）：湿。鲛绡（jiāo xiāo）：神话传说鲛人所织的绡。这里指手帕。绡：生丝织物。池阁：池上楼阁。锦书：指书信。

卜算子

咏梅

驿外断桥边，寂寞开无主。已是黄昏独自愁，更著风和雨。^①　　无意苦争春，一任群芳妒。零落成泥碾作尘，只有香如故。^②

注释
①驿：驿站。著（zhuó）：同"着"，遭受。
②一任：任凭。

诉衷情

当年万里觅封侯，匹马戍梁州。关河梦断何处，尘暗旧貂裘。^①　　胡未灭，鬓先秋，泪空流。此身谁料，心在天山，身老沧洲。^②

注释　诉衷情：词牌名，原为唐教坊曲名。
①梁州：古代九州之一，约在今陕西南部和四川一带。关河：关塞、河防，指边防地。貂裘：貂皮袍子。

②胡：指金。鬓先秋：是说鬓发白如秋霜。"此身"三句：没料到这一生事与愿违，只想为抗金远征，到头来却老死家园。沧洲：水边之地，这里指作者晚年所居住的浙江绍兴。

唐琬

唐琬（1128—1156），又名婉，字蕙仙，越州山阴（今浙江绍兴）人。与陆游结婚后，因其才华横溢，以及与夫耽于爱情，引起陆母不满，认为唐琬耽误儿子的前程，且一直没有生育，令儿子休了唐婉。唐琬后嫁赵士程，但一直怀念陆游。后在沈园见到了陆游题的《钗头凤》词，感慨万千，便和了一阕。同年秋，抑郁而终。

钗头凤

世情薄，人情恶，雨送黄昏花易落。晓风干，泪痕残。欲笺心事，独语斜阑。难，难，难！① 人成各，今非昨，病魂常似秋千索。角声寒，夜阑珊。怕人寻问，咽泪装欢。瞒，瞒，瞒！②

注释

①薄：冷酷。笺：写信。此指吐露。斜阑：栏杆。

②人成各：两人各自分开。病魂：痛苦的灵魂。秋千索：摇荡的秋千。阑珊：将尽。咽：吞。

张孝祥

张孝祥（1132—1170），字安国，别号于湖居士，历阳（今安徽和县）人。绍兴二十四年（1154）状元及第。后任中书舍人、建康留守等职，因主张抗金曾被免职。其词风近苏、辛，为"豪放派"代表之一。

念奴娇

过洞庭

洞庭青草，近中秋，更无一点风色。玉鉴琼田三万顷，着我扁舟一叶。素月分辉，明河共影，表里俱澄澈。悠然心会，妙处难与君说。① 应念岭表经年，孤光自照，肝胆皆冰雪。短发萧疏襟袖冷，稳泛沧溟空阔。尽挹西江，细斟北斗，万象为宾客。扣舷独啸，不知今夕何夕。②

注释 这首词借洞庭月夜之景，抒发作者的高洁忠贞和豪迈气概，亦隐隐透出被贬谪的悲凉。

①青草：湖名，属于洞庭湖的一部分。风色：风势。玉鉴琼田：形容湖面的莹澈。鉴：镜。着：附着。素月：洁白的月亮。明河：银河。

共影：指明亮的月光和银河的光辉都映在湖面上。

②岭表：指岭南。一作岭海。经年：过了一年或一年以上。孤光：指月光。冰雪：比喻心地光明磊落，像冰雪般纯洁。萧疏：稀疏。沧溟：沧海。这是形容洞庭湖空阔如海。"尽挹"三句：让我舀尽西江之水，斟在北斗星做成的酒勺中，请天地万象都来做我的宾客。挹（yì）：舀。西江：指长江。扣：敲击。一作"叩"。"不知"句：赞叹湖上夜色美好，使人沉醉，竟忘记了一切（包括时间）。

辛弃疾

辛弃疾（1140—1207），原字坦夫，后改字幼安，别号稼轩，济南历城（今济南历城区）人。他生长在沦陷区，二十二岁时曾聚集二千多人参加抗金起义。归南宋后，历任滁州知州，湖南、江西等路安抚使。后遭到主和派猜忌，从四十三岁起，闲居信州（今江西上饶）近二十年。晚年起任浙东安抚使、镇江知府，积极准备抗金。因不获重视，忧愤去世。他是宋词"豪放派"的杰出代表。辛词以其强烈的爱国激情和艺术上的创新精神，在文学史上产生了巨大影响。

摸鱼儿

淳熙己亥，自湖北漕移湖南，同官王正之置酒小山亭，为赋。

更能消几番风雨？匆匆春又归去。惜春长怕花开早，何况落红无数。春且住，见说道、天涯芳草无归路。怨春不语。算只有殷勤，画檐蛛网，尽日惹飞絮。①　　长门事，准拟佳期又误。蛾眉曾有人妒。千金纵买相如赋，脉脉此情谁诉？君莫舞，君不见、玉环飞燕皆尘土！闲愁最苦。休去倚危栏，斜阳正在，烟柳断肠处。②

注释 摸鱼儿：词牌名，又名《买陂塘》《双蕖怨》等。漕：漕司的简称，指转运使。王正之：名正己，是作者旧交。此词是一首惜春忧时之作。

①消：经受。"算只有"三句：想来只有檐下蛛网还殷勤地沾惹飞絮，留住春色。

②长门：汉代宫殿名。武帝皇后陈阿娇失宠后被幽闭于此。"千金"句：陈后居长门终日愁苦，闻司马相如文名，于是拿出千金，请司马相如写了《长门赋》，以感悟武帝。陈后复得宠幸。玉环飞燕：指杨贵妃和赵飞燕。

水龙吟

登建康赏心亭

楚天千里清秋，水随天去秋无际。遥岑远目，献愁供恨，玉簪螺髻。落日楼头，断鸿声里，江南游子。把吴钩看了，栏杆拍遍，无人会、登临意。① 休说鲈鱼堪脍，尽西风、季鹰归未？求田问舍，怕应羞见，刘郎才气。可惜流年，忧愁风雨，树犹如此！倩何人唤取，红巾翠袖，揾英雄泪！②

注释 建康：今南京。赏心亭在建康下水门城楼上。

①遥岑（cén）：远山。远目：远望。玉簪螺髻：写远山的形状。螺髻：螺式发髻。这三句的意思是：极目遥望远处的山峦，还有那些山峰像女人头上的玉簪和螺髻，更引起我对国土沦丧的忧愁与愤慨。断鸿：

失群的孤雁。吴钩：泛指刀剑。会：领会。

②"休说"二句：是说不愿学张翰弃官归隐。脍（kuài）：肉切得很细。季鹰：晋代张翰的字。他在洛阳为官，见秋风起，因思念吴中菰菜、莼菜、鲈鱼脍而弃官归隐。"求田"三句：意思是如果像许汜那样庸俗自私，将会为天下英雄耻笑。《三国志·陈登传》记载刘备批评许汜说："君有国士之名，今天下大乱，帝王失所，望君忧国忘家，有救世之意。而君求田问舍，言无可采。"刘郎：指刘备。"可惜"三句：叹壮志难酬，而年华虚度。树犹如此：晋桓温北伐，经金城，见昔日所植柳已大十围，感慨说："木犹如此，人何以堪！"倩（qìng）：使，请。红巾翠袖：代指女子。揾（wèn）：擦拭。

菩萨蛮

书江西造口壁

郁孤台下清江水，中间多少行人泪。西北望长安，可怜无数山。①　青山遮不住，毕竟东流去。江晚正愁余，山深闻鹧鸪。②

注释　造口：在今江西万安县西南六十里。

①郁孤台：在今江西赣州市城区西北部。清江：赣江与袁江合流处旧称清江。长安：此处代指宋都汴京。可怜：可惜。

②愁余：使我发愁。鹧鸪：鸟名，啼声凄苦。

青玉案

元夕

东风夜放花千树，更吹落，星如雨。宝马雕车香满路。凤箫声动，玉壶光转，一夜鱼龙舞。① 蛾儿雪柳黄金缕，笑语盈盈暗香去。众里寻他千百度。蓦然回首，那人却在，灯火阑珊处。②

注释 青玉案：词牌名，又名《一年春》《西湖路》等。元夕：元宵节又称元夕或元夜。

①花千树：花灯之多如千树花开。星如雨：形容满天焰火。宝马雕车：豪华的马车。凤箫：箫的美称。玉壶：指月亮。鱼龙舞：指舞动鱼形、龙形的彩灯。

②"蛾儿"句：指元宵节妇女所戴的头饰。阑珊：零落，形容灯火稀少。

清平乐

村居

茅檐低小，溪上青青草。醉里吴音相媚好，白发谁家翁媪。^①　　大儿锄豆溪东，中儿正织鸡笼。最喜小儿无赖，溪头卧剥莲蓬。^②

注释

①吴音：吴地方言。相媚好：指相互逗趣、取乐。翁媪（ǎo）：老翁，老妇。

②锄豆：锄掉豆田里的草。无赖：指小孩顽皮可爱。

鹧鸪天

代人赋

陌上柔桑破嫩芽，东邻蚕种已生些。平冈细草鸣黄犊，斜日寒林点暮鸦。^①　　山远近，路横斜，青旗沽酒有人家。城中桃李愁风雨，春在溪头荠菜花。^②

①破：长出。平冈：平坦的小山坡。

②荠（jì）菜：十字花科、荠属植物，一年生或二年生草本，嫩的茎叶可作蔬菜食用。

西江月

夜行黄沙道中

明月别枝惊鹊，清风半夜鸣蝉。稻花香里说丰年，听取蛙声一片。①　　七八个星天外，两三点雨山前。旧时茅店社林边，路转溪桥忽见。②

注释　黄沙：黄沙岭，在江西上饶西。

①"明月"句：夜鹊因月明而栖息不定。别枝惊鹊：惊动喜鹊飞离树枝。

②茅店：茅草盖的乡村客店。社林：靠近土地庙的树林。见：同"现"，出现。

丑奴儿

书博山道中壁

少年不识愁滋味，爱上层楼。爱上层楼，为赋新词强说愁。　　而今识尽愁滋味，欲说还休。欲说还休，却道天凉好个秋。

注释　丑奴儿：词牌名，又名《采桑子》等。博山：在今江西上饶市广丰区西南。

破阵子

为陈同甫赋壮词以寄之

醉里挑灯看剑，梦回吹角连营。八百里分麾下炙，五十弦翻塞外声，沙场秋点兵。①　　马作的卢飞快，弓如霹雳弦惊。了却君王天下事，赢得生前身后名。可怜白发生！②

注释　陈同甫：陈亮，字同甫，南宋词人。

①"八百"句：把酒食分给部下享用。八百里：指牛。晋人王恺有珍爱之牛，名"八百里驳"，一次赌输，被王济杀掉烤食。后世常用此典咏牛。这里泛指酒食。麾下：部下。五十弦：本指瑟，泛指乐器。翻：演奏。

②的卢：马名。相传刘备曾乘的卢，马跃檀溪，脱离险境。天下事：此指收复中原之事。可怜：可惜。

永遇乐

京口北固亭怀古

　　千古江山，英雄无觅孙仲谋处。舞榭歌台，风流总被雨打风吹去。斜阳草树，寻常巷陌，人道寄奴曾住。想当年，金戈铁马，气吞万里如虎。①　　元嘉草草，封狼居胥，赢得仓皇北顾。四十三年，望中犹记，烽火扬州路。可堪回首，佛狸祠下，一片神鸦社鼓。凭谁问：廉颇老矣，尚能饭否？②

注释　永遇乐：词牌名。京口：今江苏镇江。北固亭：在镇江城北北固山上。

①孙仲谋：孙权，字仲谋。榭（xiè）：建在台上的房屋。寄奴：南朝宋武帝刘裕的小字。"想当"三句：是说当年刘裕北伐，先后灭南燕、后秦，勇猛如虎。

②"元嘉"三句：写宋文帝刘义隆仓促北伐，终于失败。"四十"三句：四十三年前，作者在山东起义，经扬州南归。今日登临北望，还记得

当年战火纷飞的情形。"可堪"三句：回想当年建佛狸祠，强迫中原人民供奉，香火竟然很盛，叫人怎能忍受？佛狸：后魏拓跋焘的小名。神鸦：吃庙里祭品的乌鸦。社鼓：社日祭神的鼓乐声。"凭谁"三句：作者以廉颇自比，慨叹虽然年老，但雄心犹在，可又有谁来过问呢？

南乡子

登京口北固亭有怀

何处望神州？满眼风光北固楼。千古兴亡多少事，悠悠。不尽长江滚滚流。① 　　年少万兜鍪，坐断东南战未休。天下英雄谁敌手？曹刘。生子当如孙仲谋。②

注释

①神州：本指全中国，这里指中原沦陷区。北固楼：即北固亭。

②兜鍪（móu）：古代将士戴的头盔。这里借指战士。坐断：占据。曹刘：指曹操与刘备。

贺新郎

邑中园亭，仆皆为赋此词。一日，独坐停云，水声山色竞来相娱，意溪山欲援例者。遂作数语，庶几仿佛渊明思亲友之意云。

甚矣吾衰矣。怅平生、交游零落，只今余几！白发空垂三千丈，一笑人间万事。问何物、能令公喜？我见青山多妩媚，料青山见我应如是。情与貌，略相似。[1]　　一尊搔首东窗里，想渊明《停云》诗就，此时风味。江左沈酣求名者，岂识浊醪妙理。回首叫云飞风起。不恨古人吾不见，恨古人不见吾狂耳。知我者，二三子。[2]

注释　邑：指今江西铅山。仆：自称。停云：停云堂，在铅山东，系辛弃疾晚年所建。意：料想。援例：按照惯例。庶几：近似。

[1] 甚矣吾衰矣：这是孔子慨叹自己"道不行"的话。作者借此感叹自己的壮志难酬。

[2] "一尊"三句：把酒一樽，窗前吟诗，怡然自得。想来陶渊明写就《停云》诗后也是这样的感觉吧。"江左"二句：东晋那些虽然饮酒而仍求名的人，怎能像陶渊明那样懂得酒的妙处。浊醪（láo）：指酒。沈酣：也作"沉酣"，即沉醉。二三子：引用《论语·述而》："二三子以我为隐乎。"

鹧鸪天

　　壮岁旌旗拥万夫，锦襜突骑渡江初。燕兵夜娖银胡䩵，汉箭朝飞金仆姑。^①　　追往事，叹今吾，春风不染白髭须。却将万字平戎策，换得东家种树书。^②

注释

①"壮岁"句：指作者领导起义抗金事，当时正二十出头。"锦襜"句：指作者南归前统帅部队和敌人战斗之事。襜（chān）：战袍。"燕兵"句：意为金兵夜晚枕着箭袋小心提防。娖（chuò）：整理。胡䩵（lù）：箭袋。"汉箭"句：意为清晨宋军万箭齐发，向金兵发起进攻。金仆姑：箭名。

②髭（zī）须：胡须。平戎策：平定入侵者的策略。指作者南归后向朝廷提出的《美芹十论》《九议》等抗金意见书。东家：东邻。种树书：研究栽培树木的书籍。

陈亮

陈亮（1143—1194），原名陈汝能，字同甫，号龙川，婺州永康（今浙江永康）人。南宋思想家、文学家，宋词"豪放派"主要人物之一。

水调歌头

送章德茂大卿使虏

不见南师久，漫说北群空。当场只手，毕竟还我万夫雄。自笑堂堂汉使，得似洋洋河水，依旧只流东。且复穹庐拜，会向藁街逢。① 尧之都，舜之壤，禹之封。于中应有，一个半个耻臣戎。万里腥膻如许，千古英灵安在，磅礴几时通？胡运何须问，赫日自当中。②

注释 章德茂：章森，字德茂。淳熙十二年（1185）底，宋孝宗派章森以大理少卿试户部尚书衔出使金国贺万春节，陈亮作此词送行。

① 漫说：休说。漫：一作"谩"。北群空：指没有良马，借喻没有人才。语出韩愈《送温处士赴河阳军序》："伯乐一过冀北之野，而马群

遂空。""当场"二句：意为当场大事，只手承担，毕竟您是万夫之雄。"且复"二句：意为且去朝拜一次，将来必定把他抓到我们国家来。藁（gǎo）街：汉朝长安城南门内给少数民族居住的地方。

②壤：土地。封：封疆。腥膻（shān）：代指金人。"赫日"句：以红日当空比喻抗金必胜。赫日：红日。

吴淑姬

吴淑姬（生卒年不详），湖州（今属浙江）人。家贫，美而慧，著有《阳春白雪词》五卷。与李清照、朱淑真、张玉娘并称"宋代四大女词人"。

小重山

谢了荼蘼春事休。无多花片子，缀枝头。庭槐影碎被风揉，莺虽老，声尚带娇羞。[1]　　独自倚妆楼。一川烟草浪，衬云浮。不如归去下帘钩，心儿小，难着许多愁。[2]

注释　小重山：词牌名。

[1]荼蘼（tú mí）：花名，暮春时节开花。王淇诗："开到荼蘼花事了"。花片子：花瓣。这是吴淑姬独创的词语。

[2]衬云浮：衬托着浮动的白云。难着：难以承载。

严蕊

严蕊（生卒年不详），原姓周，字幼芳，出身低微，后沦为台州营妓，改艺名严蕊。善操琴、弈棋、歌舞、书画，是南宋中期女词人。

卜算子

不是爱风尘，似被前缘误。花落花开自有时，总赖东君主。[①]
去也终须去，住也如何住！若得山花插满头，莫问奴归处。[②]

注释

①风尘：古代称妓女为堕落风尘。前缘：前世因缘。东君：司春之神，借指主管妓女的地方官吏。

②"若得"二句：若能头插山花，过着山野农家生活，那时也就不需要问我归向何处。

姜夔（kuí）

姜夔（约1155—约1221），字尧章，号白石道人，饶州鄱阳（今江西鄱阳）人。南宋诗人、词人、书法家、音乐家。

扬州慢

淳熙丙申至日，予过维扬。夜雪初霁，荠麦弥望。入其城，则四顾萧条，寒水自碧。暮色渐起，戍角悲吟。予怀怆然，感慨今昔，因自度此曲。千岩老人以为有《黍离》之悲也。

淮左名都，竹西佳处，解鞍少驻初程。过春风十里，尽荠麦青青。自胡马窥江去后，废池乔木，犹厌言兵。渐黄昏，清角吹寒，都在空城。① 杜郎俊赏，算而今、重到须惊。纵豆蔻词工，青楼梦好，难赋深情。二十四桥仍在，波心荡、冷月无声。念桥边红药，年年知为谁生。②

注释 淳熙丙申：孝宗淳熙三年（1176）。至日：冬至日。维扬：扬州。霁：雨后或雪后转晴。荠麦：荠菜和野生麦子。弥望：满眼。戍角：军营中发出的号角声。自度：自己创制。千岩老人：南宋诗人萧德藻，字东夫，自号千岩老人。姜夔曾跟他学诗，又是他的侄女婿。黍离：《诗经·王风》篇名。后以"黍离"表示故国之思。

①淮左名都：指扬州。竹西：亭名，在扬州蜀岗南。初程：行程的最初阶段。"过春"句：经过以前的繁华街道。杜牧有"春风十里扬州路"的诗句。胡马窥江：建炎三年（1129），金兵入扬州，大肆焚掠。"犹厌"句：连树木对金兵入侵的战事还是厌恶的。清角吹寒：凄清的号角带来寒意。

②杜郎：杜牧。俊赏：俊逸高超。算：估计。"纵豆"三句：杜牧才华虽高，经历丰富，也难以表达出他的惊心动魄的感受。红药：芍药。扬州芍药曾被称为天下名花。

点绛唇

丁未冬过吴松作

燕雁无心，太湖西畔随云去。数峰清苦，商略黄昏雨。①　　第四桥边，拟共天随住。今何许？凭栏怀古，残柳参差舞。②

注释　丁未：宋孝宗淳熙十四年（1187）。吴松：即今苏州吴江区。此词格韵高绝，意象朦胧。

①燕：指北方幽燕一带。商略：商量。

②第四桥：即甘泉桥，在吴江城外。天随：唐代诗人陆龟蒙号天随子，姜夔很钦慕他。何许：何处，何时。

史达祖

史达祖（1163—1220?），字邦卿，号梅溪，汴京（今河南开封）人。婉约派重要词人，风格工巧，推动宋词走向基本定型。

双双燕

咏燕

过春社了，度帘幕中间，去年尘冷。差池欲住，试入旧巢相并。还相雕梁藻井，又软语商量不定。飘然快拂花梢，翠尾分开红影。① 　芳径，芹泥雨润。爱贴地争飞，竞夸轻俊。红楼归晚，看足柳昏花暝。应自栖香正稳，便忘了、天涯芳信。愁损翠黛双蛾，日日画栏独凭。②

注释　双双燕：词牌名，由史达祖创调。

①度：穿过。差池：形容燕子的羽尾舒张。《诗经·邶风·燕燕》"燕燕于飞，差池其羽。"相并：双栖。相（xiàng）：察看，端详。藻井：用彩色图案装饰的天花板，形状似井栏，故称藻井。软语：燕子的呢喃声。红影：花影。

②芹泥：水边长芹的泥土。栖香：睡得香甜。芳信：意中人的音

信。翠黛双蛾：用青黛画过的双眉，指闺中少妇。黛：青黑色的描眉颜料。蛾：蛾眉。

绮罗香

春雨

　　做冷欺花，将烟困柳，千里偷催春暮。尽日冥迷，愁里欲飞还住。惊粉重、蝶宿西园，喜泥润、燕归南浦。最妙它、佳约风流，钿车不到杜陵路。①　　沉沉江上望极，还被春潮晚急，难寻官渡。隐约遥峰，和泪谢娘眉妩。临断岸、新绿生时，是落红、带愁流处。记当日，门掩梨花，剪灯深夜语。②

　　注释　绮罗香：词牌名，又名绮罗春，为史达祖所创。
　　①做冷欺花：春雨寒冷，妨碍了花儿的开放。冥迷：迷蒙。钿车：用珠宝装饰的车。杜陵：地名，在长安东南，也叫乐游原。
　　②官渡：公用的渡船。谢娘：指才女，对心爱女子的代称。

吴文英

吴文英（约1200—约1260），字君特，号梦窗，晚年又号觉翁，四明（今浙江宁波）人。南宋词坛大家，有《梦窗词》传世。

风入松

听风听雨过清明，愁草瘗花铭。楼前绿暗分携路，一丝柳，一寸柔情。料峭春寒中酒，交加晓梦啼莺。[①]　　西园日日扫林亭，依旧赏新晴。黄蜂频扑秋千索，有当时、纤手香凝。惆怅双鸳不到，幽阶一夜苔生。[②]

注释　风入松：词牌名，古琴曲，又名《松风慢》《远山横》等。

①草：起草。瘗（yì）：埋葬。铭：文体的一种。分携：分手。中酒：醉酒。

②双鸳：女子的绣花鞋，借指女子。

陈人杰

陈人杰（1218—1243），一名经国，字刚父，号龟峰，长乐（今福建福州）人。南宋末年爱国词人。

沁园春

诗不穷人，人道得诗，胜如得官。有山川草木，纵横纸上；虫鱼鸟兽，飞动毫端。水到渠成，风来帆速，廿四中书考不难。惟诗也，是乾坤清气，造物须悭。[①]　　金张许史浑闲，未必有功名久后看。算南朝将相，到今几姓；西湖名胜，只说孤山。象笏堆床，蝉冠满座，无此新诗传世间。杜陵老，向年时也自，井冻衣寒。[②]

注释

①"人道"二句：化用唐郑谷诗句："得句胜于得好官。"得官：获得官职。毫端：笔尖。毫：毫毛。古人写作用毛笔。"廿四"句：唐朝大臣郭子仪任中书令（宰相）二十四年，主持了二十四次对百官的政绩考核。清气：古人认为天地间有清浊二气，清气生成美好的事物，浊气则相反。悭（qiān）：吝啬。

②金张许史：西汉时金日磾（mì dī）、张汤、许广汉、史高四个富贵显赫的家族。浑闲：真的寻常，即没有什么了不起。孤山：北宋诗

人林逋隐居处。象笏（hù）：象牙制成的笏（古代官员朝见皇帝时手捧的记事板）。蝉冠：汉代侍中、中常侍等官员的冠上有蝉形装饰，后以"蝉冠"代指达官贵人。杜陵老：指杜甫。向年时：那时候。井冻衣寒：出自杜甫《空囊》诗："不爨井晨冻，无衣床夜寒。"不爨（cuàn）：即断炊。爨：烧火做饭。

邓剡（yǎn）

邓剡（1232—1303），字光荐，又字中甫，号中斋，庐陵（今江西吉安）人。南宋末年爱国诗人、词作家。

酹江月

驿中言别

水天空阔，恨东风，不惜世间英物。蜀鸟吴花残照里，忍见荒城颓壁。铜雀春情，金人秋泪，此恨凭谁雪？堂堂剑气，斗牛空认奇杰。[1]　　那信江海余生，南行万里，属扁舟齐发。正为鸥盟留醉眼，细看涛生云灭。睨柱吞嬴，回旗走懿，千古冲冠发。伴人无寐，秦淮应是孤月。[2]

注释　酹江月：词牌名，即《念奴娇》。邓剡和文天祥是同乡好友。1278 年，文天祥抗元兵败，被俘为虏。邓剡跳海未死也被俘，两人拘押在一地，又一同被押解北上元都。到金陵时，邓剡因病留下，文天祥继续北上。临别之际，邓剡作此词赠文天祥，为好友壮行。借历史人物抒发胸臆，表示誓不屈服的决心。文天祥也以同调同韵作答词。

[1]蜀鸟：指杜鹃鸟。金人：指魏明帝迁铜人、承露盘等汉时旧物，

铜人落泪之事。斗牛：二十八宿中的斗、牛二宿。

②鸥盟：原指与海鸥交朋友，这里借指抗元战友。留醉眼：深情地看。睨柱吞嬴：指蔺相如出使秦国，完璧归赵的故事。回旗走懿：指诸葛亮遗计吓退司马懿的事。

蒋捷

蒋捷（约 1245—1305），字胜欲，号竹山，阳羡（今江苏宜兴）人，南宋词人。南宋覆灭后，隐居不仕，人称"竹山先生"。

一剪梅

舟过吴江

一片春愁待酒浇。江上舟摇，楼上帘招。秋娘渡与泰娘桥，风又飘飘，雨又潇潇。^①　　何日归家洗客袍？银字笙调，心字香烧。流光容易把人抛，红了樱桃，绿了芭蕉。^②

注释　吴江：今江苏苏州市吴江区。
①帘：酒帘。秋娘渡：指吴江渡。秋娘为唐代歌伎常用名。泰娘桥：当地地名。
②银字笙：身上有银字的笙。调：调弦弹奏。心字香烧：点燃香炉里心字形的香。流光：时光。

虞美人

听雨

少年听雨歌楼上，红烛昏罗帐。壮年听雨客舟中，江阔云低，断雁叫西风。① 　而今听雨僧庐下，鬓已星星也。悲欢离合总无情，一任阶前点滴到天明。②

注释

① "少年"二句：年轻时候的放浪生活。"壮年"三句：为功名事业奔走四方的生活。

② "而今"二句：亡国后的避世生活。星星：形容白发多。

元好问

元好问（1190—1257），字裕之，号遗山，太原秀容（今山西忻州）人。曾在金朝为官，金亡不仕，致力于金代史料的收集，是金代著名的诗人。

摸鱼儿

乙丑岁赴试并州，道逢捕雁者云："今旦获一雁，杀之矣。其脱网者悲鸣不能去，竟自投于地而死。"予因买得之，葬之汾水之上，累石为识，号曰雁丘。时同行者多为赋诗，予亦有《雁丘词》。旧所作无宫商，今改定之。

问世间情是何物，直教生死相许？天南地北双飞客，老翅几回寒暑。欢乐趣，离别苦，就中更有痴儿女。君应有语，渺万里层云，千山暮雪，只影向谁去？[①]　横汾路，寂寞当年箫鼓，荒烟依旧平楚。招魂楚些何嗟及，山鬼暗啼风雨。天也妒，未信与，莺儿燕子俱黄土。千秋万古，为留待骚人，狂歌痛饮，来访雁丘处。[②]

注释　乙丑：金章宗泰和五年（1205）。并州：古州名，包括今山西太原、大同、内蒙古河套等地。累石：用石头垒起。识（zhì）：标志。雁丘：嘉庆《大清一统志》：雁丘在阳曲县西汾水旁。无宫商：不协音律。

①直教：竟使。许：随从。双飞客：大雁双宿双飞，秋去春来。"就中"句：这雁群中更有痴迷于爱情的。

②"横汾"三句：葬雁的汾水，当年汉武帝横渡时何等热闹，如今寂寞凄凉。平楚：丛林树梢平齐。"招魂"二句：雁死不能复生，山鬼为之哀啼。楚些（suò）：《楚辞·招魂》句尾皆有"些"字，故曰"楚些"。何嗟及：悲叹无济于事。"天也"二句：雁的殉情将使它不像莺、燕那样死葬黄土，不为人知。它的声名会惹起天的嫉妒。

张玉娘

张玉娘（1250—1277），字若琼，自号一贞居士，处州松阳（今浙江松阳）人，南宋女词人。

浣溪沙

秋夜

玉影无尘雁影来，绕庭荒砌乱蛩哀。凉窥珠箔梦初回。^①　　压枕离愁飞不去，西风疑负菊花开。起看清秋月满台。^②

注释

①玉影：指明月。荒砌：荒凉的台阶。凉窥：凉气透过。珠箔：珠帘。

②压枕：形容离愁之重。"西风"句：意为我思念之人，不要像西风辜负菊花那样，辜负我的一番深情。

宋代诗选

王禹偁（chēng）

王禹偁（954—1001），字元之，济州巨野（今山东巨野）人。北宋诗人、散文家。

村行

马穿山径菊初黄，信马悠悠野兴长。[1]
万壑有声含晚籁，数峰无语立斜阳。[2]
棠梨叶落胭脂色，荞麦花开白雪香。
何事吟余忽惆怅，村桥原树似吾乡。[3]

注释 这首诗是王禹偁于太宗淳化二年被贬为商州团练副使时写的。

①信马：骑着马随意行走。野兴：对自然景物的情趣。

②晚籁：指秋声。籁：大自然的声响。

③原树：原野上的树。

寇准

寇准（961—1023），字平仲，华州下邽（今陕西渭南）人。进士出身，官至宰相，是北宋著名政治家、诗人。

咏华山

只有天在上，更无山与齐。[①]
举头红日近，回首白云低。

注释

①与齐：与之齐的省略，即没有山与华山一样高。

林逋

（作者简介见《唐宋词选》）

山园小梅

其一

众芳摇落独暄妍，占尽风情向小园。①
疏影横斜水清浅，暗香浮动月黄昏。②
霜禽欲下先偷眼，粉蝶如知合断魂。③
幸有微吟可相狎，不须檀板共金樽。④

注释 这组诗共二首。

①暄（xuān）妍：明媚美丽。

②"疏影"句：写梅花投影在水中的形态之美。

③霜禽：白色的鸟，如白鹭、白鹤之类。偷眼：偷偷窥视。合：应该。断魂：销魂。

④狎：玩赏，亲近。檀板：檀木制成的拍板，歌唱或演奏音乐时用来打拍子。这里泛指乐器。金樽：豪华的酒杯，指饮酒。

范仲淹

(作者简介见《唐宋词选》)

江上渔者

江上往来人，但爱鲈鱼美。①
君看一叶舟，出没风波里。

注释

①但：只是。

晏殊

（作者简介见《唐宋词选》）

无题

油壁香车不再逢，峡云无迹任西东。①
梨花院落溶溶月，柳絮池塘淡淡风。②
几日寂寥伤酒后，一番萧瑟禁烟中。③
鱼书欲寄何由达，水远山长处处同。④

注释

①油壁香车：古代妇女所坐的车，因车厢涂刷油漆而得名。这里代指女子。峡云：巫山峡谷上的云彩。巫山云雨通常指男女爱情。

②溶溶：形容月光像水一样流动。

③伤酒：因过度饮酒而致身体不适。禁烟：古代清明前一两日为寒食节，禁火，吃冷食。

④鱼书：书信。何由达：即无法寄达。水远山长：形容天各一方，重重阻隔。

梅尧臣

梅尧臣（1002—1060），字圣俞，宣州宣城（今安徽宣城）人。在北宋诗文革新运动中，他是中坚人物之一。

鲁山山行

适与野情惬，千山高复低。①
好峰随处改，幽径独行迷。②
霜落熊升树，林空鹿饮溪。③
人家在何许？云外一声鸡。④

注释 鲁山：一名露山，在河南鲁山县东北。

①适：恰好。野情：喜爱山野之情。惬（qiè）：惬意，舒心，此处是迎合的意思。

②"好峰"句：山峰随观察的角度变化而不同。

③熊升树：熊爬上树。

④何许：何处。云外：云雾缭绕的远处。一声鸡：暗示有人家。

陶者

陶尽门前土，屋上无片瓦。
十指不沾泥，鳞鳞居大厦。[①]

注释 陶者：制造砖瓦陶器的工匠。
①鳞鳞：形容屋上盖的瓦像鱼鳞一样。

张俞

张俞（生卒年不详），字少愚，号白云先生，益州郫县（今四川成都郫州区）人。北宋文学家。

蚕妇

昨日入城市，归来泪满巾。
遍身罗绮者，不是养蚕人。[①]

注释 蚕妇：养蚕的妇女。
①罗绮者：穿绫罗绸缎的人。绮（qǐ）：有花纹的丝织品。

欧阳修

（作者简介见《唐宋词选》）

戏答元珍

春风疑不到天涯，二月山城未见花。①
残雪压枝犹有橘，冻雷惊笋欲抽芽。②
夜闻归雁生乡思，病入新年感物华。③
曾是洛阳花下客，野芳虽晚不须嗟。④

注释　元珍：丁宝臣，字元珍，当时作峡州军事判官。
①天涯：当时作者被贬官到夷陵（今湖北宜昌），距京城遥远，故云。山城：指夷陵。
②冻雷：初春时节的雷，因仍有冰雪，故称。
③物华：美好的景物。
④"曾是"句：作者曾任西京（洛阳）留守推官。

画眉鸟

百啭千声随意移，山花红紫树高低。
始知锁向金笼听，不及林间自在啼。

苏舜钦

苏舜钦（1008—1048），字子美，原籍梓州铜山（今四川中江），出生在开封。其诗粗犷豪迈，与梅尧臣齐名，世称"苏梅"。

淮中晚泊犊头

春阴垂野草青青，时有幽花一树明。[①]
晚泊孤舟古祠下，满川风雨看潮生。

注释　淮：淮河。犊头：犊头镇，在今江苏淮阴县境内。
①春阴垂野：春天的阴云笼罩原野。

司马光

司马光（1019—1086），字君实，号迂叟，陕州夏县（今山西夏县）人。北宋政治家、史学家、文学家。主持编纂了编年体通史《资治通鉴》。

客中初夏

四月清和雨乍晴，南山当户转分明。^①
更无柳絮因风起，惟有葵花向日倾。^②

注释 客中：旅居他乡。

①清和：天气清明而暖和。当户：正对门。这句意为：正对着门户的南山更加清楚可见。

②"更无"二句：通过柳絮与葵花的对比，表达作者对君王的一片忠心。

王安石

（作者简介见《唐宋词选》）

梅花

墙角数枝梅，凌寒独自开。①
遥知不是雪，为有暗香来。②

注释
①凌寒：冒着严寒。
②为：因为。

登飞来峰

飞来山上千寻塔，闻说鸡鸣见日升。
不畏浮云遮望眼，自缘身在最高层。①

注释 飞来峰：即浙江绍兴城外的宝林山。唐宋时期其上有应天塔，俗称塔山。
①望眼：视线。缘：因为。

泊船瓜洲

京口瓜洲一水间，钟山只隔数重山。[①]
春风又绿江南岸，明月何时照我还？

注释 瓜洲：在扬州市南长江北岸。

①京口：在江苏镇江市，位于长江南岸，与瓜洲相对。钟山：即南京紫金山，作者家居于此。

书湖阴先生壁

其一

茅檐长扫净无苔，花木成畦手自栽。[①]
一水护田将绿绕，两山排闼送青来。[②]

注释 这组诗共二首。湖阴先生：杨德逢的别号，他是作者在金陵（今南京）的邻居。

①茅檐：茅屋檐下，指庭院。畦（qí）：田园中分成的小区。

②排闼（tà）：推门。闼：门。

元日

爆竹声中一岁除，春风送暖入屠苏。①
千门万户曈曈日，总把新桃换旧符。②

注释　元日：农历正月初一，即春节。

①爆竹：鞭炮。屠苏：屠苏酒，用屠苏草浸泡的酒。饮屠苏酒是古代过年的一种习俗。

②曈曈：日出时光亮而温暖的样子。桃：桃符。古代过年，人们用桃木板写上门神的名字，悬挂在门边，用来镇邪。

王令

王令（1032—1059），初字钟美，后改字逢原。原籍元城（今河北大名），5岁丧父母，随其叔祖王乙居广陵（今江苏扬州）。北宋诗人。

送春

三月残花落更开，小檐日日燕飞来。
子规夜半犹啼血，不信东风唤不回。

程颢

程颢（1032—1085），字伯淳，号明道，世称明道先生，洛阳人。北宋理学家、教育家。

春日偶成

云淡风轻近午天，傍花随柳过前川。^①
时人不识余心乐，将谓偷闲学少年。^②

注释 偶成：偶然写成。
①午天：正午时候。傍：靠近。随：沿着。
②将谓：以为。偷闲：忙中抽出空闲时间。

苏轼

（作者简介见《唐宋词选》）

和子由渑池怀旧

人生到处知何似？应似飞鸿踏雪泥。
泥上偶然留指爪，鸿飞那复计东西。①
老僧已死成新塔，坏壁无由见旧题。②
往日崎岖还记否？路长人困蹇驴嘶。③

注释　渑（miǎn）池：在今河南渑池县。

①"人生"四句：以飞鸿留在雪泥上的指爪印，比喻人生到处漂泊所留下的痕迹，"雪泥鸿爪"后来变为成语。

②"老僧"二句：苏辙诗自注："昔与子瞻应举，过宿县中寺舍，题老僧奉闲之壁。"老僧：指奉闲。坏壁：指奉闲僧舍。

③蹇（jiǎn）：跛脚。

六月二十七日望湖楼醉书

其一

黑云翻墨未遮山，白雨跳珠乱入船。^①
卷地风来忽吹散，望湖楼下水如天。^②

注释 这组诗共五首，作于宋神宗熙宁五年（1072）六月二十七日。望湖楼：又名看经楼，位于杭州西湖畔。
①翻墨：打翻的黑墨水，形容云层很黑。
②水如天：形容湖面像天空一样开阔而平静。

饮湖上初晴后雨

其一

水光潋滟晴方好，山色空蒙雨亦奇。^①
欲把西湖比西子，淡妆浓抹总相宜。

注释 这组诗共二首。

①潋滟（liàn yàn）：形容水波荡漾，波光闪动的样子。空蒙：缥缈迷茫的样子。

题西林壁

横看成岭侧成峰，远近高低各不同。
不识庐山真面目，只缘身在此山中。①

注释 西林：即庐山乾明寺。
①缘：因为。

惠崇春江晚景

其一

竹外桃花三两枝，春江水暖鸭先知。
蒌蒿满地芦芽短，正是河豚欲上时。①

注释 这组诗共二首，是作者在元丰八年（1085）回到汴京后为惠崇所画《春江晚景图》题作。惠崇：北宋著名的画家、僧人。
①蒌蒿：多年生草本植物，花淡黄色，嫩茎可食。河豚：鱼名，栖近海，四五月份入江河产卵，肉味鲜美，但其卵巢、肝脏、肾脏、血液有剧毒。

海棠

东风袅袅泛崇光，香雾空蒙月转廊。[1]
只恐夜深花睡去，故烧高烛照红妆。[2]

注释

①崇光：高贵华美的光泽，指正在增长的春光。

②"只恐"句：暗引唐玄宗赞杨贵妃的典故。史载，明皇召贵妃同宴，而妃宿酒未醒，帝曰：海棠睡未足也。红妆：用美女比海棠。

花影

重重叠叠上瑶台，几度呼童扫不开。[1]
刚被太阳收拾去，却教明月送将来。[2]

注释　花影：影射朝廷盘踞高位的小人。

①瑶台：华贵的亭台。童：男仆。

②"刚被"句：指日落花影消失，好像被太阳收拾走了。"却叫"句：花影重新在月光下出现，好像是月亮送来的。将：语气词。

春宵

春宵一刻值千金，花有清香月有阴。[①]
歌管楼台声细细，秋千院落夜沉沉。[②]

注释 春宵：春天的夜晚。

[①]月有阴：指月光下投射出朦胧的阴影。

[②]歌管：歌声和管乐声。后二句写官宦人家在春宵寻欢作乐的奢侈生活。

书李世南所画秋景

其一

野水参差落涨痕，疏林敧倒出霜根。[①]
扁舟一棹归何处？家在江南黄叶村。

注释 李世南：字唐臣，安肃（今河北保定市徐水区）人，画家。这组诗共二首。

[①]落涨痕：涨水后水落留下的痕迹。敧（qī）：倾斜。

冬景

荷尽已无擎雨盖，菊残犹有傲霜枝。①
一年好景君须记，最是橙黄橘绿时。

注释 此诗又题为《赠刘景文》，刘景文是苏轼的好友。
①擎（qíng）雨盖：指荷叶。擎：举，向上托起。

惠州一绝

罗浮山下四时春，卢橘杨梅次第新。①
日啖荔枝三百颗，不辞长作岭南人。②

注释 这是苏轼流放惠州时所作。
①罗浮山：在广东博罗、增城、龙门三县交界处，为岭南名山。卢
橘：指枇杷，别名卢枝、金丸。次第：依次，接连。新：新出。
②啖（dàn）：吃。

黄庭坚

(作者简介见《唐宋词选》)

寄黄几复

我居北海君南海，寄雁传书谢不能。^①
桃李春风一杯酒，江湖夜雨十年灯。^②
持家但有四立壁，治病不蕲三折肱。^③
想见读书头已白，隔溪猿哭瘴溪藤。^④

注释　黄几复：名介，南昌人，是黄庭坚少年时代的好友，时为广州四会（今广东四会）县令。

①"我居"句：作者在跋中说："几复在广州四会，予在德州德平镇，皆海滨也。""寄雁"句：是说音信难通。传说雁南飞时不过衡阳回雁峰，更不用说岭南了。谢：谢绝。

②"桃李"二句：当年春风里观赏桃李，共饮美酒；江湖落魄，一别十年，常对着孤灯听着秋雨思念着你。

③"持家"句：说黄几复清廉为官，家徒四壁。"治病"句：不希望朋友为了成为良医而"三折肱"，言下之意是但愿黄几复仕途不要遭受挫折。古代有三折肱而成良医的说法。蕲（qí）：祈求。肱（gōng）：上臂。

④"想见"句：想你清贫自守发奋读书，如今头发已白了吧。瘴溪：充满瘴气的山溪。过去认为岭南边远之地多瘴气。此二句是为黄几复鸣不平。

鄂州南楼书事

四顾山光接水光，凭栏十里芰荷香。①
清风明月无人管，并做南楼一味凉。②

注释 鄂州南楼：在武昌蛇山顶。
①芰（jì）：菱角。
②并做：合在一起。一味凉：一片凉意。

雨中登岳阳楼望君山

其一

投荒万死鬓毛斑，生出瞿塘滟滪关。①
未到江南先一笑，岳阳楼上对君山。

注释 这组诗共二首。
①投荒：被流放到蛮荒偏远之地。斑：花白。

陈师道

陈师道（1053—1102），字履常，一字无己，号后山居士，徐州彭城（今江苏徐州）人，北宋文学家。其诗风格简古，是江西诗派的重要作家。

绝句

书当快意读易尽，客有可人期不来。①
世事相违每如此，好怀百岁几回开？②

注释

①快意：喜欢，满意。可人：称心如意的人。
②"好怀"句：人生百年，有多少次能够欢笑开怀？

李纲

李纲（1083—1140），字伯纪，号梁溪先生，常州无锡（今江苏无锡）人，祖籍福建邵武。两宋之际抗金名臣，民族英雄。

病牛

耕犁千亩实千箱，力尽筋疲谁复伤？[1]
但得众生皆得饱，不辞羸病卧残阳。[2]

注释

[1]实：充实，满。伤：哀怜，同情。
[2]羸（léi）：瘦弱。

李清照

（作者简介见《唐宋词选》）

夏日绝句

生当作人杰，死亦为鬼雄。①
至今思项羽，不肯过江东。②

注释

①人杰：人中豪杰。汉高祖曾称开国功臣张良、萧何、韩信为"人杰"。鬼雄：鬼中英雄。屈原《国殇》："身既死兮神以灵，魂魄毅兮为鬼雄。"

②"至今"二句：至今人们还在怀念项羽，因为他不肯苟且偷生，退回江东。江东：项羽当初随叔父项梁起兵的地方。此二句通过歌颂项羽的悲壮之举来讽刺南宋当权者的苟且偷生。

朱淑真

（作者简介见《唐宋词选》）

落花

连理枝头花正开，妒花风雨便相催。①
愿教青帝常为主，莫遣纷纷点翠苔。②

注释

①连理枝：两株树不同根而枝干交结在一起。催：催促。

②莫遣：不要让。点翠苔：指花瓣飘落，点缀在青苔之上。

曾几

曾几（1084—1166），字吉甫、志甫，自号茶山居士，赣州（今江西赣州）人。南宋诗人，其诗风格明快流畅。

三衢道中

梅子黄时日日晴，小溪泛尽却山行。^①
绿阴不减来时路，添得黄鹂四五声。

注释 三衢：今浙江常山县，境内有三衢山。
①泛尽：乘船到小溪尽头。却：再。

陈与义

陈与义（1090—1138），字去非，号简斋，洛阳人。进士出身，官至参知政事。其诗以朴素写实见长。

襄邑道中

飞花两岸照船红，百里榆堤半日风。
卧看满天云不动，不知云与我俱东。

注释　襄邑：在今河南睢县，惠济河从境内通过。

林升

林升（生卒年不详），字云友，又名梦屏，号平山居士，温州平阳人。南宋诗人。

题临安邸

山外青山楼外楼，西湖歌舞几时休？
暖风熏得游人醉，直把杭州作汴州。①

注释 临安：今杭州。邸：旅店。

①"直把"句：讽刺南宋统治者只顾吃喝玩乐，忘却了半壁江山沦陷之耻。直：简直。

杨万里

　　杨万里（1127—1206），字廷秀，号诚斋。吉州吉水（今江西吉水）人。与陆游、尤袤、范成大并称为南宋"中兴四大诗人"。

小池

泉眼无声惜细流，树阴照水爱晴柔。[①]
小荷才露尖尖角，早有蜻蜓立上头。[②]

注释

①惜：珍惜。晴柔：晴朗柔和的风光。
②尖尖角：初出水面还没有舒展的荷叶尖端。

晓出净慈寺送林子方

其二

毕竟西湖六月中，风光不与四时同。
接天莲叶无穷碧，映日荷花别样红。

注释 净慈寺：与灵隐寺为杭州西湖南北山两大著名佛寺。林子方：作者的朋友，官居直阁秘书。这组诗共二首。

宿新市徐公店

篱落疏疏一径深，树头新绿未成阴。①
儿童急走追黄蝶，飞入菜花无处寻。

注释 新市：地名，今浙江德清县新市镇。徐公店：姓徐的人开的客栈。
①篱落：篱笆。疏疏：稀疏。

陆游

（作者简介见《唐宋词选》）

金错刀行

黄金错刀白玉装，夜穿窗扉出光芒。①
丈夫五十功未立，提刀独立顾八荒。②
京华结交尽奇士，意气相期共生死。③
千年史策耻无名，一片丹心报天子。④
尔来从军天汉滨，南山晓雪玉嶙峋。⑤
呜呼！楚虽三户能亡秦，岂有堂堂中国空无人！⑥

注释

①"黄金"句：用黄金饰刀身，用白玉饰刀柄。错：用金镀饰。

②八荒：指四面八方边远地区。

③奇士：德行或才智出众的人。意气：豪情气概。相期：相约。指互相希望和勉励。

④史策：即史册，史书。

⑤尔来：近来。天汉滨：汉水边。南山：终南山。嶙峋：山石突兀、重叠的样子。

⑥"楚虽"句：战国时，秦国占领了楚国不少地方。楚人激愤，有

楚南公云："楚虽三户，亡秦必楚。"意思是：楚国即使只剩下三户人家，最后也一定能报仇灭秦。三户：指屈、景、昭三家。

游西山村

莫笑农家腊酒浑，丰年留客足鸡豚。①
山重水复疑无路，柳暗花明又一村。
箫鼓追随春社近，衣冠简朴古风存。②
从今若许闲乘月，拄杖无时夜叩门。③

注释

①腊酒：腊月里酿的酒。"足鸡豚"：形容菜肴丰富。豚（tún）：小猪，代指猪肉。

②"箫鼓"句：是说春社将到，村里箫鼓声不断，一片过节气氛。

③闲乘月：趁着月光外出闲游。无时：随时。

临安春雨初霁

世味年来薄似纱，谁令骑马客京华？①
小楼一夜听春雨，深巷明朝卖杏花。
矮纸斜行闲作草，晴窗细乳戏分茶。②
素衣莫起风尘叹，犹及清明可到家。③

①世味：仕宦之情，这里指做官。京华：首都。

②"矮纸"二句：客居无聊，以写字、品茶消遣。矮纸：短纸。细乳：沏茶时水面出现的白色浮沫。分茶：又称点茶，宋元时沏茶之法。

③"素衣"二句：陆机《为顾彦先赠妇》："京洛多风尘，素衣化为缁。"是说京城风尘太大，把白衣服都染黑了。意思是人们在大城市易受不良风气影响而变坏。这里说不久就可以到家，无须有此顾虑。

书愤

其一

早岁那知世事艰，中原北望气如山。①
楼船夜雪瓜洲渡，铁马秋风大散关。②
塞上长城空自许，镜中衰鬓已先斑。③
出师一表真名世，千载谁堪伯仲间。④

注释　书愤：抒发壮志未酬的郁愤之情。这组诗共五首。

①早岁：早年。那：哪。"中原"句：北望中原，收复故土的豪迈气概坚定如山。

②"楼船"句：指隆兴二年（1164），作者在镇江通判任内所见事。当时张浚督练兵马，增置战舰。楼船：高大的战舰。瓜洲：在今江苏扬州邗江区。大散关：在今陕西宝鸡西南，是当时宋金的边界。

③"塞上"句：想当初我自比万里长城，立志为国扫除边患。《南

史·檀道济传》载：宋文帝要杀大将檀道济，檀临刑前怒叱道："乃坏汝万里长城。"

④名世：名传后世。堪：能够。伯仲：原指兄弟间的次第。比喻人物不相上下，难分高低。

病起抒怀

病骨支离纱帽宽，孤臣万里客江干。[①]
位卑未敢忘忧国，事定犹须待阖棺。[②]
天地神灵扶庙社，京华父老望和銮。[③]
出师一表通今古，夜半挑灯更细看。

注释 病起：病愈。
①支离：消瘦。江干：江岸。
②阖（hé）棺：盖棺定论。
③庙社：宗庙和社稷，喻国家。和銮（luán）：古代车上的铃铛。挂在车前横木上称"和"，挂在车架上的称"銮"。象征御驾亲征，收复祖国河山。

剑门道中遇微雨

衣上征尘杂酒痕，远游无处不销魂。
此身合是诗人未？细雨骑驴入剑门。[①]

①合：应该。未：放在句末，表示疑问。骑驴：李白骑驴过华阴，杜甫"骑驴十三载"，李贺常骑驴觅诗。都是唐代诗人骑驴的故事。陆游志在为国收复失地，如今出任闲官，深感理想难以实现。说自己这回细雨中骑驴而行，该算是诗人了吧？是借自嘲以抒愤。

秋夜将晓出篱门迎凉有感

其二

三万里河东入海，五千仞岳上摩天。①
遗民泪尽胡尘里，南望王师又一年。②

注释 这组诗共两首。

①"三万"句：极言黄河之长。"五千"句：极言泰山、华山、恒山、嵩山诸岳之高。

②遗民：指在金占区生活的汉族人民。胡尘：胡人兵马的烟尘。

十一月四日风雨大作

其二

僵卧孤村不自哀，尚思为国戍轮台。①
夜阑卧听风吹雨，铁马冰河入梦来。②

注释 这组诗共两首，绍熙三年（1192）在山阴作，当时陆游67岁。

①不自哀：不为自己感到悲哀。戍轮台：指戍守边疆。轮台：在今新疆境内。

②风吹雨：风雨交加。也是时局的写照，当时南宋王朝处于风雨飘摇之中。铁马：披着铁甲的战马。冰河：冰封的河流，指北方的河流。

冬夜读书示子聿

古人学问无遗力，少壮工夫老始成。①
纸上得来终觉浅，绝知此事要躬行。②

注释 示：训示。聿（yù）：陆游的小儿子。

①学问：学习。

②纸上：书本上。绝知：透彻的理解。躬行：亲身实践。

沈园二首

其一

城上斜阳画角哀，沈园非复旧池台。①
伤心桥下春波绿，曾是惊鸿照影来。②

注释　沈园：即沈氏园，故址在今浙江绍兴禹迹寺南。这组诗为诗
人悼念前妻唐琬作。

①画角：涂有色彩的军队号角，发声高亢凄厉。

②惊鸿：语出曹植《洛神赋》："翩若惊鸿"，比喻美人体态轻盈。
这里指唐琬。

其二

梦断香消四十年，沈园柳老不吹绵。①
此身行作稽山土，犹吊遗踪一泫然。②

注释

①"梦断"句：作者在禹迹寺遇到唐琬是在绍兴二十五年（1155），
不久，唐琬郁郁而死。作此诗时距那次会面已四十四年。香消：指唐琬
亡故。不吹绵：柳絮不飞。一作"不飞绵"。

②行：即将。稽山：即会稽山，在今浙江绍兴东南。吊：凭吊。泫
（xuàn）然：流泪的样子。

示儿

死去元知万事空，但悲不见九州同。^①
王师北定中原日，家祭无忘告乃翁。^②

注释　这首诗是陆游的绝笔，作于嘉定三年（1210）。
①元：通"原"。九州同：指统一中国。
②乃翁：你的父亲，指诗人自己。

范成大

　　范成大（1126—1193），字至能，一字幼元，平江府吴县（今江苏苏州）人。进士出身，官至参知政事。后因病退居石湖，自号石湖居士。他是南宋负有盛名的诗人之一。

四时田园杂兴

其二十五

梅子金黄杏子肥，麦花雪白菜花稀。
日长篱落无人过，惟有蜻蜓蛱蝶飞。①

注释　这组诗共60首。
①篱落：篱笆。蛱蝶：蝴蝶的一类，属中大型蝴蝶。

其三十一

昼出耘田夜绩麻，村庄儿女各当家。①
童孙未解供耕织，也傍桑阴学种瓜。②

①耘田：田里除草。绩麻：把麻搓成线。各当家：每人承担一定的工作。

②童孙：儿童。未解：不懂。供：从事，参加。

其四十四

新筑场泥镜面平，家家打稻趁霜晴。①
笑歌声里轻雷动，一夜连枷响到明。②

注释

①霜晴：霜后的晴天。

②连枷：由一个长柄和一组平排的竹条或木条构成，用来拍打谷物、豆麦等，也作梿枷。

翁卷

翁卷（生卒年不详），字续古，一字灵舒，乐清（今浙江温州）人。南宋诗人。

乡村四月

绿遍山原白满川，子规声里雨如烟。[①]
乡村四月闲人少，才了蚕桑又插田。[②]

注释

①山原：山坡与原野。白满川：指稻田里的水色映着天光。川：平地。

②才了（liǎo）：刚刚结束。

朱熹

朱熹（1130—1200），字元晦，又字仲晦，号晦庵，晚称晦翁。祖籍徽州婺源（今江西婺源），生于南剑州尤溪（今福建尤溪）。南宋时期理学家、教育家、诗人。

观书有感

其一

半亩方塘一鉴开，天光云影共徘徊。[①]
问渠那得清如许？为有源头活水来。[②]

注释 这组诗共二首。

[①]方塘：又称半亩塘，在福建尤溪城南郑义斋馆舍（后为南溪书院）内。鉴：镜子。"天光"句：阳光和云的影子映在塘水之中，不断变动。

[②]渠：它，指方塘之水。那得：怎么会。那：通"哪"。清如许：这样清澈。为：因为。

春日

胜日寻芳泗水滨，无边光景一时新。[①]
等闲识得东风面，万紫千红总是春。[②]

注释　此诗明写春景，暗含哲理。

①胜日：天气晴朗的好日子。寻芳：游春，踏青。泗水：河名，在山东省。这里暗指孔门，因孔子曾在洙水、泗水之间讲学，教授弟子。光景：风光景色。

②等闲：平常、轻易。

戴复古

戴复古（1167—约1248），字式之，天台黄岩（今浙江台州）人。南宋著名江湖诗派诗人。

江村晚眺

江头落日照平沙，潮退渔船阁岸斜。[①]
白鸟一双临水立，见人惊起入芦花。

注释 眺：远望。

①平沙：指江边平缓的沙滩。阁：同"搁"，搁置的意思。

志南

志南（生卒年不详），南宋僧人。

绝句

古木阴中系短篷，杖藜扶我过桥东。[1]
沾衣欲湿杏花雨，吹面不寒杨柳风。

注释

①短篷：小船。杖藜：即藜杖。藜：一年生草本植物，茎杆可做拐杖。

赵师秀

赵师秀（1170—1219），字紫芝，号灵秀，永嘉（今浙江温州）人。南宋诗人。

约客

黄梅时节家家雨，青草池塘处处蛙。①
有约不来过夜半，闲敲棋子落灯花。②

注释　约客：邀请客人来相会。

①黄梅时节：指初夏江南梅子黄熟的时节，多是阴雨绵绵，故称"梅雨季节"。

②灯花：油灯的灯芯燃尽结成的花状物。

叶绍翁

叶绍翁（1194—1269），字嗣宗，号靖逸，龙泉（今浙江龙泉）人，祖籍建安（今福建建瓯）。南宋诗人，其诗语言清新，意境高远，属江湖诗派风格。

游园不值

应怜屐齿印苍苔，小扣柴扉久不开。[①]
春色满园关不住，一枝红杏出墙来。

注释 游园不值：想游园没能进门。不值：没有得到机会。
①应：大概是。怜：怜惜。屐（jī）齿：屐是木鞋，鞋底有齿。小扣：轻轻地敲门。

卢梅坡

卢梅坡，别名卢钺，南宋末诗人，生平事迹不详。

雪梅

其一

梅雪争春未肯降，骚人阁笔费评章。①
梅须逊雪三分白，雪却输梅一段香。②

注释　这组诗共二首。

①降：服输。骚人：诗人，指作者自己。阁：搁，放置。费评章：
难以评判。

②须：虽然。逊：差，不及。

文天祥

文天祥（1236—1283），初名云孙，字宋瑞，又字履善，自号浮休道人、文山。吉州庐陵（今江西吉安）人。南宋末年政治家、文学家、抗元名臣、民族英雄。

扬子江

几日随风北海游，回从扬子大江头。①
臣心一片磁针石，不指南方不肯休。②

注释 扬子江：长江自南京以下至出海口的下游河段的旧称。

① "几日"二句：概括作者自镇江逃脱，绕道北行，又回到长江口的艰险经历。北海：指北方。

② 磁针石：即指南针。比喻作者忠于南宋的一片丹心。

过零丁洋

辛苦遭逢起一经，干戈寥落四周星。^①
山河破碎风飘絮，身世浮沉雨打萍。
惶恐滩头说惶恐，零丁洋里叹零丁。^②
人生自古谁无死，留取丹心照汗青。

注释 零丁洋：即"伶丁洋"，在广东省珠江口外。1278 年底，文天祥率军在广东五坡岭与元军激战，兵败被俘，囚禁船上曾经过零丁洋。

①遭逢：遇到朝廷选拔。起一经：因为精通一种经书，通过科举考试而被朝廷起用做官。文天祥二十岁考中状元。干戈：指抗元战争。寥落：荒凉冷落。四周星：四周年。

②惶恐滩：在今江西万安，为赣江十八滩之一。景炎二年（1277），文天祥率领的军队被元军打败，曾从这一带退往汀州（今福建长汀）。

郑思肖

郑思肖（1241—1318），连江（今福建福州连江）人。原名之因，宋亡后改名思肖，字忆翁，表示不忘故国。宋末诗人、画家。

寒菊

花开不并百花丛，独立疏篱趣未穷。[①]
宁可枝头抱香死，何曾吹落北风中。[②]

注释

①并：一起。未穷：未尽。

②抱香死：菊花在枝头枯萎而不落，故云。北风：寒风，此处语意双关，亦指元朝的残暴统治。

元曲选

　　元曲是盛行于元代的一种文艺形式，包括杂剧和散曲两个部分。杂剧是戏曲，散曲则属于诗歌。散曲分为小令和套曲（又名套数）。小令（又名叶儿）是独立的只曲，每首有曲牌名，分属一定的宫调。元曲中的南曲和北曲常用的有五宫四调，包括正宫、中吕宫、南吕宫、仙吕宫、黄钟宫和大石调、双调、商调、越调。套曲是由两首以上同一宫调的曲调组成，一般都有尾声，要求一韵到底。

白朴

　　白朴（1226—约1306），原名恒，字仁甫，后改名朴，字太素，号兰谷，汴梁（今河南开封）人。与关汉卿、马致远、郑光祖并称为"元曲四大家"。代表作主要有《梧桐雨》《墙头马上》《东墙记》等。

越调·天净沙

春

　　春山暖日和风，阑干楼阁帘栊，杨柳秋千院中。啼莺舞燕，小桥流水飞红。①

　　注释　越调：宫调名，元曲常用曲调。天净沙，曲牌名，又名《塞上秋》，属于北曲。
　　①飞红：指落花。

双调·沉醉东风

渔夫

黄芦岸白蘋渡口，绿柳堤红蓼滩头。[1]虽无刎颈交，却有忘机友，[2]点秋江白鹭沙鸥。傲杀人间万户侯，不识字烟波钓叟。[3]

注释 双调：宫调名。沉醉东风：曲牌名，南北曲兼有。

①黄芦：芦苇的一种。红蓼：一年生草本植物，多生水边，花呈淡红色。

②刎颈交：生死之交的朋友。忘机友：互不设防、坦诚相待的朋友。机：心机。

③点：数。白鹭沙鸥：用鸥鹭忘机的典故（见《列子·黄帝》），意思是没有世俗机巧心的人，可以和鸥鹭相亲。傲杀：鄙视。

关汉卿

关汉卿（约1234—约1300），原名不详，字汉卿，号已斋，解州（今山西运城）人。元杂剧奠基人，为"元曲四大家"之首。主要作品有杂剧《窦娥冤》《救风尘》《望江亭》《单刀会》等。

南吕·一支花

不伏老（节选）

　　[尾] 我是个蒸不烂、煮不熟、捶不匾、炒不爆、响当当一粒铜豌豆。①恁子弟每谁教你钻入他锄不断、斫不下、解不开、顿不脱、慢腾腾千层锦套头。②我玩的是梁园月，饮的是东京酒，赏的是洛阳花，攀的是章台柳。③我也会围棋，会蹴鞠，会打围，会插科，会歌舞，会吹弹，会咽作，会吟诗，会双陆。④你便是落了我牙，歪了我嘴，瘸了我腿，折了我手，天赐与我这般儿歹症候，尚兀自不肯休。⑤则除是阎王亲自唤，神鬼自来勾，三魂归地府，七魄丧冥幽，天哪！那其间才不向烟花路儿上走。⑥

　　注释 南吕：宫调名，元曲常用宫调之一。一枝花：曲牌名，属南吕宫，用于套数，为首牌。不伏老：这组套曲是关汉卿的代表作，全套四曲，这里选的是尾曲。

①匾：同"扁"。铜豌豆：妓院中对老狎客的称呼。

②恁子弟每：那些风流浪子们。恁（nèn）：那些。每：们。他：指妓院或其他娱乐场所的人。锦套头：织锦套头，比喻圈套、陷阱。

③梁园：又名梁苑，为汉代梁孝王所建，在今河南开封附近。后泛指名胜游玩之所。东京：指今开封。洛阳花：指牡丹。章台柳：代指妓女。章台：汉长安街名，妓院聚集地。

④蹴鞠（cù jū）：中国古代的一种足球运动。打围：打猎。插科：古代戏曲中插入滑稽动作或道白。常与"打诨"合用，称为"插科打诨"。咽作：可能是唱曲。双陆：又名"双六"，古代的一种赌博游戏。

⑤歹症候：本指疾病，这里指坏脾气。兀自：还是。

⑥则除是：除非是。冥幽：与地府同义，指阴间。烟花：指妓院。

南吕·四块玉

闲适

适意行，安心坐，渴时饮饥时餐醉时歌，困来时就向莎茵卧。日月长，天地阔，闲快活！①

旧酒投，新醅泼，老瓦盆边笑呵呵，共山僧野叟闲吟和。他出一对鸡，我出一个鹅，闲快活！②

意马收，心猿锁，跳出红尘恶风波，槐阴午梦谁惊破？离了名利场，钻入安乐窝，闲快活！③

南亩耕，东山卧，世态人情经历多，闲将往事思量过。贤的是他，愚的是我，争甚么？④

注释　四块玉：曲牌名，属南吕宫，可用于杂剧、散曲套数和小令。
①莎（suō）茵：指草坪。
②投：本作"酘"（dòu），指再酿的酒。醅（pēi）：指未过滤的酒。泼：即醱（pō），指酿酒。新醅泼是说新酒也酿出来了。
③"意马"二句：来自佛教经典，把人的名利心比作烦躁的猿、奔跑的马，必须拴住才能安静。槐阴午梦：指南柯一梦。
④南亩耕：大意是像陶渊明一样在南边土地上耕作。陶渊明《归田园居·其一》："开荒南野际，守拙归园田。""南野"，一作"南亩"。东山卧：用东晋谢安的典故。大意是像谢安一样在东山高卧。

南吕·四块玉

别情

自送别，心难舍，一点相思几时绝？凭阑袖拂杨花雪。溪又斜，山又遮，人去也！①

注释

①"凭阑"句：写送行人靠着栏杆，用衣袖拂去如雪的飞絮，以免妨碍视线。阑：栏杆。杨花雪：语出苏轼《少年游》："今年春尽，杨花似雪。"斜：指溪流拐弯。

姚燧

姚燧（1238—1313），字端甫，号牧庵，洛阳人。元曲作家。

越调·凭阑人

寄征衣

欲寄君衣君不还，不寄君衣君又寒。寄与不寄间，妾身千万难。

注释 凭阑人：曲牌名，属北曲。寄征衣：给远行人寄衣服。征：远行。

卢挚

卢挚（1242—1314），字处道，号疏斋，涿郡（今河北涿州）人。元曲作家。

双调·寿阳曲

别珠帘秀

才欢悦，早间别。痛煞煞好难割舍。画船儿载将春去也，空留下半江明月。①

注释　寿阳曲：曲牌名，又名《落梅风》，属北曲。珠帘秀：元代著名女演员，艺名珠帘秀。她和当时的杂剧、散曲作者有广泛的交往。

①早：就，已经。间别：离别。痛煞煞：十分痛苦。画船：有彩绘的船。将：语助词。春：春光，暗指珠帘秀。

马致远

马致远（约 1250—约 1321），号东篱，大都（今北京）人。元代重要的杂剧、散曲作家，"元曲四大家"之一。

越调·天净沙

秋思

枯藤老树昏鸦，小桥流水人家，古道西风瘦马。夕阳西下，断肠人在天涯。①

注释　这个小令是马致远的代表作。
①昏鸦：黄昏时的乌鸦。断肠人：指漂泊天涯、极度忧伤的旅人。

双调·夜行船

秋思（节选）

[拨不断] 利名竭，是非绝，红尘不向门前惹，绿树偏宜屋角遮，青山正补墙头缺。更那堪竹篱茅舍。①

[离亭宴煞] 蛩吟罢一觉才宁贴，鸡鸣时万事无休歇，争名利何年是彻？看密匝匝蚁排兵，乱纷纷蜂酿蜜，闹攘攘蝇争血。裴公绿野堂，陶令白莲社。爱秋来时那些：和露摘黄花，带霜烹紫蟹，煮酒烧红叶。想人生有限杯，浑几个重阳节？人问我顽童记者：便北海探吾来，道东篱醉了也！②

注释 这个《夜行船》套曲也是马致远的代表作，共有七支曲子，这里选了最后两曲。

①拨不断：曲牌名。"利名"六句：意为自己只求弃绝名利是非，过着与世无争的隐逸生活。

②离亭宴煞：曲牌名。蛩：蟋蟀。宁贴：安稳。彻：完结。绿野堂：唐代大臣裴度因不满宦官专权，在洛阳筑绿野堂，不过问政事。白莲社：东晋高僧慧远在庐山建白莲社研讨佛理，曾邀陶渊明参加。浑：还有。顽童：小使，佣人。记者：记着。"便北"两句：意为无论谁来探访，都说我醉了不见客。北海：指东汉末北海太守孔融。东篱：马致远号东篱。

赵孟頫 （fǔ）

赵孟頫（1254—1322），字子昂，号雪松道人，吴兴（今浙江湖州）人。南宋末年至元初期的著名书画家，精于音律和诗文。

仙吕·后庭花

清溪一叶舟，芙蓉两岸秋。采菱谁家女，歌声起暮鸥。乱云愁，满头风雨，戴荷叶归去休。①

注释　仙吕：元曲宫调之一。后庭花：曲牌名。
①休：语尾助词，相当于"吧"。

王实甫

王实甫（1260—1336），名德信，字实甫，大都（今北京）人。元代著名杂剧作家，代表作有《西厢记》等。

正宫·端正好

长亭送别

碧云天，黄花地，西风紧，北雁南飞。晓来谁染霜林醉？总是离人泪。

注释　此曲出自《西厢记》第四本第三折。正宫：宫调名，元曲常用宫调之一。端正好：曲牌名。

中吕·十二月过尧民歌

别情

自别后遥山隐隐，更那堪远水粼粼。见杨柳飞绵滚滚，对桃花醉脸醺醺。透内阁香风阵阵，掩重门暮雨纷纷。[①]　　怕黄昏忽地又黄昏，不销魂怎地不销魂？新啼痕压旧啼痕，断肠人忆断肠人。今春，香肌瘦几分，搂带宽三寸。[②]

注释　中吕：宫调名，元曲常用宫调之一。十二月过尧民歌：由《十二月》和《尧民歌》两个曲牌组成。过：带过。

①"对桃"句：看到桃花盛开，像喝醉了酒的人脸一般红。内阁：闺房内室。

②搂带：即缕带，衣带。

白贲（bēn）

白贲（约1270—约1330），字无咎，号素轩，祖籍太原文水（今属山西），后居钱塘（今杭州）。专写散曲，也善于绘画。

正宫·鹦鹉曲

渔父

侬家鹦鹉洲边住，是个不识字渔父。浪花中一叶扁舟，睡煞江南烟雨。^①　　[幺]觉来时满眼青山，抖擞绿蓑归去。算从前错怨天公，甚也有安排我处。^②

注释　鹦鹉曲：曲牌名，又名《黑漆弩》《学士吟》等。
①侬家：我家。鹦鹉洲：这里是虚指的一个地方。睡煞：睡得香甜沉酣。煞：很，极。
②幺（yāo）：同一曲调的后篇。抖擞（dǒu sǒu）抖动。绿蓑：用绿草编的蓑衣。甚：正。

张养浩

张养浩（1270—1329），字希孟，号云庄，济南（今山东济南）人。元代著名政治家、文学家。

中吕·山坡羊

潼关怀古

峰峦如聚，波涛如怒，山河表里潼关路。^①望西都，意踌躇。^②伤心秦汉经行处，宫阙万间都做了土。^③兴，百姓苦！亡，百姓苦！

注释 中吕：即中吕宫，元曲宫调之一。山坡羊：曲牌名，属北曲。

①"峰峦"三句：意为去潼关的路上，自然形势险要，山峰聚集，波涛汹涌。表里：内外。

②西都：指长安。踌躇（chóu chú）：犹豫、徘徊。此处形容思潮起伏，感慨万端。

③经行处：遗迹。

双调·水仙子

咏江南

　　一江烟水照晴岚，两岸人家接画檐，芰荷丛一段秋光淡。①看沙鸥舞再三，卷香风十里珠帘。②画船儿天边至，酒旗儿风外飐，爱杀江南!③

注释　水仙子：曲牌名，又称《湘妃怨》《凌波仙》等。

①岚：山林中的雾气。画檐：有画饰的屋檐。

②"卷香"句：化用杜牧《赠别》诗句"春风十里扬州路，卷上珠帘总不如。"

③飐（zhǎn）：风吹使颤动。杀：用在动词后，表示程度深。

张可久

张可久（约 1270—约 1350），字小山，一说名伯远，字可久，号小山，庆元（今浙江宁波）人。现存小令 800 余首，数量为元曲作家之冠，风格清丽典雅。

中吕·卖花声

怀古

美人自刎乌江岸，战火曾烧赤壁山，将军空老玉门关。伤心秦汉，生民涂炭，读书人一声长叹。^①

注释 卖花声：曲牌名，又名《升平乐》。原为唐教坊曲名，曾作为词牌名，后又用于曲牌名。

①"美人"句：此处用霸王别姬的典故，美人指虞姬。"战火"句：指赤壁之战。"将军"句：用东汉班超垂老思归的典故。秦汉：泛指历朝历代。

双调·折桂令

九日

对青山强整乌纱。①归雁横秋，倦客思家。②翠袖殷勤，金杯错落，玉手琵琶。③人老去西风白发，蝶愁来明日黄花。回首天涯，一抹斜阳，数点寒鸦。

注释 折桂令：曲牌名，又名《广寒秋》《天香引》等。九日：农历九月初九。

①"对青"句：化用孟嘉落帽典故。晋桓温于九月九日在龙山宴客，风吹落孟嘉的帽子，他泰然自若，不以为意。

②归雁横秋：南归的大雁在秋天的空中横排飞行。

③翠袖殷勤：指歌女殷勤劝酒。金杯错落：各自举起酒杯。玉手琵琶：指歌女弹琵琶助兴。

徐再思

徐再思（约 1280—约 1330），字德可，号甜斋，嘉兴（今浙江嘉兴）人。元曲作家。

双调·水仙子

夜雨

一声梧叶一声秋，一点芭蕉一点愁，三更归梦三更后。落灯花棋未收，叹新丰孤馆人留。[1]枕上十年事，江南二老忧，都到心头。

注释　水仙子：曲牌名，又名《凌波仙》《湘妃怨》等。

①"落灯"句：化用宋代赵师秀"闲敲棋子落灯花"诗句，写夜雨客居时的孤寂。"叹新"句：用唐初文士马周年轻时在新丰旅店受歧视的典故。

双调·折桂令

春情

平生不会相思，才会相思，便害相思。身似浮云，心如飞絮，气若游丝。①空一缕余香在此，盼千金游子何之。②症候来时，正是何时？③灯半昏时，月半明时。

注释

①身似浮云：形容身体虚弱，走路摇摇晃晃，像漂浮的云一样。

②余香：指情人留下的定情信物。千金：喻珍贵。

③症候：疾病，此指相思的痛苦。

范康

范康（生卒年不详），字子安，杭州人。元代杂剧作家。

仙吕·寄生草

酒

长醉后方何碍？不醒时有甚思？[1]糟腌两个功名字，醅渰千古兴亡事，麯埋万丈虹霓志。[2]不达时皆笑屈原非，但知音尽说陶潜是。[3]

注释 寄生草：曲牌名。此曲作者一说是白朴。

① 方何碍：有何妨碍。

② 糟腌：用酒糟腌制。醅渰（pēi yàn）：用酒泡起来。醅：没有过滤的酒。渰：通"淹"，泡。"麯埋"句：壮志难酬，沉湎于酒中。麯：酒曲。虹霓志：凌云壮志。

③ "不达"句：屈原不愿与世俗同流合污，被人讥笑为不识时务。"但知"句：了解陶潜的人，都说他是对的。

乔吉

乔吉（1280—1345），字梦符，号笙鹤翁，又号惺惺道人，太原（今山西太原）人。元曲作家。

中吕·山坡羊

冬日写怀

朝三暮四，昨非今是，痴儿不解荣枯事。[1]攒家私，宠花枝，黄金壮起荒淫志。[2]千百锭买张招状纸。[3]身，已至此；心，犹未死。

注释 写怀：有所感而作。共三首，选一首。

①朝三暮四：引申为反复无常。痴儿：傻子，指贪财好色之徒。荣枯：指世事的兴盛与衰败。事：道理。

②攒（zǎn）家私：积蓄财富。宠花枝：宠爱美女。

③"千百"句：意为贪官污吏收刮钱财，到头来不过等于买到一张招供认罪的状纸。

元明清诗词选

管道昇

管道昇（1262—1319），女，字仲姬，湖州德清（今浙江德清）人。元代著名女书画家，系著名书画家赵孟頫之妻。

我侬词

你侬我侬，忒煞情多。情多处，热似火。①
把一块泥，捻一个你，塑一个我。②
将咱两个，一齐打破，用水调和。
再捻一个你，再塑一个我。
我泥中有你，你泥中有我。
我与你生同一个衾，死同一个椁！③

注释

①你：一作"尔"。侬（nóng）：我。江浙一带称我为侬，对人也可以称侬。第一个"侬"是我，第二个"侬"是你。忒（tè）：太。煞：很，极。

②捻（niē）：同"捏"。

③衾（qīn）：被子。椁（guǒ）：套在棺材外面的大棺材。

萨都剌（là）

萨都剌（1272—1355），字天锡，号直斋，生于雁门（今山西代县）。元代著名诗人、画家。

念奴娇

登石头城

石头城上，望天低吴楚，眼空无物。指点六朝形胜地，惟有青山如壁。蔽日旌旗，连云樯橹，白骨纷如雪。一江南北，消磨多少豪杰。[①]　寂寞避暑离宫，东风辇路，芳草年年发。落日无人松径里，鬼火高低明灭。歌舞尊前，繁华镜里，暗换青青发。伤心千古，秦淮一片明月。[②]

注释　念奴娇：词牌名，又称百字令。石头城：今南京市。

[①]天低：远望天地相接。吴楚：东望为吴，西、北皆为楚。六朝：指吴、东晋、宋、齐、梁、陈六个朝代，其京城都在今南京市。

[②]辇（niǎn）路：宫殿楼阁之间的通道。尊：同"樽"。青青发：乌黑的头发。

王冕

王冕（1310—1359），字元章，号煮石山农，亦号食中翁、梅花屋主等，诸暨（今浙江诸暨）人。出身贫寒，自学成才，是元末著名画家、诗人。

墨梅

我家洗砚池头树，朵朵花开淡墨痕。①
不要人夸好颜色，只留清气满乾坤。

注释 墨梅：用墨笔勾勒出来的梅花。

①洗砚池：写字、画画后洗笔洗砚的水池。这里化用王羲之"临池学书，池水尽黑"的典故。淡墨：水墨画中将墨色分为清墨、淡墨、浓墨、焦墨四种，这里是说那朵朵盛开的梅花，是由淡淡的墨痕化成。

郑允端

郑允端（1327—1356），字正淑，吴中平江（今江苏苏州）人。元代著名女诗人。

莲

本无尘土气，自在云水乡。
楚楚净如拭，亭亭生妙香。①

注释

①楚楚：鲜明洁净。亭亭：形容草木形体挺拔。

刘基

刘基（1311—1375），字伯温，浙江青田（今浙江文成）人。元末明初政治家、文学家，明朝开国元勋。

五月十九日大雨

风驱急雨洒高城，云压轻雷殷地声。[①]
雨过不知龙去处，一池草色万蛙鸣。[②]

注释 此篇借景抒情，暗含人生哲理。

①殷：震动，形容雷声大。

②"雨过"句：古人认为龙可以驾云布雨，所以雨止之时即是龙去了。

杨基

杨基（1326—1378），字孟载，号眉庵，原籍嘉州（今四川乐山），后居吴中（今江苏苏州）。元末明初诗人，"吴中四杰"之一。

岳阳楼

春色醉巴陵，阑干落洞庭。①
水吞三楚白，山接九疑青。②
空阔鱼龙气，婵娟帝子灵。③
何人夜吹笛，风急雨冥冥。④

注释

①巴陵：即岳阳。"阑干"句：指楼外栏杆突出在洞庭湖上。

②三楚：指古代楚国之地。九疑：九嶷山，在今湖南宁远南。

③"空阔"句：空阔的湖面仿佛鱼龙变化。"婵娟"句：美丽的君山就像湘妃显灵。

④冥冥：烟雨朦胧的样子。

高启

高启（1336—1374），字季迪，号槎轩，长洲（今江苏苏州）人。元末隐居吴淞青丘，自号青丘子。元末明初诗人。

梅花九首

其一

琼姿只合在瑶台，谁向江南处处栽？
雪满山中高士卧，月明林下美人来。[1]
寒依疏影萧萧竹，春掩残香漠漠苔。
自去何郎无好咏，东风愁寂几回开？[2]

注释

[1]"雪满"二句：以高士和美人比喻梅花。
[2]何郎：指南朝诗人何逊，他写的《咏早梅》诗很有名。

于谦

于谦（1398—1457），字廷益，号节庵，杭州府钱塘县（今杭州上城区）人。明代大臣，军事家、政治家，民族英雄。

石灰吟

千锤万凿出深山，烈火焚烧若等闲。
粉身碎骨浑不怕，要留清白在人间。①

注释

①浑：全。

李东阳

李东阳（1447—1516），字宾之，号西涯，祖籍湖广茶陵（今湖南茶陵）。明代大臣、诗人、书法家。

寄彭民望

斫地哀歌兴未阑，归来长铗尚须弹。^①
秋风布褐衣犹短，夜雨江湖梦亦寒。^②
木叶下时惊岁晚，人情阅尽见交难。
长安旅食淹留地，惭愧先生苜蓿盘。^③

注释 彭民望：名泽，湖广攸县（今湖南攸县）人。景泰年间曾中进士，做过应天府通判，后落魄归乡。他是当时著名诗人，长于七律。

①斫（zhuó）地哀歌：语出杜甫《短歌行赠王郎司直》："王郎酒酣拔剑斫地歌莫哀"。斫：砍。"归来"句：冯谖为孟尝君食客，不被重视，他倚柱弹剑，歌曰："长铗归来乎，食无鱼。"铗（jiá）：剑。

②布褐：粗布衣服。

③"长安"句：久留京城我吃着皇家俸禄。长安：此处代指京城北京。淹留：滞留。苜蓿（mù xù）：多年生草本植物，是一种重要的牧草和绿肥作物。苜蓿盘指清贫的生活。

钱福

钱福（1461—1504），字与谦，号鹤滩，南直隶松江府华亭（今上海松江区）人。明朝状元、诗人。

明日歌

明日复明日，明日何其多。
我生待明日，万事成蹉跎。
世人苦被明日累，春去秋来老将至。^①
朝看水东流，暮看日西坠。
百年明日能几何？请君听我明日歌。

注释

①苦：一作"若"。累：带累，使受害。

唐寅

唐寅（1470—1524），字伯虎，号六如居士，南直隶苏州府吴县（今江苏苏州）人。明代著名画家、书法家、诗人。

桃花庵歌

桃花坞里桃花庵，桃花庵里桃花仙。[①]
桃花仙人种桃树，又摘桃花换酒钱。
酒醒只在花前坐，酒醉还来花下眠。
半醒半醉日复日，花落花开年复年。
但愿老死花酒间，不愿鞠躬车马前。[②]
车尘马足富者趣，酒盏花枝贫者缘。
若将富贵比贫贱，一在平地一在天。
若将贫贱比车马，他得驱驰我得闲。
别人笑我太疯癫，我笑他人看不穿。
不见五陵豪杰墓，无花无酒锄作田。[③]

注释

①桃花坞：位于苏州金阊门外。唐寅于此筑室，故名桃花庵。

②鞠躬：恭敬的样子，表示屈从。

③五陵：汉代五个皇帝的陵墓，都在长安附近。后人用"五陵"指代长安富贵人家聚居区。无花无酒：指无人前来祭祀。

言志

不炼金丹不坐禅，不为商贾不耕田。

闲来写就青山卖，不使人间造孽钱。^①

注释

①写就青山：绘画。造孽钱：来路不正的钱。

杨慎

　　杨慎（1488—1559），字用修，初号月溪、升庵，又号逸史氏、博南山人等，四川新都（今成都新都区）人。正德六年（1511）状元，授官翰林院修撰。后被罢官，谪戍云南永昌卫，终老于戍所。

临江仙

　　滚滚长江东逝水，浪花淘尽英雄。是非成败转头空。青山依旧在，几度夕阳红。　　白发渔樵江渚上，惯看秋月春风。一壶浊酒喜相逢，古今多少事，都付笑谈中。①

　　注释　临江仙：词牌名。
　　①渔樵：渔翁、樵夫。此指隐居不问世事的人。

王守仁

王守仁（1472—1529），本名王云，字伯安，号阳明，浙江余姚人。明朝杰出的思想家、文学家、军事家、教育家。他创立的阳明心学后传入日本、朝鲜等国，对后世影响极大。

龙潭夜坐

何处花香入夜清？石林茅屋隔溪声。
幽人月出每孤往，栖鸟山空时一鸣。[①]
草露不辞芒屦湿，松风偏与葛衣轻。[②]
临流欲写猗兰意，江北江南无限情。[③]

注释 龙潭：指安徽滁州的龙池，又称柏子潭，遗址在今滁州龙池街。

①幽人：诗人自称。

②芒屦（jù）：草鞋。葛衣：用葛布制作的夏衣。

③猗（yī）兰：即《猗兰操》，也称《幽兰操》，古琴曲。相传为孔子所作。说孔子自卫返鲁，见山谷中幽兰独茂，喟然叹曰："兰为王者香，今乃独茂，与众草为伍。"于是抚琴弹奏，托词香兰，感伤自己生不逢时。

李攀龙

李攀龙（1514—1570），字于鳞，号沧溟，济南府历城（今山东济南市历城区）人。明代诗人，"后七子"领袖人物。

塞上曲送元美

白羽如霜出塞寒，胡烽不断接长安。①
城头一片西山月，多少征人马上看。

注释　塞上曲：古乐府诗题。元美：即王世贞，与李攀龙齐名，同为"后七子"领袖。

①羽：指羽书。古代军事文书，上插鸟羽，表示紧急。胡烽：指北方少数民族入侵的边警。长安：这里指当时的首都北京。

李贽

李贽（1527—1602），字宏甫，号卓吾，福建泉州人。明代思想家、文学家。

独坐

有客开青眼，无人问落花。①
暖风熏细草，凉月照晴沙。
客久翻疑梦，朋来不忆家。②
琴书犹未整，独坐送残霞。③

注释

①"有客"二句：大意是有客人来时很高兴，眼中露出喜悦；没有人的时候只能向飘零的落花倾诉心中的苦闷。

②"客久"二句：大意是客居他乡久了，反而疑心自己是在梦中。好朋友来了，可以暂时不去想家。

③整：收拾、整理。

戚继光

戚继光（1528—1588），字元敬，号南塘、孟诸，山东登州（今山东蓬莱）人。明朝抗倭名将，民族英雄，杰出的军事家、书法家、诗人。

马上作

南北驱驰报主情，江花边草笑平生。[①]
一年三百六十日，多是横戈马上行。[②]

注释

①南北驱驰：戚继光曾在东南沿海一带抗击倭寇，又曾镇守北方边关。主：指明朝皇帝。边草：一作"边月"。
②横戈：手里握着兵器。

汤显祖

汤显祖（1550—1616），临川（今江西抚州）人，字义仍，号海若、若士、清远道人。明代戏曲家、文学家。代表作有戏曲《还魂记》（即《牡丹亭》）《紫钗记》《南柯记》《邯郸记》等。《牡丹亭》已传播到英、日、德、俄和西班牙等很多国家，被视为世界戏剧艺术的珍品。

江宿

寂历秋江渔火稀，起看残月映林微。①
波光水鸟惊犹宿，露冷流萤湿不飞。

注释 江宿：宿于江上舟中。
①寂历：寂寞、冷落。渔火：夜间渔船上的灯火。微：隐约微弱。

高攀龙

高攀龙（1562—1626），字存之，南直隶无锡（今江苏无锡）人，世称"景逸先生"，明代政治家、思想家，东林党领袖，"东林八君子"之一。

枕石

心同流水净，身与白云轻。
寂寂深山暮，微闻钟磬声。

袁中道

袁中道（1570—1623），字小修，湖北公安人。明代文学家，"公安派"领袖之一，与兄长袁宗道、袁宏道合称"公安三袁"。

夜泉

山白鸟忽鸣，石冷霜欲结。
流泉得月光，化为一溪雪。

方维仪

方维仪（1585—1668），字仲贤，安徽桐城人。明末清初著名女诗人、画家。

出塞

辞家万里戍，关路隔风烟。①
赋重无余饷，边荒不种田。②
小兵知有死，贪吏尚求钱。③
倚赖君王福，何时唱凯旋。④

注释

① "辞家"二句：说士卒背井离乡，一路风尘去到边关。

② "赋重"句：一方面老百姓的赋税很重，另一方面却军饷匮乏。饷：军粮。"边荒"句：虽然军队实行屯田制，但土地贫瘠，又处于火线，所以"不种田"。言下之意是军队自己也无法解决军饷不足的问题。

③ "小兵"句：是说面对强敌，军粮不足，小兵不是死路一条吗？

④ "倚赖"二句：隐含对上层统治者的失望。

冯小青

冯小青，名玄玄，字小青，明万历年间南直隶扬州（今江苏扬州）人。工诗词，解音律。嫁杭州公子冯通为妾，为大妇所妒，徙居孤山别业，凄怨而卒，年仅十八。

读《牡丹亭》绝句

冷雨幽窗不可听，挑灯闲看《牡丹亭》。
人间亦有痴于我，岂独伤心是小青。

陈子龙

陈子龙（1608—1647），字卧子，南直隶松江华亭（今上海松江区）人。明末大臣、诗人，抗清失败，以身殉国。

渡易水

并刀昨夜匣中鸣，燕赵悲歌最不平。①
易水潺湲云草碧，可怜无处送荆卿！②

注释 易水：在今河北易县。
①并刀：并州刀以锋利著称，泛指快刀。
②荆卿：指荆轲。

吴伟业

吴伟业（1609—1672），字骏公，号梅村，江苏太仓人。明末清初著名诗人。

过吴江有感

落日松陵道，堤长欲抱城。①
塔盘湖势动，桥引月痕生。②
市静人逃赋，江宽客避兵。③
廿年交旧散，把酒叹浮名。④

注释 吴江：原吴江县城，在今江苏苏州吴江区。

①松陵：吴江的旧称。

②"塔盘"句：意为塔影在湖水中随波浮动。"桥引"句：长桥牵引出一弯新月。塔：吴江东门外的方塔。桥：指吴江城外的利往桥，又叫长桥，共有八十五孔。

③"市静"二句：街市寂静无人皆因逃税，江宽见不到客船，都在躲避官兵。

④交旧：老朋友。

李因

李因（1610—1685），字是庵，会稽（今浙江绍兴）人。明末清初著名女诗人兼画家。

秋暮书怀

时序催黄叶，排空雁字横。①
独愁增白发，多病怯秋声。②
老愧黔驴技，多惭刻鹄评。③
人情深可畏，搔首叹余生。

注释

①时序：季节变化。

②怯：害怕。秋声：指秋天里自然界的声音，如风雨声，落叶声，虫鸣声。

③"老愧"句：说自己诗画造诣不深，自谦之语。刻鹄：成语"刻鹄类鹜"的略说。这是指别人对自己的评价。

叶小鸾

叶小鸾（1616—1632），女，字琼章，一字瑶期，吴江（今江苏苏州）人。文学家叶绍袁、沈宜修夫妇的小女儿。貌姣好，工诗，善画，会琴棋。将嫁而卒，有诗集名《返生香》。

雨夜闻箫

纱窗徙倚倍无聊，香烬熏炉懒更烧。①
一缕箫声何处弄，隔帘微雨湿芭蕉。

注释

①徙倚（xǐ yǐ）：流连徘徊。香烬（jìn）：香燃完后的灰烬。熏炉：古时用来熏香或取暖的炉子。

柳如是

柳如是（1616—1664），本名杨爱，字如是，又称河东君，浙江嘉兴人。明末清初著名才女，"秦淮八艳"之首。

题画竹

不肯开花不趁妍，萧萧影落砚池边。
一枝片叶休轻看，曾住名山傲七贤。[1]

注释

[1]七贤：指三国时期魏正始年间的嵇康、阮籍、山涛、向秀、刘伶、王戎、阮咸七位名士。他们常在山阳（今河南修武县）竹林喝酒、纵歌，肆意酣畅，世称"竹林七贤"。

张煌言

张煌言（1620—1664），字玄著，号苍水，浙江鄞县（今属浙江宁波）人，南明儒将、诗人、民族英雄。

甲辰八月辞故里

国亡家破欲何之？西子湖头有我师。

日月双悬于氏墓，乾坤半壁岳家祠。①

惭将赤手分三席，敢为丹心借一枝。②

他日素车东浙路，怒涛岂必属鸱夷。③

注释 《甲辰八月辞故里》共两首，这是第二首。甲辰，指公元1664 年（清康熙三年）。是年七月，张煌言在其隐居处被俘，押至鄞县。八月初，解往杭州。临出发时，为他送行的有几千人。张煌言辞别故乡父老，赴杭就义。临行慷慨写下此诗。

①日月：指明朝，也有光辉的意思。于氏：指于谦。岳家：指岳飞。

②"惭将"二句：很惭愧抗清复明大业未成，我手无寸功，却想和这两位英雄葬在一起。凭着一颗赤子之心，但愿在西湖畔有我一处安息之地。赤手：空手。借一枝：即借一枝栖息。李义府《咏鸟》："上林无限树，不借一枝栖。"

③素车：指送葬的队伍。鸱（chī）夷：革囊。《国语》记载：吴国

忠臣申胥（伍子胥）以死谏吴王。吴王怒，"使取申胥之尸，盛以鸱夷而投之于江。"传说伍子胥尸体投江之日，江潮特别汹涌，也有说怒潮是伍子胥的忠魂所化。

陈维崧

陈维崧（1625—1682），字其年，号迦陵，南直隶常州府宜兴（今江苏宜兴）人。明末清初著名词人。

南乡子

邢州道上作

秋色冷并刀，一派酸风卷怒涛。并马三河年少客，粗豪，皂栎林中醉射雕。① 残酒忆荆高，燕赵悲歌事未消。忆昨车声寒易水，今朝，慷慨还过豫让桥。②

注释　南乡子：词牌名，又名《好离乡》《蕉叶怨》。邢州：今河北邢台。

①酸风：寒风。并马：并马驰骋。三河：指河东、河内、河南，古属燕赵之地。栎（lì）：树名，也叫麻栎或橡树。

②荆高：指荆轲、高渐离，均为古代仗义行侠的刺客。豫让桥：即豫让隐身伏击赵襄子之地，在邢台北。豫让：姬姓，毕氏，是春秋时期晋国的著名刺客，留下了"士为知己者死"的典故。

朱彝尊

朱彝尊（1629—1709），字锡鬯（chàng），号竹垞（chá），浙江秀水（今浙江嘉兴）人。与纳兰性德、陈维崧并称"清词三大家"。

鸳鸯湖棹歌

其十二

穆湖莲叶小于钱，卧柳虽多不碍船。①
两岸新苗才过雨，夕阳沟水响溪田。

注释 鸳鸯湖即嘉兴南湖。这组诗共 100 首。
①穆湖：现名穆河溪，在嘉兴城区嘉北乡陶家桥村。

屈大均

屈大均（1630—1696），初名邵龙，又名邵隆，号非池，字骚余，又字翁山、介子，号菜圃，广东番禺人，明末清初著名学者、诗人。

鲁连台

一笑无秦帝，飘然向海东。①
谁能排大难？不屑计奇功。②
古戍三秋雁，高台万木风。③
从来天下士，只在布衣中。④

注释 鲁连：鲁仲连，战国时期齐国义士。曾在秦国进攻赵国时，帮助赵国解围，后又帮助齐国收复被燕国占领的聊城。但两次都不接受封赏，隐居于东海之滨。后人为了纪念他，在古聊城东筑鲁连台，高七丈。

①无秦帝：使秦王不能肆意称帝。海东：东海。

②"谁能"二句：指鲁仲连帮助赵国和齐国排除大难，但不屑于自己的功绩，不接受赵国和齐国的封赏。

③古戍：古老的边塞。

④天下士：天下的高人奇士。布衣：平民。

夏完淳

　　夏完淳（1631—1647），乳名端哥，原名复，字存古，号小隐，又号灵首，松江府华亭（今上海松江区）人。明末诗人，抗清英雄。14岁从军征战抗清，后兵败被俘，不屈而死，年仅十七岁。

别云间

三年羁旅客，今日又南冠。^①
无限山河泪，谁言天地宽！
已知泉路近，欲别故乡难。^②
毅魄归来日，灵旗空际看。^③

注释　云间：上海松江区古称云间，是作者的家乡。

①三年：作者自1645年起参加抗清斗争，至1647年被俘，共三年。羁旅：寄居他乡，生活漂泊不定。南冠：被囚禁的人。

②泉路：黄泉路，死路。

③毅魄：坚强不屈的魂魄。灵旗：古代招引亡魂的旗子。此指后继者的队伍。

王士禛

王士禛（1634—1711），字子真，一字贻上，号阮亭，又号渔洋山人，世称王渔洋，山东新城（今山东桓台）人。清初诗人、文学家、诗词理论家。

题秋江独钓图

一蓑一笠一扁舟，一丈丝纶一寸钩。①
一曲高歌一樽酒，一人独钓一江秋。

注释

①丝纶：用丝编织成的线。

顾贞观

顾贞观（1637—1714），原名华文，字远平、华峰，号梁汾，江苏无锡人。清代著名词人。

金缕曲

寄吴汉槎宁古塔，以词代书。丙辰冬，寓京师千佛寺，冰雪中作。

季子平安否？便归来，平生万事，那堪回首！行路悠悠谁慰藉，母老家贫子幼。记不起，从前杯酒。魑魅搏人应见惯，总输他、覆雨翻云手。冰与雪，周旋久。① 泪痕莫滴牛衣透！数天涯，依然骨肉，几家能够？比似红颜多命薄，更不如今还有。只绝塞、苦寒难受。廿载包胥承一诺，盼乌头马角终相救。置此札，君怀袖。②

注释 金缕曲：词牌名。这组词共二首，这是第一首。汉槎：是吴兆骞的字。清顺治十四年（1657），他因江南科场案，被流放到宁古塔（今黑龙江宁安）。丙辰：康熙十五年（1676）。

①季子：春秋时吴王寿梦子季札有贤名，因封于延陵，号延陵季子，后来常用"季子"称姓吴的人。行路：指路人。杯酒：即杯酒言欢

的缩语。

②牛衣：指粗劣的衣服。此用"牛衣对泣"的典故。"数天"二句：吴被流放后，他的妻子到宁古塔与他同住十余年，生一子四女，骨肉并未分离。廿（niàn）载：二十年。包胥：申包胥，春秋时楚国大夫，从秦国借兵保全楚国。乌头马角：战国末，燕太子丹质于秦，求归。秦王曰："乌头白，马生角，乃许耳。"太子丹仰天长叹，果然飞来一只白头乌鸦，秦王只好让太子丹回国。札：书信。

查慎行

查慎行（1650—1727），初名嗣琏，字夏重，号查田，后改名慎行，字悔余，号他山，杭州府海宁（今浙江海宁）人。清初诗人。

舟夜书所见

月黑见渔灯，孤光一点萤。
微微风簇浪，散作满河星。

纳兰性德

纳兰性德（1655—1685），叶赫那拉氏，字若容，号楞伽山人，满洲正黄旗人。清初著名词人。

木兰花·拟古决绝词柬友

人生若只如初见，何事秋风悲画扇。^①等闲变却故人心，却道故人心易变。^②　　骊山语罢清宵半，泪雨霖铃终不怨。^③何如薄幸锦衣郎，比翼连枝当日愿。^④

注释　木兰花·拟古决绝词又名《玉楼春·拟古决绝词》。柬：信件。

①"何事"句：用汉朝班婕妤被弃的典故。以秋扇比喻女子被弃。

②等闲：轻易。故人：指情人。

③"骊山"二句：用唐玄宗与杨玉环的爱情典故。这里借用此典表达即使最后决绝，也不生怨。

④锦衣郎：指唐明皇。

长相思

山一程，水一程，身向榆关那畔行。夜深千帐灯。[1]　　风一更，雪一更，聒碎乡心梦不成。故园无此声。[2]

注释　长相思：词牌名，又名《吴山青》《相思令》等。此词系作者随康熙皇帝赴盛京（今沈阳）途中所作。

①榆关：山海关。那畔：那边。

②聒（guō）碎：声音嘈杂。

画堂春

一生一代一双人，争教两处销魂。相思相望不相亲，天为谁春。[1]　　浆向蓝桥易乞，药成碧海难奔。若容相访饮牛津，相对忘贫。[2]

注释　画堂春：词牌名。

①"一生"二句：源于唐骆宾王《代女道士王灵妃赠道士李荣》："相怜相念倍相亲，一生一代一双人。"争教：怎教。

②"蓝桥"句：用裴航在蓝桥遇仙女云英的典故。"药成"句：用嫦娥偷食不死药的典故，意为纵有深情，却难以相见。饮牛津：指传说中的天河边，此指与恋人相会的地方。

浣溪沙

谁念西风独自凉，萧萧黄叶闭疏窗。沉思往事立残阳。[1]　　被酒莫惊春睡重，赌书消得泼茶香。当时只道是寻常。[2]

注释　此篇为作者悼念亡妻的伤心之作。

①疏窗：有花纹镂空的窗子。

②被酒：中酒，醉酒。赌书：此处用李清照和赵明诚赌书饮茶的典故，说明往日与亡妻有着快乐美满的夫妻生活。消得：享受。

仓央嘉措

仓央嘉措（1683—1706），门巴族，西藏六世达赖喇嘛。后成为西藏上层冲突的牺牲品，康熙四十四年（1705）被废。据传在康熙四十五年（1706），被押解去北京途中于青海圆寂，终年23岁。他是西藏最著名的诗人，留下了藏文版《仓央嘉措情歌》，其诗被译成多种文字。

不负如来不负卿（节选）

曾虑多情损梵行，入山又恐别倾城。
世间安得两全法，不负如来不负卿。

注释 此诗原为藏文，先后由于道泉、曾缄先生于二十世纪三十年代译成汉语。此版本系曾缄所译。

一个人需要隐藏多少秘密（节选）

一个人需要隐藏多少秘密，
才能巧妙地度过一生。
这佛光闪闪的高原，
三步两步便是天堂。
却仍有那么多人，
因心事过重而走不动，
一念之差便落叶纷纷。

注释　此诗由藏学家、语言学家于道泉译成汉语。

郑燮

郑燮（1693—1765），字克柔，号板桥，江苏兴化人。清代著名书画家、诗人，"扬州八怪"之一。

墨竹图题诗

衙斋卧听萧萧竹，疑是民间疾苦声。[①]
些小吾曹州县吏，一枝一叶总关情。[②]

注释　原题为《潍县署中画竹呈年伯包大中丞括》。潍县：即今山东潍县。包括：钱塘人，曾任山东布政使，署理巡抚。
①衙斋：官署中的书房。
②些小：小小。吾曹：我辈。

竹石

咬定青山不放松，立根原在破岩中。
千磨万击还坚劲，任尔东西南北风。

贺双卿

贺双卿（1715—1735），江苏金坛（今江苏常州市金坛区）人。自幼天资聪颖，后嫁为农妇，饱受婆母和丈夫折磨，年仅二十岁早卒。其诗词大多散失，后人只辑得其诗词14首，被誉为"清代第一女词人"。

湿罗衣

世间难吐是幽情，泪珠咽尽还生。手捻残花，无言倚屏。①　镜里相看自惊，瘦亭亭。春容不是，秋容不是，可是双卿。②

注释　湿罗衣：词牌名，又名《西兴乐》等。

①倚屏：靠在屏风边。如唐魏承班的《木兰花》："倚屏拖袖愁如醉"。

②瘦亭亭：十分瘦削的样子。也作"瘦棱棱"。春容：青春的容貌。秋容：指衰老的容颜。

袁枚

袁枚（1716—1797），字子才，号简斋，晚年号随园老人，钱塘（今浙江杭州）人。为人通脱放任，喜爱山水园林。他是清中叶负盛名的诗人、散文家、美食家。主要著作有《随园诗话》等。

遣兴二首

其一

爱好由来下笔难，一诗千改始心安。
阿婆还似初笄女，头未梳成不许看。^①

注释 遣兴：抒发情怀，解闷散心。
①"阿婆"二句：比喻作者的诗还没有修改润色好，是不肯让人欣赏的。初笄（jī）：古代女子十五岁及笄，表示成年。笄：古代束发用的簪子。

其二

但肯寻诗便有诗，灵犀一点是吾师。^①
夕阳芳草寻常物，解用多为绝妙词。^②

注释

①灵犀一点：作者论诗重"性灵"，此即指性灵。

②解用：懂得，会用。

赵翼

赵翼（1727—1814），字云崧，号瓯北，别号三半老人。常州府阳湖（今江苏常州）人，清中期史学家、诗人。

论诗五首

其二

李杜诗篇万口传，至今已觉不新鲜。①
江山代有才人出，各领风骚数百年。②

注释

①李杜：指李白、杜甫。

②才人：才子，有文学才能的人。风骚：指《诗经》中的"国风"和屈原的《离骚》。后来把关于诗文写作的事叫做"风骚"。这里指文学巨匠的各自深远影响。

黄景仁

黄景仁（1749—1783），字汉镛，一字仲则，号鹿菲子，常州府武进县（今江苏常州市武进区）人。清代诗人。

秋夕

桂堂寂寂漏声迟，一种秋怀两地知。[①]
羡尔女牛逢隔岁，为谁风露立多时？[②]
心如莲子常含苦，愁似春蚕未断丝。
判逐幽兰共颓化，此生无分了相思。[③]

注释

①桂堂：厅堂的美称。漏：古代滴水计时的工具。
②女牛：织女、牵牛两星宿名。
③判：同"拼"，不顾惜。颓化：颓败化为泥土。分：同"份"。
了：了却。

杂感

仙佛茫茫两未成，只知独夜不平鸣。

风蓬飘尽悲歌气，泥絮沾来薄幸名。①

十有九人堪白眼，百无一用是书生。②

莫因诗卷愁成谶，春鸟秋虫自作声。③

注释

①风蓬：蓬草随风飘转，比喻命运弄人，踪迹不定。泥絮：被泥水沾湿的柳絮，比喻不会再轻狂。薄幸：对女子负心。

②"十有"句：愤世嫉俗之语。此处用东晋名士阮籍"青白眼"的典故。"百无"句：怀才不遇的自嘲自讽。

③"莫因"二句：不要因为诗多说愁，成了谶语，不过是春鸟与秋虫一样要作声。谶（chèn）：将来要应验的预言。

王贞仪

王贞仪（1768—1797），女，字德卿，江宁（今江苏南京）人。清代杰出的女科学家，博学多才，长于诗画，通晓医术，在天文历算方面成就最高。著有《术算简存》五卷、《星象图释》二卷、《西洋筹算增删》《勾股三角解》《象数窥余》《德风亭初集》十四卷等。2000年，国际天文联合会以王贞仪的名字命名了一颗小行星。

富春道中值荒旱感成一律

千田无复有青黄，赤地空遭旱魃殃。①
村舍几曾烟出户，富家闻说粟陈仓。②
逃民大抵填沟壑，野哭安能达上方？③
蒿目可怜涂殍况，官人犹是急征粮。④

注释 富春：即今浙江桐庐。

①旱魃（bá）：传说中引起旱灾的怪物。

②"村舍"句：村舍大都断了炊烟。

③"逃民"句：逃荒者多死在荒野，尸骨填了沟壑。"野哭"句：民间的哭声怎能让朝廷听到？

④蒿目：举目远望。《庄子·骈拇》："今世之仁人，蒿目而忧世之患。"涂殍（piǎo）：路上的饿殍。涂：通"途"。殍：饿死的尸体。官人：官府的人。

张维屏

张维屏（1780—1859），字子树，号南山，广东番禺（今广东广州市番禺区）人。清代诗人。

新雷

造物无言却有情，每于寒尽觉春生。①
千红万紫安排著，只待新雷第一声。②

注释　新雷：指春天的第一个雷声。
①造物：指天。
②著：妥当。又作"着"。

林则徐

林则徐（1785—1850），字元抚，又字少穆、石麟，福建侯官（今福建福州）人。清代后期政治家、文学家、思想家，民族英雄。

赴戍登程口占示家人

其二

力微任重久神疲，再竭衰庸定不支。①
苟利国家生死以，岂因祸福避趋之。②
谪居正是君恩厚，养拙刚于戍卒宜。③
戏与山妻谈故事，试吟断送老头皮。④

注释 赴戍：去边疆履职。口占：随口吟诵而成。这组诗共二首。

①衰庸：衰老而无能，自谦之词。

②"苟利"二句：如果对国家有利，我将不顾生死。难道能够有祸就躲避、有福就上前领受吗？以：用。郑国大夫子产改革军赋，受到时人的诽谤。子产曰："何害！苟利社稷，死生以之。"诗句出于此。

③"谪居"句：这是自我宽慰的话。养拙：即藏拙。刚：正好。戍卒宜：适合做一名戍卒。

④"戏与"二句：作者自注，宋真宗闻隐者杨朴能诗，召对问："此来有人作诗送卿否?"对曰：臣妻有一首，云"更休落魄耽杯酒，且莫猖狂爱咏诗。今日捉将官里去，这回断送老头皮。"上大笑，放还山。东坡赴诏狱，妻子送出门皆哭。坡顾谓曰："子独不能如杨处士妻作一首诗送我乎?"妻子失笑，坡乃出。这两句诗用此典，表达自己旷达的胸襟。山妻：对自己妻子的谦称。故事：典故。

吴荔娘

吴荔娘（1787—1802），字绛卿，莆田仙游（今福建仙游）人。幼敏慧，早卒，年仅16岁。著有《兰坡剩稿》一卷。

春日偶成

瞳瞳晓日映窗疏，荏苒韶光一觉余。[①]
深巷卖花新雨后，闲门插柳嫩寒初。[②]
莺儿有语迁乔木，燕子多情觅旧庐。
那用踏青郊外去，芊芊草色上阶除。[③]

注释

①荏苒：时间渐渐过去。韶光：美好的时光。

②嫩寒：轻寒。

③那：哪。芊芊：碧绿。阶除：台阶。

龚自珍

龚自珍（1792—1841），字璱人，号定庵，浙江仁和（今杭州）人。清代思想家、诗人和改良主义的先驱。

乙亥杂诗

其五

浩荡离愁白日斜，吟鞭东指即天涯。①
落红不是无情物，化作春泥更护花。

注释　《乙亥杂诗》写于公元 1839 年，共计 315 首。

①浩荡离愁：离别京都的愁思如水波浩荡无际。吟鞭：诗人的马鞭。

其一二五

九州生气恃风雷，万马齐喑究可哀。①
我劝天公重抖擞，不拘一格降人才。②

注释

①九州：中国的别称。生气：勃勃生机。恃（shì）：依靠。万马齐
喑：比喻社会政局毫无生气。喑（yīn）：沉默。

②天公：造物主。抖擞：振作。

顾太清

顾太清（1799—1876），名春，字子春，号太清，满洲人。多才多艺，被誉为满洲女词人之冠。

江城子

落花

花开花落一年中。惜残红，怨东风。恼煞纷纷如雪扑帘栊。坐对飞花花事了，春又去，太匆匆。① 　　惜花有恨与谁同。晓妆慵，忒愁侬。燕子来时，红雨已濛濛。尽有春愁衔不去，无端底，是游蜂。②

注释　江城子：词牌名。
①恼煞：气恼。花事了：开花的季节结束了。
②忒愁侬：太让我发愁。"尽有"句：怨燕子不能把人的春愁衔去。无端底：一作"无才思"。

左宗棠

左宗棠（1812—1885），字季高，一字朴存，号湘上农人。湖南湘阴人。晚清政治家、军事家、民族英雄，洋务派代表人物之一。

二十九岁自题小像

其一

犹作儿童句读师，平生至此乍堪思。[1]
学之为利我何有？壮不如人他可知。
蚕已过眠应作茧，鹊虽绕树未依枝。[2]
回头廿九年间事，零落而今又一时。

注释 左宗棠曾在两江总督陶澍的安化老家执教家塾，长达八年。这组诗共八首，是当时所作。

①句读师：儿童启蒙老师。

②"鹊虽"句：表达诗人尚未找到施展抱负的平台。出自曹操《短歌行》："月明星稀，乌鹊南飞。绕树三匝，何枝可依？"

高鼎

高鼎（1828—1880），字象一，一字拙吾，浙江仁和（今浙江杭州）人。清代诗人。

村居

草长莺飞二月天，拂堤杨柳醉春烟。①
儿童散学归来早，忙趁东风放纸鸢。②

注释　村居：在乡村居住见到的景象。

①春烟：春天水泽、草木间蒸发形成烟雾般的水汽。

②散学：放学。纸鸢（yuān）：纸做的形状像老鹰的风筝，泛指风筝。鸢：鹰。

黄遵宪

黄遵宪（1848—1905），字公度，别号人境庐主人，广东嘉应州（今广东梅州）人。晚清外交家、思想家、教育家，爱国诗人。

赠梁任父同年

寸寸河山寸寸金，侉离分裂力谁任？[①]
杜鹃再拜忧天泪，精卫无穷填海心。[②]

注释 梁任父：指梁启超。梁启超号任公，"父"是诗人对梁的尊称，古代"父"字是加在男子名号后面的美称。同年：旧时科举考试中，同一榜考中的人叫同年。

①侉（kuǎ）离：分割。

②"杜鹃"句：作者化用了杜鹃啼血的典故，表达愿意像杜鹃啼叫，呼唤仁人志士，共同为国出力。再拜：古代的一种礼节，先后拜两次，表示隆重。"精卫"句：借精卫填海的典故，表达自己、同时勉励梁启超要像精卫那样，为挽救国家危亡而鞠躬尽瘁。

丘逢甲

丘逢甲（1864—1912），字仙根，祖籍广东蕉岭，生于台湾苗栗。是晚清著名的抗日保台志士、爱国诗人、教育家。

春愁

春愁难遣强看山，往事惊心泪欲潸。
四百万人同一哭，去年今日割台湾。^①

注释

①四百万人：指台湾本地和福建、广东的台湾籍人。去年今日：指光绪二十一年（1895）三月二十三日。

谭嗣同

谭嗣同（1865—1898），字复生，号壮飞，湖南浏阳人。中国近代政治家、思想家，维新派人士。1898年，谭嗣同参加领导戊戌变法，失败后被杀，年仅33岁，为"戊戌六君子"之一。

狱中题壁

望门投止思张俭，忍死须臾待杜根。[①]
我自横刀向天笑，去留肝胆两昆仑。[②]

注释

①望门投止：望门投宿。张俭：东汉末年人，因弹劾宦官侯览，被反诬"结党"，被迫逃亡。在逃亡中，接纳他投宿的人家都不怕牵连，乐于接待。忍死：装死。杜根：东汉末年人。汉安帝时邓太后摄政，宦官专权。杜上书要求太后还政。太后大怒，命人把他装入袋里摔死。行刑者敬佩杜根的为人，不用力，想等到送出宫后再释放他。太后生疑，派人查看，见杜根眼中生蛆，就相信他死了。杜根终于得以逃脱。

②横刀：面对屠刀，指就义。"去留"句：去者和留者肝胆相照，有如昆仑山一样的雄伟气魄。"去"，指康有为，"留"，指作者自己。康有为在戊戌政变前潜逃出京，后逃往日本。而谭嗣同不肯离开，决心以死报国。

徐锡麟

徐锡麟（1873—1907），字伯荪，号光汉子，浙江绍兴人，中国近代民主革命家。

出塞

军歌应唱大刀环，誓灭胡奴出玉关。①
只解沙场为国死，何须马革裹尸还。

注释

①环：与"还"同音，古人常用作还乡的隐语。胡奴：指清王朝统治者。

梁启超

梁启超（1873—1929），字卓如，一字任甫，号任公，又号饮冰室主人。广东新会熊子乡（今属广东江门）人。戊戌变法领袖之一，中国近代思想家、政治家、教育家、文学家。

太平洋遇雨

一雨纵横亘二洲，浪淘天地入东流。①
却余人物淘难尽，又挟风雷作远游。②

注释　这是作者在戊戌变法失败后离开中国，于 1899 年前往美洲时在太平洋上遇雨，有感而作。

①亘（gèn）：横贯。二洲：指亚洲、美洲。

②"却余"句：指戊戌变法的人物没有被杀尽。挟（xié）：用胳膊夹住。风雷：龚自珍《乙亥杂诗》有"九州生气恃风雷"句，作者借以表达自己有改良社会的雄心壮志。

秋瑾

秋瑾（1875—1907），女，字竞雄，号鉴湖女侠。浙江绍兴人。中国女权和女学思想的倡导者，近代民主革命志士。1907年7月15日就义于绍兴轩亭口，年仅32岁。

对酒

不惜千金买宝刀，貂裘换酒也堪豪。①
一腔热血勤珍重，洒去犹能化碧涛。②

注释

①貂裘：用貂皮制成的衣服。
②碧涛：碧即碧血，指烈士流的鲜血。涛指革命的风暴。

鹧鸪天

　　祖国沉沦感不禁，闲来海外觅知音。金瓯已缺总须补，为国牺牲敢惜身！^①　　嗟险阻，叹飘零，关山万里作雄行。休言女子非英物，夜夜龙泉壁上鸣。^②

　　注释　鹧鸪天：词牌名。

　　①沉沦：危亡。不禁：忍不住。海外：指日本。金瓯已缺：指国土被列强瓜分。敢：岂敢。

　　②关山万里：指赴日留学。作雄行：指女扮男装。英物：杰出人物。龙泉：宝剑名。

吕惠如

吕惠如（1875—1925），原名吕湘，安徽旌德人。与妹妹吕碧城、吕美荪都有诗名，有《吕氏三姐妹集》。

庚子书愤

其一

中原何日履康庄，从此强邻日益张。①
四百兆民愁海共，百千亿数辱金偿。②
迂儒未解维时局，毅魄谁期作国殇？③
寄语同胞须梦醒，江山满眼近斜阳。④

注释 庚子：庚子年即 1900 年，清政府在义和团运动推动下和国际列强开战，结果失败，八国联军占领了北京紫禁城。1901 年 9 月，清政府和 11 国签订《辛丑条约》，赔款 4 亿 5 千万两白银。这笔钱史称"庚子赔款"。这组诗共四首。

① "中原"句：中国何时能走上康庄大道。"从此"句：指世界列强日益嚣张，扩张。

②四百兆：四亿。兆：一百万。辱金：指庚子赔款。

③迂儒：指清政府那些迂腐无能的官员。"毅魄"句：有谁能奋起救国，不惜牺牲呢？

④"江山"句：国家眼见得就日暮途穷了。

王国维

王国维（1877—1927），初名国桢，字静安，晚号观堂，浙江海宁人。他是中国近现代相交时期一位享有国际声誉的著名学者，他的《人间词话》是晚清以来最有影响的著作之一。

蝶恋花

阅尽天涯离别苦，不道归来，零落花如许。花底相看无一语，绿窗春与天俱暮。[1]　待把相思灯下诉，一缕新欢，旧恨千千缕。最是人间留不住，朱颜辞镜花辞树。[2]

注释

①不道：不料。如许：像这样。
②新欢：久别重逢的喜悦。旧恨：长期的相思之苦。

苏曼殊

苏曼殊（1884—1918），原名戬，字子谷，学名元瑛，法名博经，法号曼殊，广东香山县沥溪村（今属广东珠海市）人。近代作家、诗人、翻译家。

本事诗

其九

春雨楼头尺八箫，何时归看浙江潮？^①
芒鞋破钵无人识，踏过樱花第几桥。^②

注释　本事诗：指所写的诗在内容上有真实的事迹作为依据，并非虚构。苏曼殊的这组本事诗共十首，是送给日本歌伎百助枫子的。

①尺八：中国古代传统乐器，唐宋时期传入日本。浙江潮：指钱塘潮。

②芒鞋：草鞋。钵：僧人食器。

参考书目

《诗经》 朱熹集传

《楚辞集注》 朱熹撰 黄灵庚点校

《唐诗三百首》 衡塘退士（孙洙）编

《中国历代诗歌选》林庚、冯沅君主编

《历代诗歌选》 季镇淮、冯钟芸、陈贻焮、倪其心选注

《诗经选》 余冠英注译

《唐诗鉴赏辞典》 萧涤非、程千帆、周汝昌等撰

《唐宋词鉴赏辞典》 周汝昌、唐圭璋等撰

《唐宋名家词选》 龙榆生编选

《宋诗选注》 钱钟书选注

《古代汉语》 王力主编

《元明清诗三百首鉴赏辞典》 上海辞书出版社

《楚辞》 林家骊译注

《元散曲一百首》 萧善因选注

《绝妙好曲》 鲁文忠选注

《中国历代女子诗选》 葛晓音选注